历史在你我身边

林 达 著

生活·讀書·新知 三联书店

图书在版编目（CIP）数据

历史在你我身边／林达著. —北京：生活·读书·新知三联书店，
2015.11
（林达作品系列）
ISBN 978 - 7 - 108 - 05574 - 3

Ⅰ.①历…　Ⅱ.①林…　Ⅲ.①随笔 - 作品集 - 中国 - 当代
Ⅳ.① I267.1

中国版本图书馆 CIP 数据核字（2015）第 255093 号

责任编辑　吴　彬
装帧设计　蔡立国　薛　宇
责任印制　卢　岳　崔华君
出版发行　生活·讀書·新知 三联书店
　　　　　（北京市东城区美术馆东街 22 号 100010）
网　　址　www.sdxjpc.com
经　　销　新华书店
印　　刷　北京鹏润伟业印刷有限公司
制　　作　北京金舵手世纪图文设计有限公司
版　　次　2015 年 11 月北京第 1 版
　　　　　2015 年 11 月北京第 1 次印刷
开　　本　880 毫米 × 1230 毫米　1/32　印张 11.5
字　　数　220 千字　图 109 幅
印　　数　00,001 - 19,000 册
定　　价　60.00 元
（印装查询：01064002715；邮购查询：01084010542）

目 录

巴金和伏尔泰

　　我写过一篇短文，提到自己的一点惊讶：回看人们悼念巴金，几乎全都会忽略巴金之所以为巴金的文学大师身份，而极度推崇他"提倡讲真话"的"社会良心"形象。

　　我觉得当时自己想说的话在文章中没有完全说出来，想在这里把它说完。其实我一直转不过弯来的是，人们在赞誉巴金是社会良心的时候，好像是给了巴金一种更高的评价，好像"文学大师"只是一个"专业人员"，"专业成就"一笔带过就可以，而"社会良心"才是升华后的道德形象，值得大书特书。

　　想到这一点，不由自主会想起有着类似称号的法国启蒙时代大师伏尔泰。伏尔泰还有一个称号，人们称他为"欧洲的良心"。这个称号是怎么来的呢？

　　伏尔泰不是一个痛苦不堪的革命家形象，他一生都过得挺滋润。他游走在欧洲各国，交往的何止是文化人和思想者，更有达官贵人

伏尔泰

甚至帝王将相。伏尔泰是他们的座上客，接受他们的招待和资助，过着优裕的生活。伏尔泰很会享受生活，善于投资和经营。他是法国人，他先行一步的思想，既受到变革中的欧洲宫廷，包括法国宫廷的欢迎，而这些思想可能带来的社会动荡又使得法国宫廷感到威胁。因此，法国宫廷对伏尔泰的感受是矛盾的。可是，伏尔泰是一个非常善于调节自己状态的人，他远离巴黎，却不把居于边境小镇看作是一种放逐，因此也并不怨天尤人甚或怒不可遏，他把小镇经营成自己的天堂，生活的常态一点不变。

可就在晚年，他突然卷入一系列平民案件。于是他开始像一个法律工作者一样，开始他的调查，并且根据调查，出版他调查的原始文件。这些案子发生在法国从古代司法向现代司法过渡的途中。这种过渡是随着社会进步缓慢发生的，也就迟缓和不那么均衡，巴黎等大城市相对快一些，然而，古代的司法黑暗还残留在边远地区。

伏尔泰介入的第一个案件是"卡拉斯案"，由于他的努力，冤屈者的家属得到著名律师的免费帮助，得到来自世界各地包括欧洲国家君主们的捐款，最后法国路易王朝的政府纠正了这个错案，家属获得了赔偿。

伏尔泰看到，这些冤案往往和古欧洲遗留的落后、宗教偏见、宗教迫害有关。在介入这些案件的时候，他在思索，把导致这些案件发生的人类弱点进行了清理，写出了《论容忍》等一系列论著，把古代社会的宗教褊狭以及人类的不宽容点了出来。所以，伏尔泰不仅是在纠正几个案子、帮助几家平民，更是由实践而思想，在推动人类的思想进步和社会进步。他在一个迷茫中摸索着前进的社会里点出了关键：在人类从一向就自生自灭的古代社会脱胎出来的过程中，他指出保护少数人的权利的必要性，而保护少数人的权利则要求多数的宽容。

我又想到巴金。巴金生长在一个现代社会。在他成长的岁月里，已经接触了各种成熟的思想，此时伏尔泰已经是两百年前的老古董了。而那时的中国还是世界发展的边缘，还有《家》这样的家。巴金用文学细致深入地剖析了这样的"家"和社会、"家"和人、社会和人的关系。那是永远也不会过时的巨著。两百年前伏尔泰不仅是一个写着悲剧、史诗的文学大师，他还是一个哲学家和思想家。有哪个真正的文学大师又可能不是思想家呢？巴金无疑是他们中间的一个。在当时的中国社会，他和伏尔泰做着同样的事情，就是在一个逐渐变革进步的社会中起到启蒙的作用。谁能说，写出《家》、《春》、《秋》的文学大师的巴金，不是"社会良心"的象征？在那个

巴金

时候，巴金就已经是中国的伏尔泰了。

可是，不知从哪一天开始，我们似乎觉得，文学家依据自己的感觉写出作品影响读者；教师敬业地传授知识教育学生；律师认真为客户打官司维护普通人的权益，都不足以被称为"社会良心"，我们需要的是以特殊的呐喊方式影响社会的人。于是，在三十年前，巴金应我们社会的特殊需要，成为这样一个"社会良心"。直到今天，人们还认为，他对社会的一句教导是如此重要，分量重到今天我们在悼念巴金的时候，可以一笔带过他成为大师的文学成就而再三强调他的这句话。那么，他究竟说了什么？他说的是：我们要"讲真话"。巴金提倡"讲真话"是在二十世纪八十年代，一直到他去世的2005年，这一提倡仍比他的文学成就更受到赞誉。

一路想来，我只好承认自己真是一个很愚钝的人，会很愚钝地想，巴金从文学大师到"社会良心"的身份转换，对他个人、对我们的社会，是不是一种极大的浪费？我们高度赞扬这样一种社会角色的错位，它的前提是什么？也许并不是晚年巴金比青年巴金更为伟大，而是社会本身的低层次错乱，基本人伦常识被淹没在高调之中。按照常识，在一个正常社会，我们是不是应该让文学家努力于他的文学创作，把"讲真话"的教育工作，留给托儿所和幼儿园的老师。在巴金去世的时候，我们是不是应该深感惋惜：《家》《春》《秋》没有续集！《随想录》是历史的特定产物，与前面的文学巨著相比，无法等量齐观。

一百年前的细节

和许多人一样，我很喜欢看传记和回忆录。我觉得这一类作品要想写得好，首要的条件是平实。平实就是落点比较低，也注重记录事实——真实发生的事情、真实有过的想法。这样的作品在经过时间的淘洗之后，今天再回过头来细察和品味，除了能看到当年真实的记录外，还能产生回看历史和人生的沧桑感。

好的传记和回忆录作品，其实也是珍贵的民间历史记录。读历史书的时候，我们多半会发现，历史常常从寻常人的头顶越过，百姓的真实生活很难真正进入历史学家的视线。

历史学家注重记录的大多是上层政治的演变、精英思想的走向，史书中有的是改朝换代的跌宕起伏和围绕宫廷的阴谋诡计，却往往找不到微小个人是如何被历史浪潮所推动的记录，也找不到对历史事件是如何影响了我们的柴米油盐、改变了我们的生活路径，甚至左右了我们喜怒哀乐的记录。我想说的是：大历史的走向，实际上规定了我们每一个人的生活，而我们这些平常人聚合起来，就是整个"社会"，这个由我们自己组成的社会历史，尤其是它的细节，却常常被忘记、被埋入尘埃，然后就烟消云散了。

最近，由于偶然的机遇，认识了一位在美国从事医学研究的郑白蒂女士，她给我寄来了一本她父亲的传记。传记的传主郑集，是中国营养学的开创者、一位超过百岁的老人。这本传记写于1992年，看得出来，传记作者对书中涉及的某些历史环节，落笔非常小心，也许还有一些避讳，可是仍然朴实地记录了一个贯穿世纪的百年人生，以及历史对一个人的影响。

郑集（原名郑兴义）于清光绪二十六年（1900）出生在长江北岸四川南溪县刘家场白鳝堡。1911年辛亥革命发生的时候，他已经是一个懂事的少年，因此他清晰地记得这场历史变故如何改变了他的家庭。

郑集家里的人口不算少，三代同堂，父母除了奉养长辈，还要养活五个孩子。郑集的父亲郑大武（字品三）勤劳能干，除了务农，还是个走乡串村的货郎。他一点点地积攒家业，是一个对创业充满梦想也期待儿子承继这个梦想的人。可是，辛亥革命却改变了一个壮年货郎的生活。传记中说："郑品三'望子从商'的如意算盘，被不久

郑集

武昌起义革命军铜像

以后发生的一件惊天动地的大事彻底地打乱。甚至还动摇了他长时期形成的一种经商兴家、改换门庭的信念与追求。"

"公元1911年的辛亥革命，经过黄花岗之役、武昌起义，终于推翻了满清王朝二百六十七年的统治，建立了中华民国"，传记作家确认，这无疑是重大的历史进步，它"结束了在华夏大地绵亘了近五千年之久的封建社会"。在一般历史书中，这段历史常常也就是这样点到为止了。可是，传记是个人命运的记录，所以在这里就有更为丰富的补充："这一巨大的震荡也迅速波及到川南的广大农村。当时一些不逞之徒，趁着改朝换代的混乱局面，到处兴风作浪，为非作歹，以致盗贼蜂起，打家劫舍，社会秩序一片混乱。""郑品三近十几年走乡串村挑货郎担，苦苦经营积攒起来的一点家产和一个布匹杂货摊，也几遭土匪洗劫。一个当时尚算殷实的农商兼营户，在顷刻之间便倾家荡产，连日常生活也受到了威胁。不得已，郑品三只得于辛亥年年底先把兴义送到离高河坝三十多里路的南溪县城，就读于城内徐子俊老秀才的私塾馆。"

这样的状态持续了很久，"直到第三年春上，乡下依然盗匪猖獗，秩序混乱。父亲在高河坝实在住不下去了，这才带着兴义的祖母、七弟兴龙逃难到南溪县城。母亲和四哥四嫂仍留在乡下，继续种着十几亩地，养着四五头猪"。"父亲先在大姐家落脚，后来租了两间平房。几经土匪歹徒的洗劫，郑品三失去的绝不仅仅是他的家产钱财，更重要的是，他的经商兴家、改换门庭的精神支柱被摧毁了。"

童年时代的郑集聪慧顽皮，对父亲期待他承继的经商兴家大业毫无兴趣，为此父子有不少冲突。在辛亥革命两年多以后，由于乡间的社会秩序被彻底破坏，短期内看不到恢复的可能，父亲终于对"勤劳致富"绝望了。一个晚上，父亲对兴义说，他不再逼他做生意了。年幼的郑集，终于卸下父亲对他选择前程给予的压力，但他却一点也高兴不起来，眼前的父亲，"一个多么精明能干、逞强好胜的汉子突然变得衰老起来"。父亲走后，他痛哭失声。

乡间的混乱至少持续了六年。因为在郑集的传记中有这样的记载：1916年，他十六岁的时候，因肺结核从县城休学回到乡下母亲身边；一年后的1917年夏天，"十几个匪徒明火执仗地闯进兴义家，翻箱倒柜地洗劫，还把母亲绑在客堂的柱子上，口口声声逼母亲交出'小财神郑兴义'来"。"匪徒在村里折腾了一个多时辰，才在阵阵雷声雨声中呼啸而去"。那时的郑集只是一个高小学生，却被看作是"小财神"，这是因为郑家虽然已经破败，但仍然被看作是一个"富户"，郑集被看作是一个绑票敲诈的好对象。

连这样一个乡间小商贩的"事业"都无法存活下去，当时这场社会变故对川南乡村的巨大影响可见一斑。根据《郑集传》的记录，这样的变故基本是发生在乡村，还没有波及到县城。

我之所以对《郑集传》记录的这段历史感兴趣，是因为早些时候我在另一本自传回忆录中，也看到过类似记录。这本自传的作者郑超麟比郑集小十个月，出生在1901年的福建省漳平县。相对于封闭山区的川南，漳平是个"开放地区"了。漳平县城早就有了天主堂，神甫安斌琅来自西班牙。

郑超麟是托洛茨基派早年在中国的代表人物，所以他的回忆几乎时时处处不忘他的一套理论，不断要作阶级分析，他回忆录的一个小标题是："匪乱"是农民反抗运动的一种方式。

我对理论一向不大有兴趣，感兴趣的是郑超麟在自传中真实描绘的社会历史细节。例如，辛亥革命发生以后，漳平乡间如何？漳平最大的民乱是在太平天国时期，而辛亥革命之后，那里并没有马上出现混乱局面，混乱是在四五年之后开始的。县城周围的"和睦里（即今新桥）有个农民或（小地主）叫林智山，团结了周围的农民，不知怎样搞到几条枪，便拒绝交纳钱粮，进而拒绝衙门派来的差役入境，起初只保卫一两个乡村，后来几乎整个和睦里都在县政权统治之外了。那时的知事是湖北黄陂人邓炳，前清秀才，很能干，是福建督军李厚基任命的，穿的虽是长袍马褂，但威风不减于七品知县。他派了两个差役去办案，被林智山的部下打死了；他请来了一队兵去进剿，自己坐轿子督战，兵打了败仗，自己驻在一个路亭内，几乎被俘"。"林智山一度在宁洋县衙门发号施令，一个漳平人谢信友做他的秘书，听他使唤"，这个谢信友是郑超麟父亲的"同案秀才"。

"林智山站住了脚，于是别的人起来仿效。他们都有钱，有队

郑超麟

伍"，"匪区逐渐扩大，从和睦里扩大到感化里，甚至扩大到居仁里
（即今城区及附近各乡）离城不远的几个乡村"。"林智山是否打家劫
舍，绑票勒赎，我未听说，但近城乡村的'土匪'则是打家劫舍，
绑票勒赎的"，也就是说，漳平和川南一样，也开始了混乱。

　　最有意思的是郑超麟描绘的这种变化的过程：漳平在辛亥革命
的最初阶段没有立即混乱，是因为官府构架基本没有大动，只是改
了称谓。"辛亥革命后，为了表示和专制朝代有所区别，便改变官制
称谓，'总督'改为'都督'，'知县'改为'知事'"，渐渐地，"县
府二级撤销了"，变革在继续，开始实行"本省人可以做本省的县
官，打破了几百年'回避省籍'的禁忌……各县绅士以及革命前在
福州读法政学校的学生纷纷活动出来做官"。郑超麟还记得："废除
'回避省籍'的禁令，比改变县官称谓，更引人注意。"

　　变化的后果在渐渐显露出来，"辛亥"后的"第一位'知事'
姓卢，是本省永定县人"，"老百姓起初还是把卢知事看得和以前的
'老爹'（县太爷）一样，但渐渐地，辛亥革命那些非实质性的变化

开始起作用了"。"'老爹'背后没有了皇帝,毕竟减损了威风。以前人们怕'老爹',不敢滞纳钱粮,不敢反抗苛政,并非害怕衙里那几个'亲兵',而是害怕皇帝支持'老爹',现在,这个客家人,住家离我们不远,来我们县里做官,又没有皇帝撑腰,我们怕他什么?于是城里的流氓胆子大起来了。""卢知事在县衙门里也失去威风了。粮房收了钱粮不及时上交,拿去放利息,做生意,拖了很久,催了几遍,才交上去,有时只交一部分。文书房的职员,要求加薪,不遂则罢工。"私盐也管不住了,"在城里大街上公开出卖。最盛时,中水门街上两边都是私盐"。

卢知事想整顿,抓了几个私盐贩子,"在四知堂过堂。刚审问几句,被捉的盐贩子就在堂上闹起来。为首的一个三十多岁,身强力

辛亥革命成功后的孙中山等领导人

壮的人，我认识此人，家住杨家圩，不完全是流氓，但常出入赌场，可惜我想不起他的姓名。他带着其余的盐贩子向公案冲去，亲兵和差役制止不住。卢知事见形势不好，便从后堂逃走了"。

城里开始闹事，"只有一部分是盐贩子和流氓，大部分是普通市民"。最后事情的解决，"说来滑稽，原来是前朝末任知县，一个姓钟的山东人，出来解决的"。他一口山东口音，当地人还都听不懂，"他来到明伦堂门前的大院子，对聚集在那里的群众说了几句话，自然是有人翻译的。那天我也挤在群众中间看热闹，我听不清楚这个山东老头子说什么话，只觉得群众还是尊重他"，最后总算没有酿成暴乱。

"前朝卸任的官比本朝现任的官，更有权威"，而且，还是一个讲着当地人根本听不懂的方言的"前官员"，这给郑超麟留下了深刻印象。有意思的是，晚年郑超麟讲述这段故事时，循着他的理论，还在扼腕叹息：当时没有出现"新的意义的革命家挺身而出把自发的群众运动变为自觉的阶级斗争"，虽然在同一章节里，郑超麟告诉我们，当时漳平最基本的氛围还是"首先，皇帝没有了。这一点，漳平县老百姓无论如何想不通。世界怎么可以没有皇帝呢？自从盘古开天地都有皇帝"。

这些个人回忆让我们了解了，辛亥革命存在的上下脱节状态在乡村和小县城是如何具体表现出来的，也让我们看到变革时代制度衔接之重要，看到变革的循序渐进为何要顾及复杂的社会民众层面的种种因素。

谈到一场革命，历史学家常常只告诉我们，这是"历史进步"的重要转折，民众似乎必定是欢迎进步的；历史学家没有告诉我们的是，行进中的列车，如果突然做出一个"历史性转折"时，车上有多少人会因猝不及防从车窗里被甩出去；大历史也不会告诉我们，那个被甩下去的人怀抱的会是什么样的心情。这样的事情，在宏观的大历史之下是不被关心的。可由于不关心，社会民间历史的很大一部分就此消失了。消失的结果，是人们没有得到应该有的教训，而历史也因此缺少了一个丰富的层面，不能给我们提供它的复杂性、提供让我们谨慎行事的依据。

两部传记和回忆作品只是讲述了一点个人故事，却背负着沉甸甸的历史分量。提醒人们在大变迁的年代，注重牵动民生的细节，避免不必要的伤害。千千万万个郑品三，他们只有短促的一生，他们的人生、他们的梦想，不论是以什么名义，都不应该被轻易断送。

"杀君马者道旁儿"

——读《罗家伦与张维桢——我的父亲母亲》

　　最近在读罗家伦女儿罗久芳纪念父母的文集。先浏览了出版后记。作者提到，编辑高艳华女士建议：把纪念文字和传主遗作合而为一，合成一本"从多个角度出发的传记"。罗久芳希望，这样安排，能使得"读者不仅能从中认识我父母亲的生平，也能够体会出他们那个时代的沧桑"。读罢，感觉这个设想真是很成功。

　　罗家伦曾出任清华大学（1928年8月至1930年5月）和中央大学（1931年至1941年）校长，清华从一个半旧半新的学堂转型为一个现代化大学，罗家伦是最初推手。罗家伦以他三十来岁的旺盛精力、多年游学欧美的见识和过人的魄力才干，给梅贻琦继任主持清华发展，打下了重要基础。除了教育家，罗家伦又是外交家和著名学者。可是，正因为他和胡适一样，曾居于海峡另一端，也就迟迟不能被此岸的故国后人所了解。这本书面对的不是学者、研究者，而是我这样的普通读者。它也不是对先人歌功颂德的泛泛之作，而

罗家伦

是让我们有机会以一个新的角度去审视前辈和他们的旧时代。那个时代并不因其远去就和我们毫无关联，它是我们经历的新时代的母体。例如，罗家伦那一代人所经历的、我们现在年年还要纪念的五四运动。

我们看前辈学人，会有个明知故犯的偏差，就是很容易注重他们功成名就之后正襟危坐的模样，便以为这是他们一以贯之的形象，而忘记他们也曾经年轻，曾经也是嬉笑怒骂、活蹦乱跳、口出狂言的毛头青年。读到书中对"五四"的描写时，不由想起自己中学的教导主任杨漱敏，她是九三学社创始人笪移今先生的夫人，高度近视眼，一头短短的白发。在一二九运动纪念日，她主动向我们回忆当年的亲身经历。当年那些课本上的说法我都忘记了，留下印象的就是亲历者的细节，说是一招呼大家就去了，一会儿要跑，就拼命跑；要站住，就满街挤个水泄不通。小姑娘杨漱敏最惊讶的是，看着两个男同学被挤得跳进了街边一口大大的空铁锅。还有回到学校又如何兴奋得很多日子静不下来。这让我知道这些事件不是历史课本上一个抽象的概念，这是一件具体的事情，而参与者多为比我当时大不了几岁的学生。

五四运动源于第一次世界大战之后，德国在青岛的权益转让给了日本而没有归还中国。这里面除了中日私下交易，还涉及第一次世界大战时中国的参战程度，涉及巴黎和会的力量配比，种种复杂纠葛导致出这样一个结局来，有历史的偶然和必然，这不是本文探讨的范围。只能说，这样的结果在当时的北京各大学里，必会引发出一场以爱国为主题的学生运动来。

1919年5月4日那一天，游行集会抗议都不在话下，最后的高潮是发生了火烧曹（汝霖）府和"痛打卖国贼"章宗祥的事件。章宗祥被殴重伤，一度生死不明。读"五四"的罗家伦回忆，最初引起我兴趣的，正是围绕这一历史细节前前后后的故事。

五四运动

为了反对中日密约，"五四"一年前的1918年，已经有过一次新华门总统府请愿的学生运动。这两次运动罗家伦都是发起人之一，更因其后者被称为"五四干将"。这个干将在1918年发起请愿是二十一岁，"五四"那年是二十二岁。大家都知道，那一天群情激奋。在走出校门前的一次集会上，四年级学生许德珩慷慨激昂发言。他二十五岁才进入北大，1919年二十九岁，是学生中年长的一个。他后来成为九三学社发起人之一。会上刘仁静挥动小刀意欲自杀，他后来成为中国共产党第一次代表大会代表，当时十七岁。后来代理北大校长，也是后来的台湾大学校长的傅斯年，一些书中称他为"五四学生领袖"，其实不然。"五四"那天阴差阳错，他本来要被学生推选为副主席的，结果被一个同学打了一拳，一怒之下傅斯年和五四运动脱离干系，再无瓜葛。傅斯年当时二十三岁。

　　关于发生在曹府的故事，现场目睹的人并不多。许德珩当时在场。他不仅后来一直是九三学社的领导人，还坚持申请加入共产党达五十三年之久，在九十岁才如愿以偿。他长期作为大陆政治人物中的"五四"先驱，为我们传承这段历史。

　　罗家伦后来去了海峡的另一边，他当时也在场。他非常中性仔细地描述了当时发生的事情。章宗祥先被群众痛打一顿，"忽然有人说'打错了'。大家便一哄而散"。章已经不能起来，在场学生无人救助。而是由在场的一个日本人和一个用人把他抬出曹府送到一个杂货店。"群众中忽然有人叫'刚才并没有打错'"，就"重新把章宗祥拖进曹宅来"，那个日本人冒死试图保护他，学生们"拆散了一张铁床，拿铁床的棍子来打，所以章宗祥当时确是遍体鳞伤，大家以为他已经死过去了。……我还亲眼看到江绍原拿了一床红绸的被子，拖在地上，撕了一块红绸，拿在手里，乱晃几下，说是'胜利了！胜利了！'"曹家的室内陈设被学生们纷纷砸碎，包括众多香水瓶，"香气四溢，不可向迩"。罗家伦看到高等师范的学生从身上掏出许多自来火（火柴）开始放火。他在回忆中问道："如果他们事前没有这个意思，为什么要在身上带来这许多自来火呢？结果，曹宅烧起来，徐世昌便下了紧急命令，叫军警捉人。"罗家伦出了前门，可是救火队和水夫，已经把一条街挤得水泄不通。几十人尚在曹宅来不及出来，被军警逮捕，其中就有许德珩。

"五四"当天，一场民众抗议政府对外政策的爱国运动，就以一个纵火及殴人重伤的高潮告终。在如此混乱的民众运动中，发生这样的暴力刑事案件，古今中外都难避免，更何况中国民众大规模请愿干政，还是初试牛刀，不割出血来才是奇怪事情。问题是割出血以后怎么办？

我觉得好奇的是，我们可以看到，大规模"运动"本身就有制造问题的能力。一旦问题被制造出来，一是新问题成为当务之急，而引发运动的国家大事反而退而为其次；二是新问题可以成为"运动"的进一步推动力。两天后，章宗祥还没脱离危险，曹宅当然已经烧光。记得我们的历史课本上没有罗家伦讲的这些细节，历史书暗示和引导我们：痛打、火烧的对象既然是卖国贼，也就是无可厚非之正义行为。在当时，大多数人怕也是持这样看法的。

不到二十二岁的罗家伦"五四"那天回来累得倒头大睡，第二天起来，还在奔走，并且参与了全体通过的北京学生罢课决议。在一年前那次新华门总统府请愿运动时，事件一发生北大校长蔡元培就立即辞职。最后学生表示退让回校，又由罗家伦等学生劝说校长

蔡元培（藤椅上）率中国教育代表团在檀香山

回来。这几个学生有个基本概念，就是不能伤害北大。为此，发起运动的罗家伦还被顾颉刚痛骂了一顿。1918年，顾颉刚二十五岁。这一次，"五四"出了大事，有多名学生在曹府现场被抓，蔡元培根本不提辞职，而是主动联系所有大学校长，商讨如何要求北京政府释放被捕学生。

在一个法治国家，这类事情的处理是桥归桥、路归路。抗议集会是法律容许的范围，政府不可以不批准；但发生违法暴乱行为，独立的司法不可以不惩治，政府干涉都无用。行政干预司法乃宪政法治之大忌，休提。当然再往前推一步，是政治透明，重大外交举措不可以隐瞒民众。而1919年的中国，很容易一步错而步步错，或者说一步偏差而步步偏差，整个思路逻辑都对不上。政治是不透明的，民众抗议是容易失控的，司法不是独立的，所以释放被捕学生事情是政府说了算，这样歪打正着，倒也就有交易可做。

罗家伦估计的政府思路大致不会错："因为他们知道如果长久的罢课下去，一定是要出事的。而且五月七日是国耻日，更容易出事。"所以北京政府刚刚听到学生决定罢课的消息，就把"明天全体复课，明天就立刻可以放人"的交换条件提交给大学校长。5月6日当晚十点，蔡元培紧急召集北京各大学校长，在他的办公室接见学生代表。罗家伦回忆：学生代表都说"昨天才决议罢课，明天便要复课，乃是办不到的，我们也负不起这个责任"。唯一赞同这个妥协的是罗家伦："现在如果尽让同学们关在里面，也不成事，况且我们这一次有放火及殴伤等重大情节（当时章宗祥还没脱离危险，有两天没有大小便，医生说他命在旦夕了），适巧政府又捉去我们几个人，用这几个人去抵命，也是没有办法的事。"罗家伦向校长们确认妥协交易的可靠性，校长们说："我们可以以生命人格为担保。"还告诉学生代表，京师警察总监"吴炳湘也曾发誓过'如果复课而不放学生，我吴炳湘便是你们终身的儿子'"。于是，罗家伦说："我以为既然如此，我们就复课好了。"其余学生领袖都反对，可是既然罗家伦说出来了，他们居然也都勉强照办，可见二十二岁的罗家伦在学生中也确是有威望的领袖。第二天北京各大学先后复课，"到了十点钟，全部被捕同学从警察所送回学校来，大家都列队在门口迎接，当时那种痛哭流涕的情形，真是有家人父子于离乱巨劫以后相遇时之同样感觉"。

过去我们更多看到蔡元培救援学生一节，现在下文已经渐渐为人熟知：学生出狱，蔡元培就离北大而去。留下的一封辞职信里引

五月七日北京高师爱国学生返校

用的典故成为学生们费解难猜的谜："杀君马者道旁儿"、"民亦劳止，汔可小休"。罗家伦回忆说，学生们纷纷去请教国文老师，让那些被新文化运动冷落的老夫子们好好得意了一番。对于当时北大学生的国文水平来说，这实在没什么难懂的。或许是他们不愿意或不相信他们读到的意思吧。蔡元培清楚地看到，虽身为校长，下面的局势他无力回天。

下面是没有了校长蔡元培的学生们自己运转的北大。章宗祥还没有脱离危险，"时时有死耗之传闻"，学生们显然还在担心是不是有司法的追查问罪，"刚巧北大有一位同学叫郭钦光，在这个时候死了，他本来是有肺病的，在'五四'那一天，大约因为跑得太用力了，吐血加重，不久便死了，当时大家怕章宗祥和我们打官司，所以订下一个策略（这个策略之最初主动者便是狄君武），硬说郭钦光乃是在'五四'那一天被曹家用人打死的。于是郭钦光遂成为'五四'运动中唯一的烈士，受各处追悼会之无数鲜花美酒吊祭和挽章哀辞的追悼。在上海还有一位女士，当众痛哭郭烈士。"虽然这一"策略"不是罗家伦提出，他显然在当时也接受了。所不同的是他事后反省这样做的正当性。

北大学生走向全国，派去的学生发回密电，告诉北京同学"可以相机发难"。于是，学生领袖分两天派出几百名学生去街头演讲，这样就又有人被抓捕。这次学生被捕已经不涉命案，可以有慷慨以赴的气概。同时，学生被捕本身又可推出下一个高潮，罗家伦如地下工作一般，偷偷发出学生被捕的电文，成为各大城市新的耸动新闻。南下点火的北大学生，遂发动劝说上海商家罢市，"甚至于要求不遂，向商店老板跪下去。到了六月四日，全上海罢市了，别的地方跟着罢市的也有好几处，而天津方面，因为一个南开学生马骏在商会代表的面前，用一只碗向自己脑壳一打，表示他要求的决绝，商会方面的人大为感动，也罢市了。"

这让我想起以前看到的"五四"前后的梁实秋。清华学生梁实秋也跟着同学去前门外珠市口演讲，聚集的民众阻碍了交通，有汽车按喇叭，激怒的民众顿时捣毁了一部汽车。梁实秋说："我当时感觉到大家只是一股愤怒不知向谁发泄，恨政府无能，恨官吏卖国，这股恨只能在街上如醉如狂地发泄了。在这股洪流中没有人能保持冷静，此之谓群众心理。"章宗祥的儿子也是清华学生，和梁实秋同宿舍，"五四"后悄悄离开学校。但是他的床铺被同学砸烂，衣箱私人物品被四处乱扔。梁实秋对此尤不能认同。那一年，梁实秋十六岁。

接下来，是天津、上海向政府要求"罢免卖国贼"和"不签巴黎和约"。还有前提，就是释放学生。这时，北大在临时拘留所里的"学生还不肯出来，因为他们一出来要减少了天津及上海方面的紧张空气。到了第二天，步兵统领衙门和警察所却派人来道歉，他们才肯出来"。拘禁在警察所和步兵统领衙门的学生更不肯出来，"以后预备了汽车和爆竹送他们出狱，还是不肯。最后一个总务长连连向他们作揖说：'各位先生已经成名了，赶快上车吧！'"当时民众与官府的力量对比可见一斑。直到"五四"五个月后，学生会派罗家伦去请回蔡元培，蔡元培"慨然答应"。也许，蔡元培看到，五个月下来，已是学生"可小休"的时候了。事实上，到年底，北大学生为另外事情，和政府又起过一次冲突，罗家伦也为首领。可是，如蔡元培预料的，已经到了罗家伦和学生们看到"学生运动也就衰落下去"的时候了。

罗家伦曾总结衰落原因，认为：一是"青年做事往往有一鼓作气再衰三竭之势"；二是"第一次学生运动"都是用功学生负责，"但是到后来久动而不能静，有许多人只知道动而不知道读书，于是乎其动乃成为盲动"；三是，"最初动的学生，是抱着一种牺牲精神，不是为了出风头"，而他们的"名声较大，大家知道得多了，于是乎有许多人以为这是成名的快捷方式，乃是出风头的最好方式，结果个个想起来动，结果必至于一败涂地"；四是后来的各种政治成分加入，"往往起于内部的破裂"。也许还应该说，运动是短暂的事情，能够达到的目标是有限的，自然会衰落。可惜热血沸腾之中，很少有人肯在合适时机见好就收。

当然"五四"包括了前前后后的文化运动，不仅是一个简单的学潮。罗家伦在总结"五四"影响的时候，不认为表面胜利是重要的。他认为重要的是推动形成民众组织和扩大新文化运动，"唤起了全国青年对于国家问题的意识"。罗家伦入学北大那年，恰是蔡元培出任北大校长的同一年，他最清楚地看到，没有蔡元培推动的新文化运动，不会有发动"五四"的北大学生。学生们对国家问题有了意识，可是在这样的意识下做什么和怎么做，又是另一件需要探讨的事情。至少这样的学生运动，并非是蔡元培所希望看到的景象。梁实秋甚至认为：新文化运动的"探求新知"都不宜"过于热心"，以致"学校的正常的功课反倒轻视疏忽了"，然而有能力给自己内心安排出空间、去深入探讨这样问题的人并不多。因为运动大前提的爱国重量压倒一切，其余探讨也就"渺小"到难以启齿的地步。

提到北大学生1918年的总统府请愿，罗家伦说，这是一件"很少有人提起的"事，他还说，"（说句没出息的话，这也是民众请愿的第一次）有了这件事做引子，再加上新文化运动和文学革命，'五四'运动的产生，几乎是事有必至"。"五四"以后，北大更是脱离不了政治了。不仅"五四"是必然的，此后中国的轰轰烈烈都是"事有必至"。人是需要精神支撑的，需要自己有正义感、有爱国心、有道德的精神追求，尤其是处在如北大、清华这样精神上层的青年学子。"五四"这样的大事件于青史留名，表现出宏大叙事的正确性，支撑起了一代代前赴后继青年学子的道德感。这其中包含着牺牲、流血、牢狱，因而使得任何要往深处走一步，提出批评检讨的人，都可能在道德上先输一头。

但是，并非所有的人都不能走出历史所规定的局限。还是有少数身陷其中的人，有能力自己拔出脚来，甚至走出喝彩声以及五色光环，从困惑开始而寻出它背后必然的负面效应。二十三岁的罗家伦，反省自己："好不容易，辛辛苦苦读了几年书，而去年一年以来，忽而暴徒化，忽而策士化，忽而监视，忽而被谤，忽而亡命……全数心血，费于不济之地。"反省的还有"五四"时才十六岁的梁实秋。"五四"建立的清华学生会，在此后有权评议学校事务。梁实秋担任了几年评议员。他说："我深深感觉'群众心理'是可怕的，组织的力量如果滥用也是很可怕的。"清华学生在短短时期内驱逐了三位校长。"学生会每逢到了五六月的时候，总要闹罢课的勾当，如果有人提出罢课的主张，不管理由是否充分，只要激昂慷慨一番，总会通过。"

在一个内忧外患状态下，人们被不断的学生运动、民众运动的大潮所裹挟，看似积极主动参与，其实不论情绪、精神状态还是身躯，都是被动地被局势推着走的，几乎很少有人能够置身事外。那是有人喝彩的游戏，即便不殴人纵火"暴徒化"，那种"决策于千里之外，运筹于帷幄之中"的政治"策士化"，以及梁实秋看到的失去个人独立而从众的状态，仍然有着致命吸引力。有许多人更是一经运动，终生无以摆脱"运动态"，再也静不下来。爱国以民众运动为主要形式、形成滚滚不息潮流，诉求越正当，越是迷人，越会卷入一代代优秀青年，对一个国家的毁坏更会超过对它的正面推动。虽不断有人意图改善运动和它的领导组织，却看不到此乃硬币之两面，弊端与生俱来无可根治。归根结底，这不是冷静审慎坚实的制度改革，虽披以现代外衣，它仍然轻而易举就可能潜移默化为中国式的政治权术操作。

身为校长，蔡元培当然第一个预料到"五四"对学生志趣与品性的改变。接任校长的蒋梦麟回忆道：蔡元培说，学生们"既然尝到权力的滋味，以后他们的欲望恐怕难以满足了"。

"五四"以后，蔡元培《告北大学生暨全国学生书》中称："诸君唤醒国民之任务，至矣尽矣，无以复加矣！""一时之唤醒，技止此矣，无可复加。"你们做到登峰造极处了。不知学生听了是否全当作夸奖吞进肚里。蔡元培又转回来表示，真正寄希望看到的中国青年和未来国民是"扩充其知识，高尚其志趣，纯洁其品性"。"推寻本始，仍不能不以研究学问为第一责任也。……使诸君果已抱有恢复原状之决心，则往者不谏，来者可追。"在"五四"前，胡适和陈独秀两名教师、罗家伦和傅斯年两名学生，在北大受到保守派最大的压力，然而"胡适虽然同情学生诉求，却认为这场运动也是一场不幸的政治干扰，不仅破坏了北大的教学制度，阻碍了'新文化运动'的进展，也促使他放弃了'二十年不谈政治'的初衷"，作出这样思考的胡适，"五四"那年二十八岁。他此后一直提倡"多研究些问题，少谈些'主义'"。

蔡元培、罗家伦和胡适，属师生三代，此后却维持了长久的特殊友谊。他们对"五四"不同于寻常的推敲，是这段友谊的一个重要纽带。在此后中国动荡的局势下，他们不可能远离政治，也没有放弃当动则动。可是，他们和"五四"那年四十岁的陈独秀，有着明显不同。他们不能完全在局势推动下随波逐

胡适

1921年北大留美校友与赴美考察的蔡元培先生合影。前排左五为蔡元培，左二为罗家伦

流，在动与静、破坏与建设的局势之间，他们有自己的独特思考和不断挣扎。这种挣扎来自于他们能够穿透动荡局势，看到不论作为个人还是民族，当有某种恒定不变的东西。他们相信，这种东西沉淀下来，才是个人和民族立足的坚实基础。

"杀君马者道旁儿"，你的马儿跑死，全因道旁欢呼喝彩的人太多。许德珩说，这是蔡元培在嘲讽当局；更多的人说，这是蔡元培在自嘲；罗家伦没有给出结论，仍称之为谜。我想，他的心中其实是有答案的。

1919年5月9日凌晨，给北大留下这句话的时候，蔡元培五十一岁。

一段"佳话"

最近，读到一段关于齐白石老人的故事。

齐白石老人的节俭是出了名的，而且已经节俭到了成为一种怪僻的地步。凡是和老人有过交往的，都对此留下深刻印象。老人在画界久负大师盛名，勤奋且高寿，如此一节俭，当然就有了可观的积蓄。于是，老人在家乡湖南湘潭县购田置地，也出租。在那个年代，顺理成章，是最传统的投资。

一生无事。到了九十高龄，老人出问题了。1950年11月至1951年4月，湘潭县分三批进行土地改革。留在家乡的齐白石的后代，因此被指控为大地主，眼看着"地主成分"要划到老人头上。今天的年轻人读到"地主"一词，大概感觉就是某块土地的主人，没有什么了不起。在那个时候，却是性命交关的事情。有了这个头衔，说可能性命不保都不算夸张。否则一个九十老人何以如此焦虑万分。万般无奈下，齐白石给毛泽东写了一封信。讲到自己的田产，均是

齐白石

以卖画所得购置。毛泽东将此信做了批示，转给湖南省政府主席王首道。王又将信转给当时的湘潭县长兼县委书记杨第甫。在一级级官员的关照下，虽然老人一生积蓄的田地被尽数没收，可是，免去了至关紧要的"划为地主成分"这一条。

杨第甫是个官员，也是文人。他事后拜访了白石老人。老人此时已九十六高龄。回想起来，仍然感激涕零。展纸研墨，画一幅荷花相赠。罕见的是，落款一连书三个"白石"，据说老人是表达"在此三叩首致谢了"的意思。杨第甫非常珍视这件墨宝，把它传给了儿子，那就是著名的经济学家杨小凯。杨小凯英年早逝，这幅承载了一段历史的大师之作，由小凯一家珍藏，想来会一代代传下去。

读完这个故事，回想起我读过的类似这样政界和文化界名人的"佳话"为数不少。"佳话"营造温馨的气氛，也在无形中塑造我的思维习惯。可是，假如我从另一个角度去读，一些疑问不由自主地会冒出来。退一万步，就算不去质疑出租土地是否是刑事罪行，不去质疑定罪的标准，不去质疑土改在源头上其行政命令和立法执法的混淆，即使在同样的定罪标准下，我都会对程序提出疑问。换一个视角，我会很奇怪，假如白石老人，因购置土地的钱是卖画所得，就可以"免入罪"，那么，其他地主购置土地的钱，都是杀人越货、抢银行得来的吗？有没有对其他地主的财产来源，都作一番甄别？他们是否能够因为购置土地的收入是合法的，就也同样"免罪"？

此类"佳话"故事，总是在正面叙述，也在无形中营造"法律面前不人人平等"的概念。久而久之，人们在温馨故事面前，习惯了法律面前的不平等待遇，认同了这样的观念：只要自己和文化名人之间身份不同，在法律面前就也要"矮一截"。也习惯了这样的制度设置，就是高级官员的一个批示、一封信甚至一句话，就能够改变程序。判断不是司法程序凭借法律在做，而是官员随心所欲在做。所以，遇到问题，我们对司法会没有信心。我们会条件反射一样，要找个通道，托上关系，向未可知的上层递上请求。

只要这样的故事，还在被当作"佳话"流传，我们默默无闻的平头百姓们，就还很难指望司法公平。

在边城历史中穿行

　　一个人写出自己的回忆，写一个孤立的跌宕人生，很可能只是偶然；可是，个人境遇的总和，就必是鲜活的社会历史本身，这是民间历史的魅力所在。我曾经想过，应该在哪一天，约几个相识的人，约好一起写出回忆，同时记录各自周围一圈生态，这样一个小小集合，就不再是个人史，而是一个社会单元、一个社会团粒结构，就有历史记录的价值了。

　　我只是想想而已，而在古老的昆明，一些不同年龄段、有着相互关联的人，并没有相约，却出于本能的历史感，真的呈现了个人记录的不约而同。

　　这是我再次阅读景明的回忆，准备写序的时候，忽然意识到的。在断断续续的几年里，我为几本围绕昆明的回忆录写了序言和书评，其中有黄湛的回忆录《永远的北大荒》，有胡伯威的回忆录《儿时民国》(续集《青春·北大》)，还有刘德伟的《一粒珍珠的故事》，而他们都和一个人有联系，就是景明。他们是景明的干爹、表哥和老师。我还陆续看到一些其他的回忆，有流亡至昆明的范小梵的《风雨流亡路》，她丈夫朱锡侯自法国归来居昆明三十五年，留下书稿《昨夜星辰昨夜风》，他们和景明的前辈有着共同的亲朋世交，也就隐隐牵到了一起。

卓琳去世时，我看见范小梵的女儿给景明信中唏嘘："他们这一代人走得差不多了。"卓琳是她妈妈的好友。我问起来，景明对我解释说：卓琳是"云南宣威火腿老板的千金。我三姨妈小时候最好的朋友。她家不在昆明，住校，星期天就和我三姨妈一道回家"。这些，她没有写进书里。景明的父亲王兆仁年轻时光，有一个高大的国军军官，曾带女友来昆明，向朋友们介绍说她叫蓝苹，不知为什么，景明的父亲似乎对她印象不好，当然，这只是一个生活小插曲。

我一直记得景明说起过的故事，那年她带外国专家回云南作乡村考察，来到聂耳纪念馆，看到一个介绍影片里放出一英俊青年，解说词说，"这是聂耳"，景明不由大笑："这是我爸爸的照片啊！"影片又放出一美丽女子，解说词是"这是聂耳的女友"，景明更是大笑："这是我妈妈！"这位云南音乐家曾是和景明父母玩在一起的好

熊景明

景明的妈妈新婚时

友，纪念馆方面不认人，在一堆照片里捡了英俊青年和最秀美女子摄入影片，恰是景明的父亲母亲。时局动荡，朋友四散，聂耳早逝，卓琳、蓝苹分别去了延安。1949年，卓琳没有回乡，她在延安嫁了外乡人，丈夫号召北方城市青年"打到西南去，解放全中国"，中国人民解放军西南服务团因而赴卓琳家乡，彻底改变了她少女时代好友们的命运。

　　一大批外乡人因此落户昆明。在走向大西南的军人中，有戏剧家吴祖光十九岁的妹妹吴蓁和她后来的丈夫孔凡庸，他们于1949年10月2日离开南京，1950年2月抵达昆明，从此也成为新昆明人。景明随爸爸妈妈干爹老师及乡亲们，迎来从天而降的队伍，也迎来千年淳厚古昆明的大变革，可是，读今天吴蓁写下的《22年的劫难》，又发现这支天兵队伍，亦不乏被碾入社会巨变轮下的遭遇。

蓝苹也在延安成婚，她后来参与了其丈夫发起的"文化大革命"。当初一起在昆明旅馆听蓝苹唱抗日歌曲的朋友，谁也没有想到，因为这次小小聚会，几十年后，景明父亲对蓝苹的一点私下议论，竟然差点要了他和景明六姨爹的性命。

这些记录原本孤立独存，却因他们之间那点纤弱的社会联系，陆陆续续地一本本放在一起后，眼前忽然展现出了社会一角的历史拼图，作者、书中人物、牵连到的周遭，已是横向关联延伸的一片社会断层：当年边城不大，景明父亲出生时，昆明只有三万人。而这个角落，又是中国大图景的缩影。当一个历史网络蓦然最后连通，真是令人惊异。

我把景明这本书看作这个结构的中心。不但因为她的存在，使得这些回忆得到一个连接，也因这一圈记录各有其阶段局限：记录者或是出生此地却又别离，昆明记叙也随之中断；或是自外乡转来，文化基因终有异趣。景明的回忆不同：从清末的家族追溯，到她自己的青年时代，叙事根基始终深深扎在同一片土地上，是边城文化场的一个近现代核心。

大一统中国下，不论是辛亥开始的各类革命，还是战祸动荡离乱，都不可阻挡地一路蔓延，一直覆盖到最边远省份。景明回忆录中叙述家族的父系始于任丽江知府的曾祖父。祖父家中还召开过云南的中共"一大"。两代十六人求学的足迹，从省内省外到英美德法，"教育所费，几近破产"。母系始于祖外公（母亲的外公）参与百日维新被慈禧赶回云南。外公一代虽是大户人家，却立规不用仆人。到母亲一代加十个舅舅姨妈，就牵出众多家庭的命运，其政治倾向有"国"有"共"。自古以来，不论天灾人祸朝代更替，在此边地，各路人马各派信仰，终有舒展活跃空间，活力来自社会的色彩斑斓，近代又添加自西方引入的现代科学与宪政学说。景明父母一代正是呼吸着西风东渐的新鲜空气成长起来。直至1949年，变革属史无前例，真正做到天下归于一色。如此巨变，过程必要用超常强力，社会再造就是个人重塑的历程，刚性个体脆裂消失，生存者则必须为生存而改换生存方式。

维护单色社会有很多措施，关键在隔离。社会屏蔽色彩之后，家族传承仍是连接历史的最后机会，某些家庭孩子可能承继"危险基因"，于是，景明投考大学那年，发现很多和自己一样的少年人因家庭而不得升学。景明侥幸在第二年遇到政策松动，虽成绩优异仍不准进北大，但至少进入了大学校门。还有许许多多少年，却永远被排斥在教育之外。走进学校，敏感的景明很快发现，高等学府已经被釜底抽薪。先是学业可任意中断，派去"四清"，之后接上"文革"，景明成为斗争的众矢之的，只因成绩优秀。同时，范小梵读初中的小女儿被同学打伤脊椎；刘德伟平静回忆自己被迫吞下一堆铁钉，只因是优秀教师；刘德伟也记录同校一个险些被打死的初中学生，只因其父曾是国民党军官的司机。我对景明提起这些，才知道也有人对她动过粗，这些情节她不会写进书里，我也没敢追问。然后，景明和同学进入农场由军人管理。后面的工作分配，无关所学专长，无关个人兴趣，没有选择余地。

读过这本书的朋友，无不对景明超常的记忆力、观察力留下深刻印象，跨越时代折断的裂缝，她似乎只是不经意间，给两个时代作出细节的描绘对比。在我眼中，景明的特别，更来自始终有一星自由之火的内心。自由之于她的父亲，首先是对一切好奇和探索的

摄于1967年、"文革"中景明一家人即将被打散之前

自由,他迷恋科学技术拓展的天空,有着学识服务民众的虔诚,自由于他也是等同于生命的诚实和无拘束的心灵。他为滇缅公路、昆明供水贡献了自己毕生的聪明才智,在关押中他宁可置自己于死亡威胁下,也定要实话实说。晚年,他坚持买一辆摩托,他要在风驰电掣中,实实在在回味曾经有过的青春自由。景明母亲长期卧病在床,却以精神托起一家人,幽默和关爱自然天成,自由于她,就是维护私人空间阻挡强力逾界的坚持,她就是温暖,就是家,就是亲情友情的守护神。景明承继父母,承继的是父母对自由的独特理解和坚守,这是以常识常情构筑的文明本身。

个人境遇融入时代背景,又写出大时代中普通人短短一生的生

长期卧病的母亲在医院里

命辉煌，文字一定要好看，这些恰是景明擅长的。她受过严格的学术训练、有很深的学术功力，却从无学究气。她以独特的个人视野，最大限度地展示了自己亲历的边地社会演变，读来却好像只是在穿过行云流水、细数柴米油盐。家传的幽默天赋，更是别人要学也学不来。景明以平常故事传达常识：个人自由无涉政治。所谓正常社会，只是以最大限度保障个人自由。社会文明进程，只是以法律逐渐限定个人自由不损害他人自由。外力强势入侵个人空间，社会必然反弹要求回归，这是人为制造的冲突。一个超政治化的社会必定是异化的社会；唯有向常态社会复归，张力才会随之消失，这是人类追求自由的共同天性使然。

对许多人来说，景明是一个谜。几十年里，不论走到世界哪个角落，只要是汉学家，多半是她的好朋友，她是大家眼中推动中国研究不可缺少的助动力；不论做什么，她似乎只是信手拈来，轻松成就，一切只是自然历程；后来我渐渐明白，她也有难处，只是她习惯把难处单独留在自己身后。第一次遇到景明，我很惊讶，当时她已在香港生活二十年，还没有过一次出国观光，所有假期，她都回到内地农村，在那里扶贫。

后来我读景明的回忆，就感觉这一切都很自然。她只是承继父母的路径，继续走下去。对于景明，父母从未离去，他们就在天上，为她点亮星斗，护佑她前行。

穿越颠倒岁月的女孩

徐小棣的书《颠倒岁月》原本是写给自己的。写多了，她用白纸印出来，装订一下，加上湖蓝色封面，就是她的"书"，就像她的文字风格，语言朴实，云淡风轻，一点虚的没有。我最初读的就是这么一本"书"。没想到的是，一打开就合不上了，一路看到天黑掌灯、看到最后一页。好看。

小棣有灵气，写着几十年前的场景，就能变回那个孩子那个少女，能把读者领到现场，指点给我们看的都是细节。读她的故事我有点难为情，她写回忆文字对自己很较真儿。如果说她对人性的复杂深有剖析，那是起于事无巨细她总先拿自己开刀。读到这些我总是不由自主地会问自己，假如这事搁我身上，我会这么揪住自己不放吗？长大后的小棣写回忆，就是会揪住成长中的自己，大大小小事情，她都没有放过。万分犯难的是，倒霉的小棣成长在一个黑白颠倒的非常年代，她的生活路程、她的心路历程，都是一路惊险、跌跌撞撞走来。

生活原本就是复杂的。小棣的父亲英俊聪明，母亲美丽温柔，可以想见，年轻时代很容易相互吸引、走到一起。可是家庭背景和少年经历的截然不同、后来进入的工作领域的不同，加上修养性格的差异，小棣上着小学时，家里就常常"烽火连三月"。最后父母离异，"文革"骤然开始，

少年徐小棣

家庭变故和社会倒置几乎接连发生。小棣每分钟都生活在荒诞版的《爱丽丝漫游奇境记》里。她的父亲有"革命"资历，又在情报部门供职。随了父亲，可以得到乱世最重要的安全，甚至能有一点神气；随了"出身不好"的母亲，就是处境危险的黑崽子。她在难以抵挡的社会压力、难以拒斥的社会诱惑，以及对母亲的本能怜悯中被两相撕扯，最后，小棣还是留在母亲身边。小棣没有强调她的善良，而是强调在鼓励绝情、鼓励恶的颠倒岁月，一个小孩要保留那一点点天真善良是何等不易。孩子们经常会依照社会给出的指示，奉恶为善。她告诉大家，自己也未能幸免，她在社会对孩子的颠倒教育和鼓励下，也做过伤害过自己父亲和恩师的事情。

小棣有着那个时代认为是"对立"的社会关系，这使她有了一些其他孩子难以同时具有的经历。她和母亲曾在"好人家"的四合院借居，见识过"旧社会"残留的上层文化人；风暴将临，她和母亲搬入大杂院，又体验了社会底层的百态人生。1966年的红八月里，她独自借居在仅有母女二人的亲戚家里，只离开一天，那位昨天还是活生生的母亲，就已经死在红卫兵的皮带棍棒下，被扔上卡车拉

走，小棣带去的毛巾被，差点被红卫兵的封条封在屋里。她心里揣着可能招致大祸临头的"母亲出身不好"的秘密，万分小心地调整自己、应对世界，保护自己和母亲；同时又因为她所在的寄宿制学校，可以近距离接触一群高干的孩子们，和她们玩在一起。她的四周旋转着截然不同的事、不同的人、不同的生活、不同的风格。最后，母亲很悬很险地生活下来，她有着红色光环的父亲反倒入狱，被自己人关了七年。她按照当时学校领导者的指示，去动员同学下乡、"拔钉子"，自己后来却在农场心灵孤寂的生活中，差点儿自杀身亡。生产建设兵团的生活是小棣的另一半回忆，在那里，所谓的知青生活虽然变得相对简单，但是，它只不过是一种无尽头的劳役，扼杀了正常年轻人的全部色彩和希望。那时，任何可能的表达，都被纳入"文革"中连续上演十年的假大空语言框架，令人无处逃离。小棣让我们看到，这种文化扼杀的利刃直入每一片田野、每一个个人。难怪直至今日，几十年后的公众语言和风格，仍然难以彻底摆脱"文革"语言的长久腌制。不仅是虚假语言，最后为了逃离，知青们纷纷造假，假电报、假诊断书、假证件，这是当时全社会公开的秘密，更有社会上越来越多在政治上醒悟的人，也必须以假话保护自己。终于，出于种种原因，全民殊途同归，都生活在各种类型的谎言中，而且没有心理负担，只因在颠倒的岁月里，小民被逼上了绝路。

　　小棣会讲故事，她的故事好看。而在小棣引人入胜地讲述非常年代的故事时，她注重的不仅是情节。也许只是天生敏感，似在无意间，她习惯性地探究人的心理反应，结果她以独特的角度让人理解到，那个时代的学校教育和社会环境，对人的性情、心理做了怎

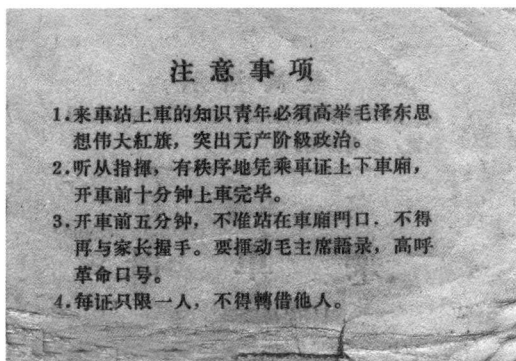

注 意 事 项

1. 来車站上車的知識青年必須高舉毛泽东思想伟大紅旗，突出无产階級政治。
2. 听从指揮，有秩序地凭乘車証上下車廂，开車前十分钟上車完华。
3. 开車前五分钟，不准站在車廂門口，不得再与家長握手。要揮动毛主席語录，高呼革命口号。
4. 每証只限一人，不得轉借他人。

知识青年上山下乡乘车证
的注意事项

样的内在修正和扭曲。她随着自己的成长，记录了从儿童到青年，整整一代人被塑造的细致过程。这种教育留下的印记，有些是永恒的。时代塑造了几代非常的中国人。小棣故事的这个特点，使她的书有了记录民间历史之外的特别意义。也许大家不会想到，我们要理解今天的中国社会，它的种种独特表现、它的思路、它发生的事件、它上中下各层的反应，都离不开去了解和理解那一代人，他们是封闭环境中、封闭教育下、"文革"颠倒年代的产物。今天，他们是父亲、母亲和教师，他们还可能是为数不少的官员甚至高层官员，他们是今天整个中国的后中年和老年人。他们对今天的中国仍然具有一定的塑造力。

划定"罪与非罪"的界限

一文激起千层浪

看到一篇关于聂绀弩先生的文章，文章作者感慨聂绀弩当年是由于朋友的告密才被送进监狱。被点名的是一些文化名人，他们本身也长期受到政治迫害。后来，我又看到这些说法的来源——一位名叫寓真的作者写了一篇关于聂绀弩档案的长文。爆炸性的揭秘都是来自文中公布的档案材料。这些材料显示，聂先生的罪名部分来自朋友的揭发。

关于道德的讨论冲在最前面，因为既然"告"的是"密"，告密者和被告之间应有比较亲密的关系，而告密会有恶果，会带来惩罚。把与自己有亲密关系的人，送入一个受惩罚状态，是人们按常情常理特别不能接受的事情。

这样的问题也可以说是全球性的。前不久，在布拉格研究院负责

聂绀弩先生雕像

管理历史档案的年轻历史学家，发现一份1950年的档案，有米兰·昆德拉的告密材料，也引起一场轩然大波。被告密的人差点被判死刑，最后被送到铀矿强制劳动十四年。档案材料提到是大学生米兰·昆德拉的揭发，却没有留下他的笔迹。而米兰·昆德拉本人否认有过这样的事情。此案至今还是个谜。

另外，在东西德合并之后，东德档案公布也一度使得告密问题公开，涉及面之广，几乎到了人人自危的地步。原有的人际关系要重新洗牌，维护最基本社会安定的家庭、朋友、同事和邻里关系等等，都处在崩裂的可能之中，当局不得不暂停公众对一些档案的查阅，或者在档案中隐去告密者的姓名。

因此，有曾经是"政治运动过来人"的学者指出，告密根源是由于几十年严酷的政治运动摧残扭曲着人性，而人性本身就是复杂的。这样的揭秘会带来许多难以料想的伤害，我们应该停止"揭疮疤"。也有学者认为，告密现象今天还没有绝迹，所以，"揭"有警示作用，让大家知道，告密是坏事，做不得，做了之后，有一天可能会被揭示，会被大家所不齿。那么，到底如何是好呢？

我想，首先要问：为什么会形成社会的告密之风？大家注意到，在某种社会机制下，会出现大量类似的告密。我想，应该探究的是，为什么会这样，所谓告密的要害究竟是什么？我以为这里的关键不是这个社会是否缺失道德教育和警示警告，而是这个社会是否缺失健全的法制。

大家在讨论的时候，有一个概念时常是含混的。这里所说的"告密"，并不是说某人犯下刑事重罪，被亲近的人正当举报；而是指某人并没有触犯任何法律，却被告发而导致灾祸。这就是说，关键不在于告发，而是"无罪惩罚"。换句话说，如果在法制健全的社会，哪怕被告发，也不会带来惩罚和灾祸，因为这些言论或行为本来就是"不违法的"。于是告密也就失去意义。

在一个告密流行的社会，"罪与非罪"界限不清，非罪行为会受到等同犯罪的处理。这样，问题突然就简单了，不合理的制度在简化复杂的告密问题。

在一个法制健全的社会，真正的刑事犯罪，对正当举报有种种法律规定，以避免诬陷，也尽可能对人之常情予以照顾。例如，一个犯罪嫌疑人的直系亲属，可以有权不出庭提供对自己亲人不利的证词。可是，哪怕是亲人，你也不能帮助罪犯藏匿罪证、不能协助逃亡，否则就是共谋罪。比如，在美国也有亲属举报犯罪的，最出名的是一个校园炸弹手，专给人寄炸弹邮包，寄了好多个了，高额悬赏好多年也没有破案，最终是他弟弟从他的"宣言"里识破真相，告诉自己的母亲。两人商量下来，决定阻止亲人的犯罪行为，举报并谢绝了奖金。美国社会的大多数人体谅这对母子的内心煎熬，对他们还是很敬重。至于对犯罪集团布下"线民"，更是社会普遍接受的必要措施。因为这里讨论的是严重的刑事罪行。

法治社会的最基本要求，是以法律划出罪与非罪的明确界限。对罪行依法处置，鼓励正当举报。而对非罪的言论行为则依法保护。

设想如果处在法治社会中，假如有人去报告说，聂绀弩写了什么文章，警察会说，对不起，出版社在隔壁，你走错门了。假如有人报告领导说，聂绀弩批评了某项政府措施，领导会说，大家都在忙着挣钱，难得聂先生还关心国家，批评得可有水平？有水平的话我们给发点奖金。这样，自然就杜绝了我们在讨论的、充满贬义的所谓"告密"。

在我们曾经经历的多次政治运动中，有层出不穷的"聂绀弩事件"发生，说明社会在那个阶段，"罪与非罪"严重不分。这种不分是两方面的，一方面是无罪公民受到严酷惩罚，一方面是社会假借法律名义伤害无辜者。告密者只是病态制度运作中必然会发生的一环。

历史警醒的落点

今天，不论是寓真文章的发表，还是接下来的评论，都说明时代在进步。过去唯恐被告密的言论，现在居然公开讨论。这个进步就是我们从"文革"结束后，开始逐渐建立和推进的法治，在一个个不同领域，渐渐划出"罪与非罪"的界限。凡是经历过"文革"的人都明白，这几乎是一个从无到有的过程。大家也看到，这个过程还在进行中，还远远没有完成。

没有完成的标志，仍然是留有"罪与非罪"界限不清的灰色地带。法律界定应该非常清楚，有罪就是有罪，没罪就是没罪。三十年改革开放，"改革"的意思就是"突破原来不合理的规矩"。有两种改法，一种是从改规则开始，也就是先制定新的法律，行动在后。而我们的改革是摸着石头过河，往往是行动为先。假如"行"得通，规则的制定再跟上。按这样的顺序，摸石头的改革者处境就很悬。记得一个很聪明的女孩说"摸石头摸出一个鳄鱼背"，那是完全可能的事情。所以，一项改革受肯定的时候叫作勇于创新，被否定的时候就可以说是犯规违法——既然新规则还没出来，突破老规则自然就是违法，就可能受惩罚。

这也包括观念革新，它也和"罪与非罪"概念紧紧相连。在聂绀弩的时代，批评政府被划在"罪"的范畴，是大多数人无罪受罚的根源。在今天，划定这一类的"罪名"界限时，鉴于历史教训，就理应特别谨慎。政府必须给出非常清晰的刑事罪行的范畴，不属于这个范畴，就是合法的。法律不能随意把一些合法的议题划入"罪"或"类罪"加以惩罚。否则，历史进步就还没有突破本质的转折点：虽然今天在数量上聂绀弩们大大减少，却仍然有人无罪受罚。这些人的存在，也在阻吓其他公民行使自己正当合法的公民权利。受阻吓的人群可能仍然是数量不小的，社会也就不可能是真正健康的。

在这个状态下，"告密者"就不会绝迹。国家没有正确界定"罪与非罪"，民众就不可能有清楚的判断。可能会有大量民众把"非罪"言论行为当作危害国家的罪行去告发举报。这个时候，说要把"历史警醒"落实到对告密者个人的道德教育或者耻辱阻吓，期待以此杜绝告密行为，都是不现实的。很可能有人认为自己的告密行为是道德的，是在维护国家和社会的安全安定，虽"灭亲"却有"大义"在。而对于一些明明知道自己在做错事的告密者，也很方便就给自己提供着合理借口。"罪与非罪"界限明确的法治社会，是建立和谐社会的第一步。否则，告密者盛行，无罪者可能受罚，和谐从哪里来？

建立公平善意的社会是我们的目标

再回到寓真文章，也就是再回顾聂绀弩时代。那个时代太残酷，"罪"的范围越划越大，惩治越来越严酷。很多人只是因为说错一句话而失去自由甚至失去生命。一次次运动下来，社会被划分为"整人和被整"两大块，中间地带也并不安全，社会在合理借口下鼓励告密者，中间地带就在不断被重新划分。出于各种原因，告密成为一个普遍现象。在"文革"走向极端、民众处在极度惊恐不安的社会状态下，许多人（包括未成年孩子）在逼迫、压力下屈服，或者被扭曲；尤其是孩子在无知状态下，扭曲原本正常的亲情伦理，自以为在行大义，待时过境迁，理性恢复，则终生留下心理阴影难以摆脱。也有许多人在合理借口下释放了人性恶的一面。人性原本复杂，可以说集天使与魔鬼于一身。一个良性社会可以诱发人性善的一面，反之会激发人性恶。"文革"中一代学生都耳闻目睹甚至亲自参与了对老师的虐待、酷刑甚至谋杀，这种整整一代人被扭曲的后果，在此后的社会生活中都以不同形式呈现出来。

回顾这段历史，也许无法避免涉及一些个人，不论是著名历史人物，还是小人物。正因为那个时代残酷，正因为被告密的人可能受到严酷对待，聂绀弩就差点儿死在牢里，所以大家都明白，今天对告密者的揭露其实是非常严重的指控。因此，在涉及他们的时候，首先应该以谨慎、公正的态度来对待历史事实。

举个例子，对吴祖光，寓真文章提到："关于聂绀弩焚诗一事，还有一些材料可资印证。这是吴祖光与聂的一次谈话，当时被有心人记录下来，后来也进入了档案。"并没有提到那个"有心人"是谁。

在别的文章里，我读到的聂绀弩案的检举人名单列有吴祖光。虽然说明，那是"在人身自由被限制的情况下，被迫写有交代检举材料"，那么吴祖光究竟在什么情况下写了些什么？他的行为是否可以被看作是告密者，这不应该是一个轻率处置的话题。

吴祖光父母在上海的家离我小时候住的地方不远，读这些文字，我不可能不联想到那是一个个活生生的人，而不只是文章中的一个名字。

经历过"文革"的人都知道，"文革"处处都是圈套。例如，在寓真文中提到：从审讯情况看出，聂绀弩头脑是清醒的，胸怀是坦诚的，思维是睿智的。他不隐讳自己的观点，不隐讳自己对1957年"反右"斗争的不满，也不隐讳对毛主席的所谓"污蔑"。

于是，聂绀弩在交代中坦率承认自己议论了江青的私生活，这在当时可以成为是"恶攻"的死罪，他在交代中提到：我是听戴某说是罗某的女儿说的，那女孩子可以出入中南海，能和首长接近。

又有：在"文化大革命"初期，我认识一个叫戴某的医生，他给我讲，罗某女儿和他讲无产阶级司令部领导人之间的关系，这句话主要对无产阶级司令部领导人进行人身攻击，我对别人也讲过。

事实上，这些"胸怀坦诚"的交代，很可能又进入了戴某、罗某女儿的档案，成为聂绀弩"揭发"他们的材料，虽然他自己感觉可能只是襟怀坦白、无意伤害他人。

从这个例子可以看到"文革"整人和被整的复杂性。从寓真文章的档案材料来看，吴祖光和聂绀弩的谈话，相比聂绀弩交代的"议论中央领导人"，几乎不算什么。所以，即便真是吴祖光写的交代材料，完全可能是在无法逃脱的交代逼迫下，写的一些他自己认为是无关紧要的交代，写出来既应付了逼迫，对朋友也不会有什么伤害。可是，假如我们在今天草率对待历史，我们可能真正伤害一个并无过错的人，置无辜者于不义。

　　今天回顾历史，应该是为了建立一个更公平善意的社会。从根本上来说，我们可以通过法治社会的建立，对犯罪的明确界限，铲除告密者生长的土壤；同时，回顾历史的时候，我们理当不简化看待历史，不草率对待他人。否则，在我们批判着那个时代的同时，却还是不能在思维方式和行为上，和那个时代切割清楚。

一个中国拳王的故事

一

最早读到余吉利这个名字，是在李梧龄先生的回忆录里。李梧龄智力过人，当年在复旦大学物理系读书，提前一年毕业，留校任教，被认为在物理研究上会有辉煌前程。阴差阳错，1958年，二十二岁的李梧龄遇无妄之灾，遂由复旦大学送往上海横浜路收容所，转往安徽白茅岭农场。待他重新回到大学和专业，已经是二十一年以后的事情了。

白茅岭农场远在安徽，却曾经在上海赫赫有名。当年的上海人提起白茅岭，就会有北京人提到清河的脸色。在那个年代，上海"犯了事"的人，如若还够不上送监狱，白茅岭是个主要去处。去了，也就失掉了那个时候被看作性命的上海户口，多半再不能回来。至于这些人为什么去，大家不深究，也不大关心，都相信既然政府送你去，总有政府的道理。不然为什么送了你去而没有送我去。虽然一批批地被送走，在总人口里终是少数。每个人都相信自己会留在多数里。那些人在被送走之前，多半也是这么想的吧。

李梧龄在白茅岭辗转几个分场，遇到各色人等不下千八百，可在他的回忆录中提到的名字并不多，几十年过去，淡忘也自然，而他偏偏记得余吉利。也许余吉利太特别，因为他曾是中国拳击比赛的全国冠军。记得读到回忆录中这个冠军头衔的时候，我多少有点将信将疑，直到多年后，余吉利真真切切地出现，我才相信：一本回忆录，就是一段真实的历史；里面的名字，就是活生生的人。余吉利坐在我对面，我仔细打量，想找出全国冠军的影子，看下来只觉得面目不清，他本来眼睛不大，一只眼睛还在发炎，红红的只留下一条细缝，另一只也不停地在眨着，显然感觉不舒服。一开口，他的词语都粘在一起，语流滚动极快，我得竖起耳朵，才勉强能听得明白。

余吉利出生在1930年的上海，霞飞路927弄，也叫霞飞坊。那是老上海一条典型的"新式里弄"，当时所谓新式，其实就是西式。这一带是法租界。霞飞坊是仿法式住宅，却并不是法国人建的。1924年，霞飞坊由比利时圣母圣心会的普爱堂投资建造，整整一大片整齐的三层砖木结构住宅，到今天也还是一景。余吉利的父亲余宏基就在比利时房屋公司工作，是一个普通职员，母亲在家带着几个孩子，家境还算不错。

少年余吉利在铭本小学读书，却坐不住，是个特别顽皮好动的孩子，后来进了雁荡路业余中学。在余家附近的汾金坊，住着大同大学外语系的一个大学生，叫黄晓阳，他比余吉利大个五六岁，从黄晓阳家的窗台望出去，就可以看到余吉利的家。余吉利回忆说，他们两人经常玩在一起，活像是亲兄弟。黄晓阳是个业余拳击爱好者，就是他把余吉利引入了拳击这一行。提起已经去世的黄晓阳，余吉利仍然充满敬意和感激，把他称作是自己的启蒙老师。那是1946、1947年之际，余吉利才十六七岁，他正在长大，却依然贪玩而漫无目标。就在即将成年却不知下面的路怎么走的时候，拳击运动让他忽然有了人生的方向。

上海自开埠就是开放城市，早在1915年，上海虹口娱乐场一带就主办过第二届远东运动会，这地点也就是今天的虹口公园和虹口体育场一带。在上世纪前半叶，上海举办了一系列国际运动会，而拳击运动在十九世纪末就已经传入上海，在租界地区流行。那时候，上海基督教青年会也是一个体育活动中心。1908年，北美基督教青年会专派了体育干事艾克斯纳（Exner）前往上海，协助成立青年会体育部。1940年，上海基督教青年会开始举办拳击训练班，教练是个名叫D. B. Reich的法籍犹太人，还每隔两周举行一次邀请赛，邀请精武体育会、西侨青年会、俄罗斯总会、法国总会、犹太总会等各会的拳击手比拳。黄晓阳把少年余吉利带到青年会，让他在那里直接向外国拳击手学拳。余吉利身体条件好也刻苦，他对拳击非常投入，长进飞快。

二

时局在动荡，1949年4月解放军渡江，同年5月27日进入上海，十九岁的余吉利沉浸在自己的拳击爱好中，对政治并不关心。最初，政权变更似乎并没有给他迷恋的拳击世界带来什么突变。基督教青年会仍然是拳击运动的中心，继续在八仙桥和四川中路599号的会所举办拳击训练班。八仙桥还是那个犹太人教练，四川路会所则由当时著名的中国拳王周士彬担任教练。在余吉利刚刚开始学拳的1946年，二十四岁的周士彬已经成了八仙桥青年会举办的七国拳击赛冠军。余吉利至今珍藏着当年他们的合影照片。

1950年5月4日，青年会还在八仙桥会所举办了拳击比赛，参加比赛的有大同中学、复旦大学、东亚体专、沪江大学、沪江附中、圣约翰大学附中、精武体育会、中华体育会、环球化学厂、青年会等，共四十余人参加。1950年6月，上海民主青年联合会军体部和基督教青年会体育部，联合举办中西拳击对抗赛，以门票收入救济失业青年。

余吉利这段时期的记忆非常个人化、目标也非常单一，他记忆中的那两年，就是不断练拳和比赛。他不善描绘自己的业绩，只是简单地一句带过，说当时自己"打一打就赢，打一打就赢，就变成了上海队代表"。就在这段时期，渐渐地，犹太教练消失了，那些参加青年会拳击比赛的私立学校也消失在院系合并的潮流中。基督教青年会越来越边缘化、民间体育组织逐渐退出，政府的体育组织开始成为体育运动的中心。拳击也基本归了官办。余吉利不是很在意这样的变化，只要能够继续打拳，他就满足了。

1951年，上海市政府收回了跑马厅，成立了足球队，还举办了一系列体育义赛，以门票收入支持"抗美援朝"。就在这样一次市级比赛上，余吉利一出手，就打了个上海市冠军。这次荣耀给今天的余吉利留下的唯一痕迹，是一张冠军杯的照片。看着照片我顺口问过："奖杯呢？"余吉利轻描淡写地回了句："送人了。"就是这只送了人的冠军杯，给余吉利引出了一段新生活。

1952年，余吉利的父亲去世。此后不久，几个穿着军装的人找到他，问他是不是愿意参军去。原来，当时的中国人民解放军军事学院体工队打算成立拳击队，看中了这个年轻的上海冠军。余吉利高高兴兴地参军去了。他一定和当时大多数青年一样，穿上军服觉得很是神气和光荣。我是从一张照片上看出来的，他和另外两个战友，特地穿上不同军种的军服，照了一张"海陆空"并列的侧影，怎么看都像一张征兵宣传画。

五十四年后的余吉利，还保存着已经变得脆弱的"革命军人证明书"，他小心地在我面前打开。证书很历史，折痕处已经有了破洞。证书上方，是对称兜挂的红色军旗和五角的八一军徽，下面坦克军舰俱全，两边战斗机凌空而起。底部的绿色枝叶缠绕红色缎带，托住了粗粗重重的宝蓝色边框，色彩浓烈。当时还没有流行简体字，证书是繁体直排，由右及左："革命军人证明书　余吉利同志系一九五二年十二月参加我军，现在本院工作，其家属得按革命军人家属享受优待。此证。"下面是中国人民解放军军事学院院长兼政治委员刘伯承，以及政治部主任钟期光的署名。原

中间为参军后的余吉利

余吉利的《革命军人证明书》

1953年中国拳击次轻量级冠军余吉利

件循古法没有断句，标点符号都是此刻我加的。发证日期是余吉利参军半年后的1953年6月2日。我不由在心里叹了口气：这真算得上是件文物了。

参军不到一年，余吉利打遍军中无敌手。1953年11月，在天津举办全国民族形式体育运动大会，相当是全国运动会的前身。运动大会上，代表华东的上海选手陈新华获轻量级冠军，周士彬获中量级亚军。余吉利以全军第一名的成绩代表解放军队参赛，击败所有同级对手，成为次中量级的全国冠军。我看到一张报纸上模模糊糊的照片，记录着当时余吉利的战绩。

那一年，余吉利二十三岁。

三

此后两年，没有举行全国性的拳击比赛。当了三年多体育兵的余吉利退伍了。1956年9月2日，他随着同时从解放军体工队退伍的朋友，来到上海市曹阳第二中学任体育教员。1961年8月30日，经区教育局调动，他去了甘泉中学教体育。他的家搬到襄阳南路。余吉利成了家，妻子是篮球运动员，也在中学教体育，他们有两个年幼的女儿。怎么看，也当是个平稳生活和简单履历。

谁也没有料到，1963年余吉利出事了。

"到底怎么了？"我很想听听他自己的说法——怎么就去了白茅岭。余吉利的回答很简单。他说："你这个年龄，都知道的，那时候买粮要粮票，买糕点要糕点票，鱼票肉票，什么都要票。我娘那时是靠着我，我就想，假如能去香港，家里和老娘都能日子好过些。"不用细说，经历过的人都知道，那几年是持续三年的饥荒。余吉利是个顾家的男子汉，看着饥饿中的老人孩子特别心焦。

六十年代初的上海，是个很奇怪的地方。一方面，十年下来，上海人都自觉不自觉地改造着自己的思想，追求进步。可是，总有另一面的存在，总有着一些特别的口味，说不清楚也道不明白，总有些和上海历史、和上海市民特质相连的东西，似乎难以被真正改造。有些上海人，你和他讲着大道理，他不会和你争，道理太超越生活，他会在肚子里暗暗有落低的评价。总有一些人，留在旧日的世俗心态中，不肯紧巴巴地要求进步，感觉跟不上，会索性放弃。余吉利是个天性喜欢自由自在的人，小时候没有吃吃力力逼自己用功读书，现在也不会勉强自己赶潮流。四年体育兵的经历，并没有使得余吉利发生太大改变，他本质上还是那个独立执著而又性格散漫的拳击手。回到上海，他回到原来的朋友圈子，黄晓阳还是他的好朋友。在这个圈子里，常常有香港的五色消息。对他们来说，香港永远是个迷人都市，本质的熟悉大于未曾谋面的陌生。在他们眼中，香港就是亚热带的上海，有他们习惯了的逻辑和生活。

三年饥荒的日子里，香港又成为邮寄食品的来源，谁家有个亲戚在香港，可以获得食品接济。就在这个时候，余吉利的朋友圈子里，流传起广东人向香港大迁徙的消息。此传言不虚。当时，城市的饥饿状况和农村相比，已是堪称天堂。乡村大量断粮，广东也不例外。对广东人来说，香港近在咫尺，但1958年港英当局实行出入口平衡，广东每天出入香港人数只不过约五十人。1961年7月，在饥荒现实压力下，广东当局开始实行放宽出港的政策。1962年4月下旬开始，广东开始出现大批民众越界向香港迁徙，5月上旬，突然形成大潮。因为势头过猛，很快政策收紧。1962年6月14日，广东开始制止和坚决收容非法迁徙。当时消息的传播非常缓慢，待广东宽容迁港的传闻传到上海已是1963年，余吉利和他的朋友们鼓起勇气去广东探个究竟的时候，已经整整慢了好几拍。不仅迁港大潮早已阻断，在新政策下，这样的企图已被列入要打击的罪行之列了。

在广州探听的结果是出不去，余吉利就回家了。很快，一起去广州打听情况的甘泉中学同事黎国良和他的女友在杭州被捕，情急之中的黎国良还托人给他带了口信。可是，一切都晚了。事后公安人员告诉他，考虑到他是全国拳击冠军，抓他的时候，布置了超常警力，要是抵抗就对他不客气。说到这里，余吉利苦笑了一下：我怎么会抵抗。余吉利承认了是想去香港，想摆脱食物票证不足的困境，他怀着一线希望，希望获得同情，从轻发落。

可希望还是落了空。他被定为议论偷渡、企图策划"叛国投敌"一类，最后处以三年劳教，先送往收容所，然后在武装押解的大卡车里，送往安徽南部的郎溪、广德两县交界处——那是上海监狱管理局下辖的上海市白茅岭监狱。

四

上海市白茅岭监狱建于1956年3月，最初作为上海市游民、残老、流浪儿童和孤儿的教养外移基地，距离上海二百七十多公里，占地40.6平方公里，俗称白茅岭农场。

一切发生得太快，就像脚底突然裂开一条地缝，余吉利只见自己正飞速往下陨落，又像是落在一张大网之中，无法挣脱。说到这些，他如同回到当年，摇着头连连说"我脑子乱极了乱极了，我只想逃跑"。就在一片混乱的思维中，余吉利以最后一点理智和勇气，断然作出一个决定，他提出离婚。他知道，在那个年代去白茅岭，就带着终生的罪犯烙印，妻子孩子都会受到株连。

在他的相册里，我发现一张全家福。那是他一生最幸福时光的纪念。泛黄的照片上，显得憨厚的年轻拳王，和妻子靠在一起，妻子是那种健康而阳光般灿烂的美好，他们各抱一个女儿，两个孩子相差两岁，正在最可爱的年龄。我无意中翻过照片，后面是余吉利用蓝色钢笔书写的几行心情："醉过才知酒浓，爱过才知情重，可是，好朋友啊，可知道我忧心忡忡？ 65.3.16.灯下。"余吉利是个不善表达的人，尤不善文字。想到那是在白茅岭的"灯下"，我突然觉得自己不可能坦然越过这张照片后面的故事，听凭这故事被人忘掉。

余吉利告诉我，他还是本能地怀着一丝侥幸心情，企盼自由成为他活下去的支撑：也许，他拼命劳动改造可以回上海；也许，他

余吉利相册里的"全家福"

还可以和妻子破镜重圆；也许，他可以重新回家拥抱两个女儿；也许，那发生的事情是一场可以醒来的噩梦。可是消息传来，妻子带着女儿改嫁了；三年劳教期满，他也必须继续"留场"，没有一个"刑满回家"的期限。

最初三年，余吉利在白茅岭农场分流五队，三年后劳教期满被转到分流四队。在那里，他遇到李梧龄。他们一武一文，可以说是完全不同类型，可气质上却似乎又有某种相通。因为这种精神上的缘分，使得李梧龄在他去世前留下的回忆录里，提到了余吉利。我重新找出李梧龄的回忆录，翻到那一页，惊讶地发现，李梧龄随手几笔，却无意中记下了余吉利内心的一点隐秘：余吉利当年想去香港，原来并不仅仅是为了得到食物。

退伍离开了专业队，余吉利还是迷在拳击里。1958年的全国二十城市拳击锦标赛，余吉利参加上海市业余队，和队友一起获团体第一名。在单项比赛中，余吉利在轻中量级中获得第三名。这一次，三十六岁的老将周士彬获得了次中量级冠军。余吉利似乎不愿意对我提起这场比赛。虽然胜败乃兵家常事，可是，二十八岁的余吉利打了个第三名一定很懊丧，可以想象，他又如何憋着劲儿、想着下一次，想着一定要夺回冠军来。可是，他做梦也没有想到，没有下一次了！

1958年，中国进入"大跃进"的年代，工业和农业刮起了一股浮夸风，教育、体育也无不拖入其中。我自己记忆中印象最深的，是1958年黑龙江省宣称每个县要办一所大学，要求上海派出教授支援，上海的大学也就顺势把一批"政治上不可靠"的教授清扫出去。接下来就是浮夸风带来的大饥荒，农村县城普遍陷于饥饿恐慌，自然不再提起"办大学放卫星"的跃进幻想，而被扫出去的教授们也就默默被人遗忘。没想到，这样的两极震荡，居然也冲击了拳击运动。

1958年的体育运动大跃进，各省市摩拳擦掌，都声称要在1959年的第一届全运会上"放卫星"，拳击界也不例外，突发高烧盲目发展。上海的各个学校，不管是否有专业教练指导，纷纷成立拳击队，出现了不少不该发生的伤害事故。上海机床厂一名青年工人，比赛中被击伤头部又缺乏恰当护理，不治死亡。一时伤亡消息频现，国家体委仓促宣布，第一届全运会的拳击项目取消。上海随即停止所有拳击训练。自此整整二十年，这项运动整个从中国消失。

余吉利和他的朋友们兴许还没有回过味儿来，他们经历了一个轮回。运动本是民间意趣、个人爱好，是自己锻炼、自己组织比赛的民间活动。全部收归官办之后，取舍的决定也就归了官家，不再是你想玩就可以玩的了。他们等过的，余吉利苦苦等候着恢复拳击运动的消息。可是，一年过去，两年过去，五年过去，1963年，拳王余吉利生活在一个没有拳击运动的国度已经五年，三十三岁了，那是拳王运动生涯的最后关头，他度日如年。就在这个时候，朋友们议论起迁徙香港的可能，对1963年的余吉利来说，迁港不仅是改善家庭生活的一种可能，更是拳王运动生命的最后一线生机。

在绝望的白茅岭，已经失去一切的余吉利，曾向难友李梧龄道出了自己的痛心故事和曾经有过的世界拳王之梦。

今天，眼前七十七岁的余吉利不肯再提起这一层。一颗渴望拳王的心已经被他埋到心底的深处。中国有过几个拳王？他还有什么必要解释自己当年的理想和对事业的渴望？

五

唯有母亲还在家里等待儿子归来。就这样，余吉利在白茅岭，母亲在上海，经历过1966年的"文革"开始，又迎来1976年的"文革"结束。母亲仍然没有等到儿子可以堂堂正正把户口迁回家的消息。又过了三年，1979年，母亲终于等不及，走了。余吉利回家奔丧，心灰意冷。根据当时规定，母亲在，他还可以请几天探亲假，理论上说，也还存着政策改变返回上海的可能。母亲一走，和上海的最后一点联系被切断，从今往后，一年三百六十五天，他一天也不能离开白茅岭，他要和自己见过的无数"留场人员"一样，埋在山里了。这样的前景，余吉利实在不甘心。

1979年，整个局势在好转，再审视自己，四十九岁的余吉利感觉自己还强壮，年轻时独立闯荡的心又在复活。他做了个决定，要自己闯出条活路来。他跑到遥远的青岛，开始教拳，只要有口饭吃，能自由，他就满足了。作出这个决定并不容易，在那个时候，擅自离开一个隶属上海监狱管理局的劳教农场，还是要有触犯天条的勇气。这也是别人都不敢离开的原因。

　　上海是个民间气息很重的地方，总是会竭力维护一点私人领域，你大可判其为"俗"。也正是这点俗，使它总是能顽固地给自己保留一些正统之外的想法。只要出现可能，人们就会绕开严肃话题，去尝试小心推动这点想法的实现。上海精武体育总会就是一个例证。

　　上海精武会是清末建立的中国最早的体育民间社团，1910年，在同盟会陈其美、农竹、陈铁生倡导下，由霍元甲创办了它的前身精武体操会。它最早开始有组织地向社会推广中国武术，也是最早将西方体育观念和训练方法引入中国的民间社团。1922年，陈公哲在上海横浜桥福德里觅得一块空地，以会员的集资，建造了精武中央大会堂。1924年培开尔路总会撤销，迁入这里办公。这就是精武会在上海虹口区横浜桥现在的会址，记得我们小时候，谁都可以花上一点点租金，租用里面的体育设施。人们因体育项目的爱好相会，聚散无常。在二十世纪五六十年代管理市民的严格秩序中，精武会虽然也是半官办，却仍是残存的一口活气。精武会这口活气，在"文革"中更名为"要武体育馆"时又被一把闷住，当时精武会的历史材料档案、刊物摄影、武术器械等等，俱一并销毁了。

　　可是，上海的民间是有韧性的，"文革"结束，精武体育会在国家

1980年精武杯拳击锦标赛
颁奖表演赛特邀老将余吉利出阵

政治上"拨乱反正"时，最早恢复了拳击训练班。兴致勃勃一如当年的余吉利，马上天天吊着一副拳击手套，迷在精武会馆的训练场上了。

就在中国拳王余吉利惶惶地在为自己是不是要回白茅岭而内心挣扎的1979年，美国籍的世界拳王阿里给中断二十年的中国拳击运动带来了复苏希望，邓小平在接见阿里时说了这样一句："拳击运动也可以成为增进中美两国人民的了解和友谊的渠道。"

虽然，国家恢复拳击运动还在阿里初次到访的七年之后，但上海的精武会却率自先行恢复了。上海民间自有他们的逻辑，当时的精武会仍然记得余吉利是它的会员，他们不管白茅岭而只认自己敬重的拳王。1980年精武会举行拳击表演赛，特地请了"擅自离农场不归"的余吉利。

五十岁了，他重新走上拳击台。虽然已经不是争强斗胜的年龄了，他却永远感激这场比赛，是精武会使余吉利重新拾起一个人的自尊，一个自由拳击手的自尊。

六

1985年5月，拳王阿里再度访华，他来到上海，访问了精武会，在上海体育学院与余吉利的老朋友周士彬有了一次表演比赛。1986年，阿里三度访华。1986年6月，国家体委终于在秦皇岛会议上宣布：恢复拳击项目。一个月后，余吉利拿到他多年奔走的结果，一纸"上海市公安局南市分局复查决定"："余吉利，男，1930年10月生，浙江省定海人，无业。原住襄阳南路510弄21号，现住蒙自西路41号。余因企图偷渡问题，于1963年2月17日被拘留审查，同年4月20日被收容劳动教养。经复查，余曾与他人议论具体偷渡去香港的办法，是事实。但在留审期间已做了交代，原对其收容教养不当，应予纠正。据此撤销1963年4月29日对余吉利收容劳动教养的处分决定。"

中国拳击运动恢复了。余吉利的处分被撤销了。他孑然一身，一无所有，五十五岁。

1987年6月，中国拳击协会被国际业余拳击联合会（AIBA）正式接纳为第一百五十九个会员。拳王余吉利在寻找各种方式设法养活自己。离开白茅岭后，余吉利凭着强健体魄，一直相信自己能够自食其力。1996年亚特兰大奥运会，中国拳击运动员江涛获得了九十一公斤级第五名。第二年的1997年，六十七岁的余吉利结束了最后一份体育代课老师的临时工作。这时候，粗心的余吉利才刚刚发现，自己没有退休金。

2007年，看着坐在我对面的余吉利，一个念头突然出现：假如中国拳王几十年的欠薪被忘记，对我们竟是一件无所谓的事情，那么今天民工们拿不到欠薪也没什么稀奇，那只不过是我们传统的因循。

　　2007年，一名台湾拳击手在上海开了一家饭店，请上海的拳击界人士参加开张典礼。七十七岁的余吉利也在被邀请之列。在这个台湾拳击手眼中，拳王永远是拳王，如同阿里永远是阿里。他不会知道，拳王坐在那里正心力交瘁。那一阵，在朋友们的鼓励下，余吉利又开始新一轮的四处奔走，这次是试着争取一份退休金。他两次给市教育局去信，都被转回区教育局，随后就没了音信。他去当年任教的学校，学校告诉他，他的档案已在"文革"中遗失，没了依据。他于是一个个地找到几十年前的昔日同事，请他们出具自己曾经工作的履历证明。他再次试着用纸片拼凑起他破碎的人生，不是证明自己曾经是那个名扬全国的拳击冠军，只是证明自己曾经有过一份正当工作，这工作的中断是源自一个错误的行政处理。

　　他的奔走还在继续，目前并没有什么结果。

　　我最不会安慰人，就不知说什么才好，尴尬间，想到余吉利一生的遭遇都是为了一个和香港有关的念头，我不由转了个话题，"现在开放'香港自由行'，你后来去过香港吗？"

　　"没有。"余吉利平静地回答，眼中没有波澜。

　　我突然想起自己听到的另一个真实的"香港故事"。我的二嫂告诉我，她工作过的上海油画雕塑创作室，有个青年工人张国良，也就在余吉利想去香港差不多的时间，张国良私下与朋友聊天："我想去香港，吃一块牛排，呼吸一口自由的空气。"这句话被人揭发，他在"文革"中成为"现行反革命"，最后，在上海油画雕塑创作室优雅的小教堂建筑顶楼隔离室里自缢身亡。后人提起创作室，均以出了一个陈逸飞为荣，无人再提张国良。

这个香港故事，我没有讲给余吉利听。

附注：写完这个故事后，我曾几次收到余吉利的电话。最后一次我记得很清楚，是在2012年的4月。他告诉我，这个故事在《南方周末》发表以后，许多老朋友和他联系，给了他许多温暖。他的退休金也终于解决了。

相遇三次的朋友

第一次见面

第一次见到李大申，他十六岁。

大申的妹妹李小青，是我小学里很要好的朋友。我们这一代所谓上海人，父辈大半都是移民，小青家祖籍山东。他们兄妹，加上弟弟，三人一色圆圆的脸，长长浓浓的眉毛，大大的眼睛黑白分明，很像年画。

小青家住在虹口区山阴路。山阴路是一条小马路，却有点名气。

在虹口，四川北路是条大路，从南京路浩浩荡荡向北，撞上一溜房屋后，就向两边分岔。向东的大路是四川北路的延续，向西一条小路就是山阴路。被四川北路撞上的那溜房子，正中就是著名的内山书店，这一片当年是日租界。内山的好友鲁迅，就住在山阴路前端一个拐弯的大陆新村九号。鲁迅当年从内山书店里步行回家，

上海虹口区山阴路

也就三五分钟的路。李小青家住的340弄，是山阴路的最后一条弄堂。弄堂口并排竖着两个路牌，一块是"山阴路"，一块是"祥德路"，两条路接在一起，天衣无缝。人在山阴路上走，不知不觉，就跨越路界，步入祥德路的开端。

山阴路340弄是上海典型的石库门建筑。隔一座矮矮的围墙，相邻的弄堂就是祥德路的第一条弄堂2弄，那是由不到十栋西式花园小洋房组成的另一天地。340弄沿街只有一个门面，是仿西式的仿石砌门楼，方头方脑，门楣上有"积善里"大字匾额。匾额往上，是很洋气的一品彩色玻璃窗。在一九五〇年代，里面的住所已经开始显得拥挤。直直地走下去，将近弄堂底的二十九号，就是小青家。山阴路藏龙隐凤，算得上是条文化街。小青的父母是职员，小脚的奶奶和他们住在一起，这是个普通人家。

积善里匾额

　　我们就读的祥德路小学在当时的祥德路底。今天这条路已经被捅漏掉底了。1959年，我们是盖了三层新校舍的学校招的第一批学生。那时候，这里还是市区的边缘，学校盖在一片乡村坟地上。父亲曾拉着我的手，去看未来的学校施工，工人正挖着地基，扔出一堆堆棺材板。学校的紧邻是个奶牛场，还有一些老上海留下的印度人。头上包着大大的白缠头，留着胡须，深邃眼眶里大大的眼睛，在小学生们眼里显得面目狰狞。开学后，一些孩子隔着编织得密密的竹篱笆，对印度人喊："阿三，阿三，老鹰来了！"喊罢就逃命似的跑走。

　　后来得知，在老上海，很多印度人都是英国巡捕房雇佣的巡捕，相当于警察。印度巡捕常常缠着红缠头，提着警棍，模样很凶，老上海人把他们叫作"红头阿三"。我这才恍然大悟，那些孩子威胁"阿三"的不是"老鹰"，而是"阿三"们的老上司，英国人"老英"。

　　我们家就住在学校对面的弄堂里，上学很方便。那时候这还是城市的边缘地带，人口稀疏，我们小学的学生覆盖范围很大，整条祥德路、山阴路都有我们班的同学。小青就必须穿过整条祥德路来上学，还有一些同学住得更远。

我们在这个建在坟场上的小学里，一起读了整整六年书。毕业时，印度人和奶牛都不知所终，养牛场变成了小工厂。小青是个很随和的女孩，对小学生来说，我们两家隔着整一条祥德路，离得挺远，但上学的六年里，我还是会偶尔去她家玩。我知道她有个哥哥在北郊中学读书，可我去她家都是在白天，一次也没遇到。经常遇到的是小青的奶奶，我喜欢去玩，一半是因为奶奶很喜欢我。

第一次遇到大申，是在1965年的暑假。

那年暑假前，我们都参加了中学的入学考试，录取通知书要在开学之前才发出来。那是读书六年来最堂堂正正的一个暑假，拿了小学毕业证书，却还没有得到中学录取通知书，第一次做个自由人，不属于哪个学校，只属于爸爸妈妈和自己，没有暑期作业，天天玩得理直气壮。暑假快结束的时候，我们开始有点心神不宁，同学之间互相串门，多少有点惜别的意思。

那个晚上，我去了小青家。他们全家都在，我一开始有点拘谨。不知怎么，小青向哥哥提起我喜欢下象棋，建议我们对阵。大申大我们三岁，那年是初中毕业生，他也在等候高中的入学通知。他很温和，没有看不起一个小孩子的意思，在棋盘对面很认真地坐下了。我立刻心劲儿鼓鼓地有一种举行成人礼的感觉：在进中学前，一个即将读高中的大哥哥，一本正经和我对弈。黑夜把灯光之外的东西都抹去了，灯光下的景象，如舞台收聚在一起。这一幕在我脑子里永远留下来：暖暖灯光下，一个家。小青的爸爸妈妈看书报，奶奶做针线，我和大申哥哥下象棋，小青和弟弟在一边观战。大申像对待一个同龄朋友那样对我，让我感觉很兴奋，我很少这么晚回家。

那天和大申"战"罢告别，小青送了我远远一程。我们报考了不同的学校，她一向崇拜哥哥，最大心愿就是要进哥哥读书的那所学校。我也一样，报考了自己哥哥读过的学校。祥德路上静静的，开始凉爽下来，深蓝色的夏日夜空，满是星斗。两个小孩郑重道别分手了。不久，我们都随自己的兄长，走向不同的中学。

十年后，第二次相遇

一年以后的1966年，"文革"开始。学校停了课，可是必须每天到校。我天天要穿越祥德路、山阴路，也经过小青家住的弄堂。"积善里"那几个大字被砸残了。积善里和祥德路2弄之间的围墙在几年前被推倒了一半，断壁残垣，已经破了相。两条风格完全不同的弄堂并到了一起，成了一条跨路界的大弄堂，抄家的锣鼓此起彼伏。这条合并后的"大弄堂"里，至少住了我小学同班的十来个同学。每次路过，不免想到这些小朋友，料想大事不妙。能够看到的是接近路口的祥德路2弄1号，那是贺允恩的家。现在想来，那个安安静静的女孩，也许来自一个基督教家庭。在1966年炎热的夏天，从马路上都能看到，贺家连续几天都不断有抄家的人在进出，她家有个小小的院子，只见她父亲在监督之下，翻来覆去地挖坑。过路的上海人对如此景象已经司空见惯。不问就都知道，是这家被怀疑在院子里埋藏了金银财宝或是枪支弹药。

小青家在深深的弄底，情况不明。当时我们这些初中新生，正在体验什么叫"自身难保"，就像屋顶和四壁一夜之间消失，家和白己都裸露在无保护的旷野。所有的人几乎都突然枯萎，死了交往的心情。最初的风暴扫过，天并没有放晴。可是人的适应能力蛮强，大家已经渐渐习惯退回野生状态，生活在无遮无盖的荒原风雨中。我们满怀少年遐想刚刚进去一年的中学，早已变成杀戮场，同窗一年的新同学，竟然磨刀相向，令我们这一拨孩子，不约而同开始怀念一年前在小学的天真时光。形势刚刚有一点松动，我们就小心翼翼地出发，相互缓缓伸出触角。住在祥德路2弄的达奇珍，是那个"合并大弄堂"里第一个来我家通报消息的：那里的同学几乎无一幸免被抄家。这一点并不出乎我的预料，我听着就像听市井传闻。可是，来自小青家的消息还是刺着了我：小青家是父亲先"出事"，来人抄了家，不久撞火车自杀。大申被公安局正式逮捕了。

当时，小青和大申都在上海市北郊中学就读，一个十四岁，初中一年级；一个十七岁，高中一年级。

我对这个北郊中学并不陌生。我们家是弄堂的最后一排房子，离北郊中学还有好长一段路。在一九六〇年代初，从我们家向北一路望去，是一大片农田，可以望到遥远的地平线。后来，北郊中学高低错落粉色鹅黄相间的新校舍，是这片视野中出现的第一栋楼房。记得那年暑假，二哥一时兴起，画了一幅水彩风景。近景是我家阳台一角，远景是新起的北郊中学，中间是二哥画笔诗化之后牧歌般的田野。二哥对我们家阳台的过于简陋不满，在画面上自行改造，添加了巴洛克式的雕饰，其余基本写实。画面色彩轻柔。

我是看着学校新楼建造的，就以为那是一所一九六〇年代新建的学校。直到前几年，我采访一名住在美国的原北郊中学老教师，才知道它的前身是一所教会学校，原名晏摩氏女校，1952年后改名为北郊中学，一九六〇年代初才搬至大连西路新校舍，是一所重点中学。

可是在1966年，上海的重点中学是最出彩的地方。北郊中学以教师排队被迫喝食堂泔水缸里的泔水闻名。后来，传来校长朱瑞珠从我二哥画过的校舍跳楼摔断一条腿的消息，她女儿就在这个学校读初一。

北郊中学1966年年底的一次全校大会上，大申被宣布为现行反革命分子，批判斗争，戴上手铐被公安局正式逮捕，小青就在现场。可是，这个案子的起因和学校没太大关系。奇珍告诉我，抄家那天，大申站在门边看着，一声不吭。可是他给中央文革小组寄出一封信，提出了十七岁少年对这场革命的疑问。祸根就是这封信。被捕不久，大申被判了八年徒刑。我听了脑袋木木的，固执地定格在和大申一起下棋的那一幕，很久转不开。

1969年年初，我们再次各奔东西。小青去了吉林插队，我去了更远的黑龙江。之后，小青的母亲被单位以支援"小三线"的名义，送往南京附近的梅山，带走了小青的弟弟，家里只剩奶奶一个人。小青的奶奶据说是地主，从1966年开始，就一直迈着一双小脚，天天扫街。我走过她身边，叫一声"奶奶"，她眼眶就红。

很快，又是六年过去了。那一阵，由于"李庆霖给毛主席写信"事件，有了新政策，下乡知青中的"独苗"、"独留"可以回城。所谓"独苗"是家里的独生子女；"独留"指的是家里孩子全部去了外地，可以"留回"一个知青，在身边照顾父母。我妈妈开始为我疯狂奔走，办回城。事情却办得万分艰难。尽管我们家孩子都在外地，却有个二嫂在上海工作。街道知青办公室的人坚持说，我嫂子可以照顾我的父母，不用我回城。我就变成个站在政策边缘线上的人，推一推就要被推出去，拉一拉也可能被拉回来。为此全家绞尽脑汁，要不断写申诉、出具各种证明、找人盖章。记得其中一个证明是全家合谋、由我二嫂写、再去她的单位上海油画雕塑创作室盖的章，要证明的是：×××同志因丈夫×××同志在外地工作，婚后一直住娘家，其父母年老体弱需要照顾，两家相距甚远，她不可能再来回奔走照顾公婆云云。一个大弯拐回来，拐到应该我回家。

小青的奶奶独自一人在上海无人照料，小青却不能作为"独留"回来，因为理论上她还有个"留在上海"的哥哥，那就是还"留"在上海监狱铁门里的大申。

1975年春天，我终于从插队的农村取回户口，被分配在上海市欧阳街道的镜框组工作。这些被上海人称为"加工组"的街道工厂，是1958年成立"城市人民公社"的遗物，也是上海当时工资最低的工作单位。当初起意是组织家庭妇女出来工作，象征性给点工资，反正她们本来就不是养家的主力。后来逐步吸纳待业青年。1969年之后，先是有一大批因病残留城的知青进来，再下面，就是我们了。生产组以工作日计工资，一天工作八小时，值七角人民币。当时上海的棒冰四分钱一支，雪糕八分钱一支，干一个小时能吃两根冰棍。

上海正规工厂一般把工人不愿意做的工种转移出来。我们加工组先是承接镜框的刮粉、磨光和油漆，不久，附近的铝制品工厂又把危险的冲床车间转给我们。我的工作在里间，就是用冲床将铝片冲成饭盒。安全教育、劳动保护都是被省略掉的繁文缛节，干了不到一个月，一个二十来岁的小伙子就被切边机切去一节拇指。

那一段时间，达奇珍和我来往很多。奇珍从小就是出名的病号，重症哮喘，总是一个学期不来上学，一来就考满分，这时也就没下乡。我们虽然不在一个加工组，却隶属同一个街道系统，成了三杆子能砸到的"同事"。我们私下交换禁书，还记得那本《丰子恺画册》，就是达奇珍家抄家后的幸存。三个月后，又有新政策规定，我们这批"独留"、"独苗"，可以进一步分配工作。奇珍他们却没有份儿，政策变幻无常，完全没有道理可讲。

那是1975年7月，我即将离开加工组。一天，大组长开会宣布，要新来一名"刑满释放的反革命分子"，照例有"提高警惕"之类的关照。几天后，同车间的工人告诉我，"刑满释放分子"来报到了，在油漆车间。我装作若无其事、好奇地拐到门口扫一眼，想扫出那张陌生面孔来。谁能料到，在半生不熟的恍惚之间，我惊讶地认出，来的是大申！

大申"老"了，那个在灯下和我下棋的十六岁少年已经不复存在。圆圆的脑袋上是剪得短短的头发，脸颊是刮完胡须后的一片生青。可是，蹲了八年监牢出来，他那双大眼睛温和如故。

我们还是相差三岁。可是，十年之后重逢，这三岁的年纪，已经被岁月扯平。

我们不在一个车间，大申在外间油漆镜框，这是大家都讨厌的工作，气味难闻，有毒，还是三班倒。此后几天我和大申上班的时间是错开的，他来上班，我差不多下班。"刑满释放"在当时不是一种状态，而是一种受监督的罪犯身份。我马上就要离开，心里想着说什么走之前也要给大申一个问候。那天我拖延下班，然后，装作一副很随意的样子走进他们车间，走近大申，大声问候说，大申，我是你妹妹小青的同学，我们一起下过象棋，你还记得吗？你好吗？小青好吗？他好像并不吃惊，他说他记得我，还说他挺好，小青还在吉林，也好。他穿着自己洗得开始发白的藏青色旧衣服，衣服前面罩着长长的围单，上面是一道道各色油漆的印子，斑斑斓斓。大申一边跟我说话，一边不住手地干活。我告诉他，我要去别的地方工作了，还问了小青的情况。聊着天，却能够感觉到空气中的张力，周围的人投来狐疑的眼光，警觉地支起耳朵。众目睽睽之下，我们简短的对话结束了。

那几天里，我们虽不在一个车间，可我还是在留神，最后感觉他的工作环境尚可，似乎他可以比较正常地开始一段新的生活了。

几天后我就离开了。那时候，我们属于处处都可以发现同道的那么一群心照不宣的年轻人，刚二十挂零，内心在逆反着外部气氛的包围，所以本能地很小心保护着自己，关键时刻常常面无表情。我们游走过上千公里的地界，见过了三教九流各色人等，总是交换一个目光，就能找到默契的朋友，然后不动声色就分手，各自暗祝对方好自为之。

最后一次相遇

这次重新分配工作也有一些政策细节，例如"父母缺一"可以进国营工厂，其余只能进"大集体"。我于是去了一个"大集体"的修建队。修建队是新组成的，除了几个老师傅，四十个左右新手，全是刚从天南地北农村回来的"独苗"和"独留"。我开始熟悉新的环境，拜师傅，学木匠。

上班地点是在上海边缘杨浦区的一个养猪场。在猪圈对面搭了一个大棚子，权充我们的工场。中间有粗加工的电刨电锯，主要的细加工全靠鲁班时代的工具，天天斧锤锯凿，当学徒还不摸门，一失手就见血。

到新单位时间不长。一天，我的手指切了一条大口子，当时的规矩，我们工资每月三十元六角，半年后每月三十六元。病假扣一部分工资，工伤可以不扣工资。去医院验明伤情，拿了病假单，得到三天的额外假期，暗暗窃喜。每周要工作六天，休假很珍贵。我打算去一趟福州路书店。当时，外文书店后面开了个鬼头鬼脑的后门，要查验介绍信才能进去，里面全是国家经营的影印版外语书，我们这类入学无门的，千方百计弄了介绍信，有钱没钱地常在里面转转。

我家在苏州河以北，南京路在河以南，有几道桥可以过去。我那天选了清静些的乍浦路桥过河。河面不算太宽。我骑自行车，刚刚越过桥顶开始往下冲，突然，听到前面一声很闷的声响。我还没明白是怎么回事，就发现身边不知从哪里跑出那么多人，前前后后都是，都在往前冲，周遭大乱。我条件反射地赶紧刹车，已经在冲下一半的桥面上。下了车愣在那里，只见人们向桥下一栋高楼飞跑过去。那栋七层楼房我很熟悉，那是乍浦大楼，楼下是"文革"前的曙光新闻电影院，小时候父亲经常带我来这里看电影。后来它改了名字，叫"外贸会场"，属上海外贸公司。耳边只一片嘈杂："跳楼了！有人跳楼了！"我有一种要反胃的感觉，脑子一片空白。

"文革"最初几年的上海，跳楼自杀相当普遍，这栋乍浦大楼也是自杀者经常去的地方。可是，这已经是1975年下半年，自杀已经很少了。我是第一次自己遇到有人跳楼。现场离我只有二十米左右，已经围了许多人，我木然调转自行车，逆着人流的方向推车往回走，走出一段骑上车，再也没有上街的心情。

晚上，达奇珍情绪激动地来找我，进门就说，你听说没有，大申今天跳楼自杀了。问明时间地点，我傻了。在乍浦大楼前的那个瞬间，竟是我和大申的最后一次相遇。

　　达奇珍告诉我，我走了以后，大申还在那个加工组的油漆车间工作。最近，据说车间丢失了一些油漆。"文革"后期是一种钝钝的日子，大多数人感到厌倦，年轻人百无聊赖，纷纷开始小打小闹地改善生活。工资太低，大家习惯从单位里拿点公家的东西回去作补偿。年轻人拿单位里的东西回去打家具干点私活儿很是普遍。

　　大申和奶奶的生活想来很困难。达奇珍在自己家楼上，看到过大申在泔水罐附近，捡人家扔下的菜皮回去。可是，我和达奇珍都坚信，大申绝不可能去拿单位的油漆。说不出什么理由，有的人就是不会，大申就是这样的人。或者这么说，就是假如说我相信自己会去拿这些油漆回家，我都坚信大申不会，就像他会给中央文革小组写信，而我断断不会一样。这里没有什么逻辑，只是人的品性不同。

　　当时的逻辑，是样板戏《海港》的逻辑，每个单位都有"敌人"，出任何事情都是他们在"破坏"。依据这样的逻辑，大申因他的"刑满释放分子"身份，被逼迫承认偷窃，而他拒不承认。当时的工作单位，都兼有无限制不受监督的司法执法功能，单位领导只要高兴，可以随时宣布关押逼供，可以对"敌人"做任何事情，"敌人"理所当然地没有权利。

　　我不知道详情，我只看到二十五岁的大申从七层高的楼房一跃而下，结束了自己的生命。

　　那是1975年年底，一年后，"文革"就结束了。

　　2001年我回国探亲，第一个想到的，就是再找找更多有关大申生前的细节。奶奶去世了，小青一家早就搬走。我在山阴路"积善里"弄堂口和29号门口，分别拍了照片。我找到一些大申当年的同学，他们有和大申同一年级的，但不同班。我问起李大申，谁也想不起有这样一个同学。

我又见到奇珍，聊起往事，聊起大申。那个夏天，和大申一起下棋的景象如在眼前。我讲起，问了几个应该是大申同学的人，都不记得他。我说，我是不是记错了大申的年级。奇珍说，不会错的，因为她的小姐姐达孝珍，是大申的小学同班同学。

窗外的大街上走着许多年轻人，大申也曾一样年轻。我问达奇珍，再过几十年，当我们都离开这个世界，人们会不会以为，这只是我们这代人编造的故事？奇珍望着窗外，没有回答。

于是我决定把它现在就写出来，写出全部真实的人名地名。人们假如不信，至少今天还有机会查证。

山阴路积善里

一个老人和一段历史

在写李大申故事的时候，我会想到另一位老人：沈一夫先生。因为他们虽是两代人，却在同一所叫作北郊中学的学校里生活过。

认识这位老人的经过，很是特别。

那一年，一个美国朋友说，要介绍我认识一个中国家庭——在一个修道院的闲屋里，由一个美国人作介绍，我和沈先生、沈夫人、他们的大女儿会面了，此后成为好朋友。只是我与他们家住得实在太远，我去过沈先生家探望，可他们总也没有能来我家。

沈先生是个很爽朗、很有个性的人，慈父，却也透出难挡的威严。伯母是典型的南方柔弱女子，家庭平衡得有趣，一个母亲带着三个女儿，以柔克刚。我只见过大女儿，她写一手出众的好字，裹云挟风，一气呵成，颇有父亲的气势，人却如母亲般温和。后来知道，沈先生当过南京市政府秘书，有些不平常的经历。聊天时，他给我讲了自己的故事。

沈先生与沈夫人

从流亡学生到南京市长秘书

沈先生原名叫沈裕福，沈一夫是他后改的名字。他是南京人。

抗日战争爆发后，年轻的沈先生刚考上复旦大学，南京就面临失守。这时，国民政府号召青年学生随政府撤退，给出的撤退条件相当好：他和母亲、弟弟，都能够免费坐船。一家因此就随着国民政府撤往重庆。

"当时的青年也有去延安的，"沈先生说，"我的表弟卢华（原中国社会科学院党委书记），他和我的关系很亲近，就在那时和我分手，去了延安。我上有老母，下有一个比我小十二岁的弟弟，所以，就决定留在重庆读书。"

复旦大学已经迁到重庆北碚江对面的黄桷树镇，沈先生住在学校，家也在一起。那时不仅上学不要学费，他还参加半工半读，每月有二十四元工资，不富裕，却也生活无忧。

在新闻系读了两年之后，他转经济系又读了两年。当时复旦新闻系主任是个老教授，叫谢六逸，贵州人，毕业于日本早稻田大学，是中国作家协会的第一个会员。后来，复旦校方决定改聘程沧波为新闻系主任。程沧波是国民党中央委员，也是宣传部长，还是中央日报社社长。沈先生说，复旦解释改聘的原因，是考虑学生就业，"希望利用程沧波的社会关系，给毕业生带来更多的工作机会。谢六逸是学者，没有这方面的社会关系"。

程沧波的官方背景，显然引起左倾学生的不满。当时，方璞德（即杨永直，后任中共上海市委宣传部长）、张剑尘、方秀莲、严婉宜（教育学家曹孚的妻子）、宛茵（作家叶君健的妻子）等，都是这个系的同学。他们有的是地下党员，有的与共产党接近，就发起了反对聘用程沧波的行动，鼓动同学转系。希望在程沧波接手的时候，新闻系没有学生，变为一座空城。

复旦学生中，有一些来自四川当地的士绅家庭，比较富裕。年轻的沈先生是工读生，也就是个穷学生。他说，共产党员一向倾向接近穷学生，就经常找他。沈先生也和他们一起出过墙报。这次，他们也动员他转系。最后，转系的学生相当多，沈先生也是其中之一。沈先生转系还有自己的考虑。当时复旦的新闻系学生，二年级以上必须转到菜园坝去上课。菜园坝是重庆近郊，学校请教授方便；北碚离重庆市区很远，请教授就比较困难。沈先生的家已经安在北碚，不想搬，也就顺水推舟地转到经济系去了。

就这样，沈先生在复旦读了四年书。毕业后，他考取了中国银

青年时代的沈一夫

行，一起考上的不仅有会计系、银行系的学生，还有外文系的胡昌度（纽约哥伦比亚大学终身教授）。沈先生在那里做了两年就离开了。虽然银行待遇优厚，可是沈先生说，当时"自己还年轻，很有朝气，觉得一直在银行没前途，没意思"。离开后，沈先生进入交通部当科员，月薪一百四十元，交通大学毕业生就可以拿到一百六十元，因为交大难考，毕业生素质相对就高，待遇也不同。沈先生同时还兼了求精中学教员。工作一段时间以后，他在交通部担任了政务次长沈怡的办公室秘书。

沈先生在重庆工作期间，在国民党的短期训练班轮流受过训，他参加的是为期一个月的党政训练班第二十七期。从理论上来说，就算他当过蒋介石的学生，听过蒋介石训话，也接受过他的点名。沈先生解释说，所谓点名，也就是"点到自己名字的时候，答'有'，要求目光直视。蒋介石也就点点头，过来轻轻给你衣领掖正一下，表示关心"。

抗战胜利后，政务次长沈怡原来要到大连去接收。结果，由于发生了张莘夫事件（国民党官员张莘夫接收东北时，被苏军所杀），沈怡就到了南京，成为南京市长。沈一夫先生也就随同前往，成为南京市市长秘书。

离开南京去上海

两年后的1947年，沈怡离开南京，接任的南京市市长滕杰，是个军人。沈一夫先生也随之离开市政府。同是离开市政府，一个还是高级官员，一个仍为平民，道路就此分开。赋闲一段时间之后，沈怡去曼谷，担任联合国防汛局局长。沈一夫先生在南京一个公共汽车公司工作，负责财务。

眼看政权要易帜，沈先生有些困惑。他说："在那个时候，我对共产党还是有一些概念的。当时不论在上层还是平民中，家庭成员经常分为国共两派不同观点。在我家里就都是共产党，除了表弟卢华去了延安，那个小我十二岁的弟弟，在金陵大学也加入了地下共产党。"沈先生还记得，几年后他读过一本叫《青春之歌》的书，里面有两个人物，余永泽和卢嘉川。他用书中人物对我比喻说："我当时希望弟弟做'余永泽'，好好读书，不要参与政治活动，荒废学业。他却要做'卢嘉川'，整天反饥饿，反迫害，反内战，上街，刷标语。他原来叫沈惠生，后来改名沈依群，就是依靠群众的意思。"

另外，沈先生的堂房侄子侄女们，如沈达人（戏剧学专家）、沈达义、沈菊仙等，都是共产党员。小时候，他们组织了一个驼峰社，在家里办一个叫作"雨花"的墙报。每人都在上面写文章。沈一夫也写过"雨后之花芬芳灿烂"这样的文章。多年后，这些侄子侄女们都为小时候家里的墙报游戏受到审查，被怀疑是以沈一夫为首的"反革命组织"，这是后话了。

沈先生说，这样国共观点并存的情况也发生在上层家庭。例如，沈怡是国民政府的南京市市长，沈怡的大姐夫黄郛（号膺白），与蒋介石是把兄弟，而他的妹夫钱昌照（后来的中华人民共和国政协副主席）就是共产党。钱昌照给过沈一夫一张照片，还一起吃过两顿饭。沈先生回忆说，沈怡家里，就是这样"各走两端"。他觉得，当时对人的政治观点，并不控制得那么严格，说自己倾向共产党观点，也没什么，不赞成的，也就说他们是"胡闹"。

在这样的家庭环境中，沈先生并不觉得自己与共产党就那么"水火不相容"。在他的经历中，感觉"国民党上层官僚气息比较重，而共产党比较接近群众，很会联络人"。

在当南京市长秘书时，因工作关系，沈先生结识了许多国民党的上层人物，"也只是结识，并没有什么交情"。他也觉得，国民党上层人物对共产党的看法，对他也有一些影响。沈先生回想起来，自己处在"两端"的影响之间。他想了想，告诉我说，他判断自己的观念还是更偏向于国民党一些。但是，在上层圈子的外围绕了一圈之后，沈先生发现，自己实质上不是一个政治中人，他只是一个希望"实干"、做些实事的人。

解放军渐渐临近南京的时候，沈一大去了上海。

原来南京市政府的秘书长薛次莘，是沈一夫的老同事，这时从上海来信，希望他去那里工作。上海还有他的一些老同事，如上海公用局长赵曾珏、上海公务局长赵祖康，原来都是沈一夫在交通部工作的同事。赵曾珏是留美的电机工程师，过去由他主编，沈先生主笔，还出过一本《战后交通复元计划》。薛次莘答应给沈先生一个职位，他随即去了上海。

离开南京，也使他感觉轻松些。大军压境，虽然沈先生自己知道，市长秘书只是个小官，他也没有劣迹，可是在南京，他毕竟工作在政治上层，多少小有名气，万一自己面临出于政治考量的报复，他琢磨下来，认为自己那些共产党员的亲戚们，不可能出来保护他。在共产党员的侄子那里，他已经听到不少有关阶级斗争的理论。这些理论让沈先生多多少少有些害怕。

到上海一段时间以后，政权改换。沈先生很快和表弟卢华联系上了。卢华给他写信说，表哥"虽然在解放前显赫一时，却为他人奴役之工具"，沈先生说，卢华"写得很沉痛"，他至今还留有深刻印象。卢华还希望沈先生去华东军政大学学习，当时卢华自己在那里就任宣教科长。

沈先生没有去学习，而是留在上海他原来工作的地方。不久，他们被改编为华东建筑工程公司上海分理处。当时，他们这个单位的"旧人员"被"留用"，原来对新政权有些担心的沈先生，惊喜地发现，当时"自己感觉很好"。

沈一夫本来是个有能力的人，现在负责工程组织管理，独当一面，手下有近千工人。他是副主任，主任是解放军的副团级干部，不管业务，具体工作都是沈先生在做。他们在各个工地盖房子，同济大学的行政大楼、教学大楼，都是沈先生领着盖的。我对沈先生说，我在七十年代进同济大学念书的时候，这个学校还是五十年代的面貌，他盖的那些楼房还在，相比后来的高层新校舍，红砖砌筑的老教学楼，反而给人很沉稳质朴、很学院气的感觉。沈先生听了很是高兴。那个时候，他第一次觉得自己有了"实干"的用武之地，沈先生说，自己"当时热情高涨，搞多快好省，推广'苏长有砌砖法'，建设部部长也下来慰问，很受鼓舞"。

沈先生变得非常忙碌，却乐在其中。他本质上又是个文人，工作之余，忍不住要写两笔。他说："那时的建筑工人生活很无聊，经常发生工人在工地附近的农村，四出寻女人的事情。我就在建筑公司的小报上写过文章，批评不正之风。"当时的军代表王国良十分器重他，他们之间关系不错。

沈先生也参与了五十年代初期的一些政治运动。"五反"开始，沈一夫当过积极分子，斗过"把头"。他记得，当时在华东建筑工程公司搞"五反"运动，公司本部斗了苏州人的总工程师和一个崔姓女工程师。对这些运动，他想得不多，他的精力几乎全部投入在建筑管理之中。将近有四年时间，沈先生对工作和生活感觉很不错，他回忆说："我当时觉得，自己在解放前一直是个幕僚，而现在手里有职有权，很得意。"

北郊中学

1953年，沈先生的工作单位被国家整体调动去洛阳。沈先生不愿意去，就离开工程局，请调去了上海市北郊中学教书。

听到这里，我有些惊讶。我告诉沈先生，北郊中学就在我家附近的大连西路，我小时候是看着它盖起来的。沈先生摇着手说，当时的北郊中学并不在大连西路，六十年代才搬过去的。"我教书的时候，北郊中学是在郊区，它的前身是晏摩氏女中，是个教会学校，解放后才改的名字。"沈先生还说："那里校舍很好，大得不得了，有两个足球场。"

原来，晏摩氏女中历史悠久，原名晏慕氏女学，是美国人办的教会学校，和沪江大学是同一个教会系统。1897年4月，晏慕氏女学，由美国南浸礼会的柏乐缇和吉慧丽，创办于上海。校址设于宝山路。学校招收教徒和贫苦人家的子女入学。据1918年在校的张蓓蘅回忆，当时美国教会学校大多是美国人教课，而晏摩氏女中是个例外，"英文课请的英国教师，读的是英国名著。记得有一次孙中山先生在男青年会演讲，晏摩氏校队唱诗班和其他教会女中轮流担任英文歌节目"。至二十世纪二十年代，晏摩氏女中逐步建成初中、高中，学制各为三年。1930年前后，向中国政府教育部门立案。1942年由"汪伪政府"改为市立中学。1945年8月抗日战争胜利后，仍为市立中学。

1949年后，创办晏摩氏女中的美国南浸礼会，停止在华工作。晏摩氏女中由新政府接管。

沈先生对政治并没有什么兴趣。在他很投入地为同济大学盖新校舍的时候，并没有关心上海的学校正在发生翻天覆地的变化。就在他进入北郊中学的前一年，1952年，《文汇报》正在批判外国文学名著对年轻人的"毒害"。根据谢泳的研究："1952年6月4日，《文汇报》在第七版'文化广场'开了一个专栏，名为：'肃清传播资产阶级思想毒素的文艺作品的影响'。它的编者按说：'资产阶级文艺作品为散布享乐腐化思想的来源之一，因此在进行分析和批判时，必须比较全面的和深刻的接触到思想根源。'在这个栏目下首先发表了两个读者的短文：一篇是胡冰的《我的享乐腐化思想是从哪里来的？》，另一篇是蒋达章的《剥开名著的皮！》。"

这篇文章说："《文汇报》编者给蒋达章的文章还加了编者按：蒋达章同志看《飘》这本坏小说，是去年在×学校图书馆借到的；在伟大的三反、五反运动中，很多学校图书馆都已经把反动书刊进行了一次清除，如果有个别学校图书馆还没有进行清查的，应当以严肃的向人民负责的态度进行一次清理工作。关于清理学校图书馆的情况，希望读者写信告诉我们，作为我们工作的参考。""这两个读者的文章有一个共同的认识就是：他们的资产阶级享乐腐化思想都是受到了文艺作品的影响。胡冰和蒋达章的文章同时提到给他们的思想带来巨大毒害的是玛格丽特·米切尔的小说《飘》。"这场讨论引起上海大中学生广泛的回应，"6月12日，发表同济大学学生杨寿慈的《资产阶级反动文艺作品腐蚀了我的人生观》；6月28日，也有了"晏摩氏女中学生张仟琴"的文章《清除肮脏的思想　向幸福的生活前进》。

沈先生到那里是1953年，晏摩氏女中刚刚被改名为北郊中学，他进入语文教研组，组长陈幼璞，副组长顾正光，沈先生成为一名语文教员。在那里，沈先生遇到两件事情。

1955年的反胡风运动，教育机关成为重点。沈先生在读大学的时候，听胡风讲过一堂课。也许是他太不当回事儿，随口说起，听者有心，沈先生就成了北郊中学反胡风运动的重点。沈先生说："听课的学生有很多，我根本不认识他。可就要无限上纲，想打我个胡风骨干分子。说是你去听了课，难道就没有背后的接触吗？真是无话可说。"结果，"又是批判又是帮助"。对沈先生来说，最可怕的，是教育系统在海军大礼堂开大会，王若望"从上面下来"，在大会上不点名地批判沈先生，说"北郊中学就有一个胡风分子"。沈先生发现，一个点名，在当时就可能因此被断送。

今天提起来，八十多岁的沈先生仍然难以平静。我对沈先生说，我看过王若望八十年代的小说《饥饿三部曲》，他在"文革"中也坐了牢。沈先生坚持说，那是整人整昏了头，"自己内部斗争"。沈先生说，王若望到他在美国住的亚特兰大市来做报告，"我想递张条子上去骂他一顿"。结果，演讲会的主持人劝阻了他。主持人是沈先生的老同学赵增义。最后，他总算没有被定作"胡风分子"，算是逃过一劫。

沈先生在北郊中学遇到的另一件事情，是学校调查他的历史问题。所谓"历史问题"的"利害"，他到后来才知道。这时候，他对我提到一个人，北郊中学的女校长朱瑞珠。

北郊中学校长

听到朱瑞珠的名字，我有些说不出的感觉，那是我既"熟悉"又不相识的一个人。就像北郊中学，那曾经是我天天在卧室窗口可以看到的一个学校，我却不是它的学生。

在我小学毕业的1965年，上海的中学分为市重点中学、区重点中学、含高中部的完全中学，以及只有初中部的初级中学。我们升中学，是先填写个人志愿表格，再通过全市统一的入学考试，分别录取。从理论上来说，录取标准是由升学考试的成绩，结合个人志愿，决定去向。

说是"理论上"如此，是因为背后还有一个不对学生宣布的政策，那就是学生的家庭出身是一个重要参照。当时并不公布考试成绩，所以，一个成绩很好的学生，不能按志愿进入理想的学校，也无从申辩。更有的孩子因出身落选，不能升学，十三岁就注定了血缘决定命运。

不过，对当时大多数学生来说，知道的还是"升学考试分数加志愿"的公式。北郊中学是虹口区重点中学，是个相当好的学校。在我的邻居中就有不少北郊学生。其中有大我两岁的秦巧俐，她常常给我讲朱校长的故事。印象中，那是个很受学生爱戴的女校长。

真的体会朱瑞珠的魅力，是在我临近填写升学志愿书的时候。

当时，大学升学率是考核中学的一项硬指标，中学的生源质量自然就很重要。区重点夹在市重点和普通中学之间，自然要竭力争取成绩偏上的考生。我们填写志愿之前，正值"六一"儿童节，朱瑞珠精心准备了一整套节目，然后向附近所有小学发出邀请，对象是毕业班成绩前十名的孩子。那天，接到邀请的孩子，欢呼着冲出教室，已经有点肆无忌惮。我还清楚记得，以管教严出名的班主任，此刻眼睛里飘过一丝失落。就在这点复杂的眼神里，我忽然明白，我们和小学六年的联系，已经终结。

"六一"那天，北郊端出盛大庆典，我们和中学生一起过节。回想起来，那是精心策划的青少年政治教育的经典样板。中国少年儿童先锋队庞大的仪仗队出队旗，鼓号齐鸣。一开场就是朱瑞珠校长讲话，热情洋溢，她无疑是个鼓动家，以欢迎我们开始，以期待我们加入北郊中学革命大家庭结束。然后，有阵容整齐的旗语表演，整齐地打出"做共产主义接班人"等口号，还有航空模型表演、歌舞戏剧，外加晚上的两场露天电影。只记得两部电影都涉"阶级敌人破坏"，小孩子们糊里糊涂地把它当作侦探片，看得紧张刺激。

　　白天高潮迭起的庆典中，朱瑞珠还精心安排了少年儿童先锋队向共产主义青年团的政治组织转换的隆重仪式，这是小学里看不到的风景。在刚满十五岁的超龄少先队员的退队仪式之后，马上是一些刚退队的先进学生加入共青团的宣誓。我印象深刻，是因为发现列队上台的十几个幸运儿，排头的恰是我的小朋友巧俐；另一列是上来给新团员戴团徽的，前面是党团组织的重要人物，领头的正是朱瑞珠校长。等两列队伍一一对上，恰是朱校长给巧俐戴团徽。那天，白衬衫蓝裙子的巧俐，兴奋得满脸通红。

　　填写升学志愿对一些孩子来说，是有点拿不定主意的事情。最后关头的那一点推动和诱惑，会很有效。虽然我自己是个主意蛮大的孩子，并没有因此改变原来的志愿。可我也真的看到，身边有些同学就是被朱校长的盛情打动，弃原来更高的目标，奔北郊中学而去。

　　"文革"中，巧俐常告诉我一些北郊中学发生的事情。当时，中学校长受到"冲击"是一件"正常的事情"，所以，听到朱瑞珠校长跳楼跌断一条腿，我并不那么吃惊。就像巧俐那时告诉我，北郊学生把一只猫从教学楼五楼扔下来，我也一点没有觉得意外。

　　在多年以后，有朋友在做这方面的历史研究，我马上想到朱瑞珠的遭遇，把她作为一个受迫害中学校长的例子，讲给朋友听。

校长和沈先生

　　没想到，在沈先生这里，我听到了另一面的朱瑞珠校长的故事。

提起校长朱瑞珠，说切肤之痛、说悲愤，怕还远不足以表达我看到的沈先生的感受。

北郊调查沈先生的"历史问题"，是这样开始的。北郊中学的语文教研组长陈幼璞告诉沈先生，朱瑞珠校长很器重你，要重用你。因为要对你负责，才要把你的问题调查清楚。据沈先生说，参与调查的，还有朱瑞珠的一个沈姓女助手，还有共青团书记李莹、党支部的陈晓莺。他们组织了到外地调查，花了很长时间，也花了学校不少钱。

调查结束以后，共青团书记李莹代表学校找沈先生谈话。她说，沈老师，为了你的历史问题，我们跑得天南地北，问题现在弄清楚了。我们花了很大精力，这完全是朱校长、书记亲手抓的。历史问题对一个干部非常重要。现在，定你为百分之九十五的好人。当时李莹给了沈先生一个历史鉴定，写明他是一个"百分之九十五的好人"。

沈先生告诉我，他当时嘴上敷衍着，心里并不认为对一个中学教师，有什么大动干戈"调查历史"的必要。他甚至觉得这样的结论太可笑，很不以为然。后来，"有经验"的老师为他捏把汗，私下对他说，"你真是'拎不清'啊，学校为了调查你的问题，花了那么多的钱。现在定下来是'好人'，你应该当场感激，表示出肝脑涂地、感恩戴德的样子才对"。沈先生对我说："我这个人有点马大哈，觉得他们多此一举。我本来就没有什么，只是一个没有劣迹的芝麻绿豆的小官，谋生而已。要我感恩戴德，我觉得我也没什么恩可感。"沈先生觉得，自己不以为然的态度，使得领导不太高兴。他也没放在心上。

所谓的"历史问题"调查，好像就这样顺利过去了。

北郊中学当时在交通不便的上海郊区，对住在市中心的沈先生来说，很不方便。他去学校，下了公共汽车，还要在载人自行车后面坐上二十分钟左右，一个星期只能回家一次。沈夫人刚刚生了孩子，身体不好，需要照顾。沈先生的家住在当时的陕西南路271弄，在沈先生的家门口，恰好新开办了上海市第五十五中学。沈先生说："它那里摇铃了，我在家里听到再进去上课，都来得及，就那么近。"

这就是沈先生后来说的他的"私利"，他想调动工作，上班近一些。沈先生估计朱瑞珠不肯放他走，就决定在征求北郊中学同意之前，自己先去联系。

那是1957年，当时是在"反右"运动当中，五十五中学刚刚成立，正缺有经验的教师，校长张毓恒听了沈先生的情况介绍，很高兴，说你有这样好的学历和教学经验，就赶快过来吧。沈先生还是老概念，认为谋生的关键是"找工作"，只要新工作落实了，离任总不成问题。于是，沈先生得到张校长的接纳，他就通知北郊中学，他要辞职了。

沈先生说："这样一个举动，就为北郊中学的朱瑞珠所不满。认为我们为你花了那么多财力精力，把你的历史搞清楚，你倒要走了。"这时，李莹来找沈先生，要把那份历史鉴定拿去看看，后来就没有归还。沈先生问她，她说存档了。沈先生即将离开，也没有在意，他说自己"不晓得这个问题的严重性"。就这样，沈先生个人保存的北郊中学对他历史问题的正式鉴定书，就稀里糊涂地被收走了。沈先生说："我走的时候，朱瑞珠非常不开心，说你没有经过组织的调派自己就去，这是不好的，很不好的。"虽然组织关系还没有从北郊转到五十五中学，但沈先生已经开始在新的学校上课了，似乎木已成舟。

沈先生说："我就这样去了五十五中。已经去了，我想，他们也就算了。"

谁知，不久以后，北郊中学先转了一大堆材料到五十五中，说沈先生有"历史问题"。五十五中有一段时间就不敢再安排他上课。接着，如晴天霹雳，沈先生接到通知，北郊中学向虹口区人民法院起诉沈先生为"历史反革命"，起诉的依据，就是沈先生在解放前的工作经历。

沈先生告诉我，在虹口区人民法院，他对法官说，我的历史问题有过结论。法官问，鉴定呢？沈先生说被学校收去了。法官说，你空口说白话嘛。沈先生想起刚刚过去的"反右"，他对法官说："我在反右中没有说过一句和党和政府不符合的话。"法官说："态度也就可以说明问题。"法官的话因此对他冲击很大，他反反复复对我说："这句话我记得很清楚，就凭一个'态度'就可以了！法官竟然说，态度也可以算罪行。"对沈先生来说，如四周突然一片汪洋，他就像是一个溺水的人。在人人落井下石的时候，哪怕一点点同情，沈先生都记得刻骨铭心。当时沈家的奶妈说，沈先生是好人，我要去对法官说。直到现在，沈先生提起来还由衷感激。

沈先生说："法庭上没有说几句话，说你应该感谢党给你最轻的处理。"判决下来，他被"开除公职，管制一年。虽然只是管制一年，却算是刑事范畴，是判的刑事罪，所以必然要开除公职"。那是1958年，几乎社会上的一切工作机会，都已经是公职了。所以，沈先生知道，"开除公职了，一切就完了"。

今天，在写着这个故事时，我仿佛还能听到沈先生的声音："我有什么事情？！又没犯罪，没劣迹，我一点坏事也没有做过！"

可是，还有"一年管制"怎么"管"的问题。

离开学校的沈先生

沈先生抱着最后希望，回到五十五中对张毓恒校长申辩。校长面对法院的判决，也无可奈何。沈先生告诉我："校长讲，我们手里的材料全部是他们转来的，我们自己没有搞一点点材料，我们就像是执行命令、政策。"绝望的沈先生走投无路，只能争取最好的结果。他找到五十五中的人事干事徐惠卿，请求"管制一年"能否就由学校执行。沈先生其实还搞不清楚，到底什么是"管制"，他想，不教书就是了，谁知后果比他想象的要严重得多。"判下来以后，徐惠卿让我交出工作证和公费医疗证，说要送我去青海改造。我说能不能在学校管制。她说留在学校不合适，学校有学生，放一个管制分子不好。去青海能够加速你的改造。"

当时正值"反右"运动之后，对"右派"作出处理的时候，五十五中刚成立，学校人不多，只有二十来个教职员工，却也有一些教师被处理。沈先生回忆说："五十五中有一个二十多岁的右派，他认罪好，就留校管制。"成为右派的还有女教师陈娟、历史教师李允泰。"后来我知道，五十五中的语文组长，送到安徽教养，在教养期间死了。有些是我回来以后才听说的。"

五十五中同时和沈先生一道去劳教的，还有二十多岁的青年美术教师王柄坤。他年轻气盛，不认错，被定作极右分子。王柄坤是由公安部门到他家去抓的。沈先生被指定去虹口区的横浜桥收容所。校长张毓恒对沈先生有些同情，他还雇了辆三轮车，把沈先生送到了收容所。坐在三轮车上，沈先生还不知道收容所是什么意思。

"横浜桥收容所完全就是囚犯待遇。一早起来集体跑步。"沈先生回忆说，"在横浜桥是一个大通铺，上下铺，干净倒是干净，没有臭虫。"能吃饱。可是他心情很糟，吃不下。"那里三教九流、流民乞丐都有。"他旁边是个复旦大学的讲师，"研究明史的，不大讲话"。

在那里关了一个月不到，见过两次家属，沈先生就被送往青海。他回忆说："坐闷罐车，中间放两个桶，小便大便都在里面。就睡在地下，我就弄点纸头。闷罐车原来是运盐的，乱七八糟。到了一个站，军人拿着枪，让我们去倒马桶。我们就是靠着铁皮，打打瞌睡。坐火车时见不到天日，昏头昏脑的，前途如何也不晓得，也不能与家里通信，火车到了张掖，就转坐公共汽车。"

公共汽车到达的是祁连县的一个劳教农场。农场几百人，分成一块一块，叫一组一组。房子是原来就有的土房，住进去就是了。

那是一笔糊涂账，没有人给你细算。沈先生被判的是"管制一年"，送进劳教农场，就变成了"劳教"，而"劳教"按理说是"行政处分"。沈先生根据自己的体会说："劳教和劳改其实是一回事。劳改是有刑期的，判个十年八年，劳教没有刑期规定，但是它有八个字'主观努力、客观需要'，没有时间限制的。'主观'是你在农场的表现，'客观'是外面需要你。现在开除公职了，外面不需要你，就没有时间。""可能劳动强度不同一点，我也不知道。我们在青海祁连看到过劳改的背木头，一个个排着，很苦。我们比较自由。"可是，"那么大的地方，方圆多少里，放给你跑，你也跑不掉"。

来劳教的还有中学生。沈先生身体不好，干着轻活。有一次积肥，他吃惊地听到有人喊他"沈老师"，原来是五十五中的一个女学生。"她说，沈老师，你怎么到这里来了？一问，原来那时卢湾区有个体育俱乐部，这个女学生经常去那里溜冰。学校说她是女流氓，是阿飞，就把她送到青海劳动教养。"她对沈先生说，沈老师你积肥啊，那我们这个女厕所的粪就全给你好了，我守在门口，你来舀。沈先生说"就有那么巧"。

沈先生在那里看病时，认识了一个青海的女医生。她告诉沈先生，管制一年到期的时候，你要申请撤销。一年到期时，沈先生就申请了，可是管制撤销以后，并不放人。

沈先生所在的农场，"以无业游民为主，知识分子少"。有一天，队长来问，你们这里面有没有医生，懂得扎针的。沈先生看过一本讲针灸的书，就回说，我是。队长不信，说你是做教员的。沈先生就解释说，中医有一种儒医，看书就可以了。队长就让他试试。沈先生说："劳改劳教农场普遍缺乏医药，我就做针灸医生了。那里病人都是饿的，来就是休息。到队部请假来看病，可以偷点懒，不出工，借这个机会休息休息。没有什么药，就是扎针，扎针不花本钱。哪里说痛就扎一针。我和他们都是彼此彼此。我说你来了就要吃点痛苦，他们就说没关系，你扎好了。"沈先生也趁这个机会有了个休整的机会。

很快就是大饥荒时期。沈先生记忆最深的，就是饥饿，"吃饭规定一人一瓢稀的。粮食定量很少，就是稀饭也吃不饱。我在收容所认识的那个复旦讲师，在那里饿得就吃'胃舒平'"。他记得一个年轻的放射科医生，"上去采石棉矿，饿得休克死了"。沈先生说："在那里饿死的和撑死的比例差不多。饿了以后，一些年轻人就去偷青稞，偷来就炒一炒，一下吃多就会撑死。"

后来，饥饿越来越严重，管理也就越来越松，"不劳动在那里赌钱，也没有人管。赌什么呢，没有钱，多数是赌糖精片，那里乱七八糟"，活下去成为唯一的目标。有一次，囚徒们把农家的羊偷来杀了吃，叫沈先生放风，分给他一个羊尾巴，"都是毛，"沈先生感叹着，"那个时候实在肚皮饿啊。"……"人到了那个时候啊！"

偷吃要冒挨打的风险，"犯错误的，队长不打叫组长打"，因为队长是干部，组长是囚犯。"打得差不多了，队长就来说，别打了，你怎么打人啊。其实是他自己叫打的。就是这种方式。因为规定不准侮辱，不准打骂。其实犯了错误都要打，偷东西更要打，都是为了吃。还有叫劳动你不劳动也打，叫组长打。"

只要表现出一点点同情的人，沈先生都心怀感激。他对我说："有一个老头子队长，人蛮好。"因为他对囚徒们表达了一点同情："他说，粮食是队里的，肚皮是你们自己的。你们偷吃，吃坏了肚皮，你们自己负责任。我劝你们不要这样。"有个叫顾铭君的，也是中学教员，跟沈先生关系很好。最后熬不住，逃跑了。那个老头子队长说，"逃出去不容易，四面都是水，野狗野狼，要把你吃掉。逃会把命送掉，我劝你们不要跑，吃不饱做不动就歇歇。"沈先生说："这个老头子人好，年纪大了，很有人情。"逃跑的朋友顾铭君生死不明，晚年的沈先生念念不忘，他从美国回来探亲，还怀着最后希望，通过公安局试图找到他，却始终没有结果。

后来沈先生住进农场医院，"中间放个马桶。我们睡在地上。病重的就头朝外。医生交接的时候就叫名字，听到回应就说，啊，你还没死啊"。睡在沈先生边上的一个病人就死了。"究竟死亡比例多少我也不知道。都没有什么大病，很少有感冒发烧的，都是饿死的"。

1961年，农场终于断粮，只得宣布解散。万幸的是，沈先生还活着。沈先生离开学校之后，1958年到1961年，在青海如是三年。

三年之后，沈先生完全被"教养"成了另外一个人。他还不到五十岁，却只求"活着"，以前最起码的愿望，如今都成了想都不敢想的奢求。

沈夫人很少插话，这时，对我提起她的弟弟浦厚生。

浦厚生从1949年前开始，就一直在银行工作，1957年，他是上海市虹口区银行办事处副主任。有一天，他在银行的地上捡起一张废纸，顺手打开一看，是油印的一个名单。那是所谓"肃反运动"中的整人名单。浦厚生脱口而出说了一句：哦，黑名单嘛。沈夫人说，她弟弟惹祸，"就这么一句话"。在1957年反右运动时，这句话被人揭发。单位里叫他交代反动思想，他始终不认罪，只说，我没有什么别的意思。最后，他因此成为"右派"，再加上1949年前在"旧银行"工作，算是"历史问题"，被判了四年徒刑，送青海劳改。

1961年，浦厚生劳改的农场也在差不多的时候宣布解散。和他一起劳改的复旦大学讲师徐则文，就在那个时候被放回上海。浦厚生却没能活下来。沈夫人回忆说，弟弟浦厚生是个传统的银行业人士，严谨认真、做事一板一眼。沈先生说："浦厚生这个人真实，做银行的。在那个环境里，要偷吃扒拿的才能活下来。像我给偷羊的人放风这样的事情，他不会做。违反规定的事情他都不会做。"最后，"浦厚生落个死不见尸"。浦厚生的夫人金力平当时也是右派，不敢对农场提出要求。直到二十世纪八十年代"平反"以后，才敢写信给劳改农场，要求寻找丈夫的尸骨，最后也没能找到。

农场解散，却不准沈先生回家。由沈先生的弟弟担保，让他在江浦的农场做农工，工资一个月十元人民币。两年后，江浦农场嫌他不会干活，沈先生说，"他们说城里人有什么用，回去回去。我就回来了"。回来，十元工资自然没有了，江浦的农场只给沈先生寄粮票，其他如油票、布票等等一概没有。上海不准沈先生的户口进来，街道派出所的民警施根堂威胁他说"你行李不要打开，随时准备走"。此后的二十多年里，一家人生活得战战兢兢。沈先生说"风吹草动都有我们的事情。有事拿我开刀，借题发挥"。"文革"中，街道"批斗"沈先生，他十五岁的大女儿沈扬也被押在现场"陪斗"。孱弱的沈夫人受到丈夫牵连，被"下放"到翻砂车间工作。

我问起沈先生一家在"文革"中的遭遇，沈先生反而变得平静。对他来说，他已经"懂"得既然他被纳入这个逻辑，此后发生的事情，就只能在这种逻辑下逆来顺受，"文革"只是逻辑推演下的"题中应有之义"。已经习惯在这样逻辑中生活的人们会认为，按照沈先生的情况，他"出事"只是早晚的事情。沈先生说："后来人家还对我说，你亏得去坐牢，不然'文革'要给红卫兵弄死掉。"

他没有理由反驳，沈先生看到，五十五中那个家住复兴路的右派女教师陈娟，在"文革"中"被逼着吃大便，她不吃，就撬开嘴塞进去。她后来自杀，但是没有死。现在还活着"。沈先生说："五十五中还有一个历史教员叫李允泰，苏州人，是住在学校的。被红卫兵日夜拷打。我们住的陕西南路271弄，就在学校旁边。半夜里，就能听到李允泰被打得一声声惨叫。周围的老百姓都反感，都说，学校怎么也不管管，这个老头子要给他们打死了。你们要他死，就让他死，怎么能这么打？"

沈先生不得不承认，当"文革"开始的时候，他由于前面种种，此刻站在校门外没有工作，竟然是一种幸运。

晚年的沈先生

我一直听到关于这段历史的解释，人们说，那是因为左倾思潮的泛滥，我想，那更是一种制度性的权力扼杀了一个具备常识的社会。

沈先生在讲述他的故事时说，最令他震惊的是他听到自己的"罪名"和被迫接受这种逻辑的那一刻。这不仅是他的生活轨迹被扭转，更是他以前赖以生存的全部常识、建立在常识上的法治观念，包括"罪与非罪"、"正义与非正义"的定义被整个颠覆，颠覆得令人惊心动魄。从此，他活在这个社会，不再有任何安全感。

在一个正常的法治社会，也会出现一个人要报复另一个人的念头，可是他不可能达到朱瑞珠对沈先生这样报复的目的。假借革命话语，把一个人强行归入刑事罪，只有在非常态的逻辑统治社会的时候，才能做到。最后，同样的逻辑，又逼着朱瑞珠校长跳楼。有人天真地以为，那是被颠倒的状态被报复性地颠倒回来，不是的，"文革"中校长们普遍的罪名，不是他们曾经在历次"政治运动"中，伤害了沈先生这样的教师们，而是他们被指责以往"清理"不力，庇护了"阶级敌人"，抑或他们自己就是"敌人"。那是这种逻辑在向更极端方向推动的结果。

讲述沈先生的故事，是在讲述一些细细碎碎的细节，在我眼中，历史就是由细节组成。我曾经留意到，沈先生和我的前辈好友、复旦大学物理教师李梧龄先生，在几乎相同时间，在同一个横浜桥收容所被拘押，然后被送往不同的劳改农场。我曾经分别向他们求证过一些细节。他们相同的细节回忆，呈现出的历史联系，给我一种很异样的感觉，就如一个共同的北郊中学、一个共同的校长，在暗暗联系着我的朋友李大申和沈一夫先生。这种细节的脉络在隐隐伸展，在描绘着一个学校、一个社会的景象，也连接起许许多多活生生的、曾经生活在阴影中的人，也牵着他们怀着深深隐痛的家庭。而他们和我们一样，也只有那短短的、几十年的人生。

远在美国的晚年沈先生，几乎是不自觉地，他的目光永久地在注视着一些人。

他把温和的目光投向那些同命运的人，例如五十五中的右派老师们，虽然他们之间在几十年里，相互并不往来。在讲述遥远故事的时候，沈先生会顺便提到这些人的近况。同时我发现，他也以一种奇特目光，注视那些改变了他命运的人。沈先生离开北郊中学已经将近半个世纪，他却清楚地知道校长朱瑞珠几乎每一阶段的情况。但朱瑞珠去世的消息，却是我告诉他的。

这种注视令我心惊。

我的好友李梧龄先生曾在回忆录中提到，夜半噩梦伴随他的一生；沈先生在给我的一封信中也不约而同地写道："我每忆往事，至今还往往从梦中惊醒。梦见我还在狱中，并自问：'我怎么又到这里面来哩。我要回家……'"这封信2003年写于美国。

那是一个已经处身于正常生活中的老人，黑夜中不由自主地咀嚼着自己反常的一生；那是白天竭力消除了的记忆，在黑夜里又如鬼魅一般，默默地回到身边；周而复始。

我仍然感到庆幸：至少，沈先生有了一个白天是幸福而安稳的晚年。

新闻牵出的历史

　　最近，陈小鲁的"文革道歉"成为一个新闻。新闻涉及的却是一段历史。

　　长期以来，大家对"文革"的个人忏悔和道歉很是纠结，很多人把"文革"中的个人行为归于国民性、民族性。我想，忏悔和道歉是非常私人非常内心的事情，也有许多复杂情况。

　　昨天聊起"文革"，有个朋友对我说，他相信终有一些人只是天使，任何情况下不会作恶，我也相信，如同我相信可能有一些人只是恶魔。但我同时相信，对于绝大多数人，人性是天使、魔鬼的共存。在一个特殊驱动下，大量隐于内心的魔鬼会一涌而出，伤害其他人。时过境迁，受害者伤痛难平；而对于绝大多数施害者，当魔鬼被驱回原处，依人性规律，他们内心也必定开始天使和魔鬼的战争，那是个人的内心挣扎。如张红兵当初举报母亲，导致母亲被判死刑，最后说出来，对于他可能反而是心理上的一种解脱。他的自述符合人之常情：在此之前，他四十多年来一直生活在"弑母"的自责煎熬中，其实即便他没有走出最后一步，他也不是一个不知忏悔的人；而要论道歉，他永远没有机会当面向母亲道歉了。我的一个朋友，"文革"中只是六年级小学生，她向我讲起，如何内心挣扎许久，才向父亲道歉。但是，有更多更多那个时代的青少年，他们被逼迫被诱导羞辱了自己的父母亲人，甚至羞辱了自己，正因为深切的痛苦悔恨，令他们一生不堪回首、无法面对，因而选择回避，这在心理学上是一个常识。也许他们大多数人都难于面对向父母道歉的那一刻，但并不说明内心就没有忏悔。当然也有一些人，他们的内心可能至今仍是魔鬼占上风。

最近于光远先生去世，他的女儿于小红写了家族回忆《白花丁香树》。小红的母亲孙历生三十四岁时在北京女三中非正常死亡。这是一个典型"文革"故事，悲剧却可以追溯到更远的反右运动。这曾是个幸福家庭。孙历生是个单纯女孩，十四岁入党。能被保送到中央党校学习，她一定看作是荣誉和政治进步的机会，绝不会想到，因为几句无关痛痒的话，二十三岁就被打入右派的地狱。正是这个

于光远先生追悼会

婴儿于小红与父母

"案底"，导致她"文革"中在劫难逃。女儿眼中的于光远，远非无情无义，妻子被送去劳改，作为高级干部，他没有采取划清界限，相反，冒着被牵连的危险，骑车百里去劳改农场探望妻子，送去营养品。结果，他被举报，被要求不准夫妻见面，并被逼着离婚。那是全家商量后权衡的决定，放在权衡天平上的，是三个孩子（其中一个待出生）："再不离婚，爸爸可能被划成右派，孩子们怎么办？"最后决定由已经怀孕五个月的妻子提出离婚。离婚以后，第三个孩子出生，"爸爸一手抱起小康，一手拉着我往医院跑。妈妈劳改期间营养不良，婴儿不足四斤，从医院出来，沉思中的爸爸在医院门口狠狠摔了个跟斗……坐地许久才站起来"。夫妻保住一个，孩子才能保障基本生活费和避免更大伤害。他们的爱情婚姻就被作为代价支付出去了。"文革"更凶险，两人都失去自由，当时他们各有了自己的家庭，但"妈妈死前几个星期，他们见过面，他知道'清理阶级队伍'，妈妈会再次遇到风险，但他没想到是诀别。爸爸有机会回家一次，结果他去了白塔寺。我无论如何想不出来他和妈妈是怎样取

在劳改农场的孙历生（右起第四）

得联系的。爸爸说他买了几个包子……妈妈买了两根冰棍，他们钻进小胡同转了半个多小时。他说的时候哭了……我有时觉得爸爸对不起妈妈，但又常常觉得他实际很可怜，被迫和自己心爱的人分了手，自己的女儿不能公开承认，我心里埋怨他懦弱。爸爸看上去是一个极为乐观的人……其实他心里埋藏了别人无法想象的苦痛。他不能停，只有工作才能让他忘却，他心里某一处伤痛是不能触碰的，他尽一切可能封存"。如果没有女儿的细节记录，后人很容易把事件简化，想当然地批判一个身为高级干部的丈夫的无情。当所谓大时代非常时期的大风大浪袭来，我们应该承认，人可能是软弱的，也可以是软弱的。对于光远和其他很多人，公开讲述可能不仅不能解脱，而且有根本无法逾越的心理障碍。我们应该尽量鼓励能够说出来的亲历者记录历史，也必须理解和维护一些亲历者们对隐私和心灵最痛处的维护。我们如果无法理解所有悲剧人物在所谓大时代碾压下的无奈，对他们没有最基本的同情，我们就很难和"文革"风行的简化思维方式真正拉升距离。

"文革"经历是个人的，但"文革"作为历史，又是民族和国家的。个人记忆和民族记忆该如何转化？

　　十几年前我写过一篇短文，提到小时候的一个经历。念小学时，有一天父亲领我去了上海西藏路的红旗新闻电影院，看纪录片《条顿剑在行动》。那天从影院出来很失望，感觉那是我当时看过的"最不好看"的电影，相比之下，父亲全神贯注地投入给我留下深刻印象。父辈前半生在内战乃至世界大战动荡中度过，那是他们刻骨铭心的记忆。每每想起来，总觉得那时的年幼无知当然是看不懂"条顿剑"的原因，所以我并不在意。直到有一天，我再次回想那次"条顿剑"经历，突然感受到历史隔膜的强大。当时我已经从书本上熟读那些历史，但是，对于"二战"和内战，我还是有时空上极其遥远的感觉。那天令我惊讶的是，我突然想到：它们事实上距离我并不遥远。原子弹在广岛爆炸，是我出生前七年的事情；而国共决战和国民党退出大陆，距离我出生只有三年。可是，我对那个时代的距离感，远远超过实际的时间距离，其实很自然：历史场景的清晰了解及准确感受，和事件与自己相距的时间长度无关，而是与是否有亲身感受有关。"文革"对于经历过的这一代人，哪怕相隔半个世纪，仍如在眼前。而对于完全没有经历过的人们，哪怕仔细阅读了"文革"记录，印象也总是相对抽象、模糊甚至感觉是不可思议的，哪怕他们只是在"文革"结束那年出生，几乎没有什么时间上的距离。而当年红卫兵的后代，看着今天自己的父亲母亲祖父祖母，自然完全无法真实想象，他们当年在另一种装束中可能的威风和生死予夺的权力。在亲历者和非亲历者之间，有一条天然鸿沟。

　　也就是说，即便用尽一切手段来为国家和民族保留及传承记忆，效果都可能会大打折扣，更不要说它还如此的缺乏细节的记录。忏悔道歉是经历者的个人心灵活动，而记录细节是历史传承。也就是说，即便所有该道歉的都道歉了，假如不重视和鼓励历史细节的记录，那么，"文革"的教训依然不会被这个民族的后代了解和记取，它依然会随着亲历者消失在历史烟云中。

例如，采访陈小鲁的记者对今天的读者介绍说，陈小鲁当初创建的是"被'中央文革'打成了'反动组织'的（红卫兵）西城区纠察队"。而创建人自诉当时的初衷是"制止打人"，但是，没有经历过"西纠岁月"的人，却无法想象，即便"初衷"不错，但"初衷"和现实之间，有着怎样南辕北辙的距离，不仅1966年"红八月"的"西纠"成立宣言中，声称纠察队是革命的造反队，是无产阶级专政的工具，要坚决镇压地、富、反、坏、右和资产阶级孝子贤孙的反革命行动，而且当年"西纠"可以私设监狱，酷刑以待，可以对普通人格杀勿论。"西纠"二字不仅令北京普通市民普通中学生胆战心惊，甚至他们的威风传到上海等大城市，那里模仿的"西纠"们，一样是红卫兵暴力的象征，令当地普通市民和学生充满恐惧。如果没有另一方的细节记录，"西纠"在历史叙述中，就差不多要变成"文革"中制止暴力的英雄和受迫害对象了。

于小红记录了她和自己家庭与周围邻居亲友经受"文革"暴力的细节：小姨产后十天，就和姐姐、母亲一起被殴打，初生婴儿在床上啼哭。这孩子的父亲一直被关押，不到两岁，父亲就被迫自杀。小红的母亲，三十四岁的孙历生具体是怎么死的？小红如实留下了空白和疑问。孙历生的亲人们只有根据她和同事们曾经遭受暴力的情况去推测。而"文革"有无数这样的历史疑案和空白。她说："每个人知道的只是极小的历史片段和表面看去不好解释的现象，我们身处不同的地位和年龄，同样的事件在我们的心灵上刻下了不同的痕迹。大家一起讲述我们父母那一代的事情，我讲出来，您也讲出来，大家一起就可以更全面地理解那个时代。"

中国历史上如此重大的一个事件，目前依然不仅缺乏大量细节记录，也缺乏制度上的检讨。而且，这是有关联的。曾经看到一本少数民族地区的"文革"采访录，我印象很深的是，这本书的作者提到，有人说，这些寺庙都是你们自己砸掉的，作者说，这样的说法"真无耻"。我有过在鄂伦春民族地区插队生活的经验，明白作者的意思。我看到过对一个鄂伦春猎民的批判会，当时中苏对立，苏联被称为"修正主义"，亲苏是很大罪名。那是中苏边境地区，鄂伦春是游猎民族，在1953年前还是原始社会，没有国家概念。他们一人一马一杆枪，有能力从黑龙江独自一人骑马翻山去内蒙古相亲，也会逐猎物而行，穿越森林进入西伯利亚行猎。这个猎民受到批判，是指责他为何去了趟"苏修"，在那里打猎。我记得他很困惑地回答："那里的犴（麋鹿）比这里的狍子还多，我为什么不去？"但是，不断的批判加灌输，后来鄂伦春人已经会很自然地对我宣称：不久后他们将要赶着马车打到莫斯科去，村里也搞起了阶级斗争、抓"苏修特务"。假如没有自上而下的鼓励，世代虔诚的少数民族佛教徒，自然不会突发奇想去砸寺庙和伤害僧侣。我继而想，那么推至汉地，难道不是同样道理：如此之多的青少年长期在斗争哲学的教育之下，暴力行为往往被认为是进行"革命"，又突然被赋予超越法律的一切权力，受到鼓励去"实践革命"；如此多的民众突然摧毁自己的文物珍品、祖先陵墓、宗祠庙宇，摧残自己的家庭、教师继而自相残杀；这些难道不是当至高无上的权威踢掉法律、拔掉最后制约的瓶塞后，一切内心的恶魔夺瓶颈而出的原因吗？而当权威逝去，一切却又在可以预料的那一个转折点开始逆转。如此，国民行为的更改，都在这政治巨手一放一收的操纵之间。

所谓民族性，是同样的问题。为什么今天的德国人不再是纳粹时期的德国人？德国反省纳粹，主要是依靠在制度层面对纳粹的彻底颠覆、对大屠杀主要责任者的刑事追究，在立法中确立纳粹为非法，加上教育制度的彻底更新，在历史教育中不但不避讳历史罪行，反而强调本民族的历史教训，所以，今天德国人的个人反省是建立在坚实基础之上的个人行为，同时也是民族的行为。这样的忏悔和反省，可以相信是牢固的，也是能够避免重蹈覆辙的。

我们是不是走出了盲点

——关于希特勒秘书的回忆

一

国际文坛曾出过一件事：德国著名作家君特·格拉斯（Günter Grass）宣布：在他的新自传《剥洋葱》（*Peeling the Onion*）中，他将讲述自己十七岁时参加纳粹党卫军的经历。这是他第一次向公众承认这段历史。这一消息在德国，也在各国知识界引出很大争议。格拉斯是1999年诺贝尔文学奖获得者，他的《铁皮鼓》几乎成为一代人的必读之书。他是众望所归的公共知识分子，凡德国的公共议题，格拉斯如何表态总是受到重视，甚至有人说他象征着"德国良心"。他曾被波兰授予波兰但泽市"荣誉市民"称号，也许这比他获得其他所有荣誉都更说明问题。正是在这样的背景下，七十八岁的格拉斯六十年后披露自己的党卫军经历，才会有如此爆炸性效果。

近年来，格拉斯有一些重大"表态"。1998年2月，他带领一

《铁皮鼓》作者君特·格拉斯

批知识分子表态，呼吁放弃修建"欧洲被害犹太人纪念碑"，理由是"难以表达德国反省历史罪行的立场，难以传达纳粹罪行的深重，难以表达对牺牲者的悼念"。这些现在都和他的"历史问题"挂钩。一些人认为他欺骗公众，早就该向公众坦白忏悔。又因新书《剥洋葱》此时将要出版，更有人攻击他在做新书广告。

看到围绕格拉斯的这一切，让我想起特劳德·琼格·汉普斯（Traudl Junge Humps），想起自己看过的一部采访她的纪录片，也想起在看这部片子时心头的诸多感触。

特劳德出生于1920年，比格拉斯大几岁，在一个动荡时代，大几岁有时就有大半代人的感觉。1942年，她开始担任希特勒的秘书，直到1945年战争结束。假如说，当年加入党卫军的格拉斯还是个少年，那么二十二岁的特劳德已经是个年轻女子。三年中，她为希特勒做口述打字。在此期间，特劳德嫁给了希特勒的勤务员汉斯（Hans Hanmann Junge）。不久汉斯应征上前线，十四个月后于法国一次袭击中身亡。在希特勒的最后一刻，特劳德奉命记下了他的遗嘱和最后遗言。自二十世纪五十年代中期开始，她住在慕尼黑一个只有一间卧室的公寓里。五十多年来，她一直默默地把那段记忆留给自己。八十一岁时的2001年4月至6月，由一名作家牵线，她接受了弗劳·琼格（Frau Junge）的几次采访，成就了这部影片。

老人说德语，影片下面是英语字幕，对我来说，看这部纪录片，应该说是如看书般看了一遍文字。可是，由于德语和英语有许多单词的结构发音近似，因此能够在看字幕的同时，感受到老人随着讲述，不由自主的表情和语调语气。最后我发现，实际感受并不是原来想象的"看文字"，还是有"看采访"的感觉。

影片是剪辑过的，主体是对一段段历史，或是对一个个话题相对完整的叙述，在这些话题后面，有再次采访的说明和补充。整部影片内容就是采访，没有加入任何历史场景等等的花絮。记得以前大家聊起纪录片制作，都认为整个片子都是采访过程可能会使观众厌倦，因此历史场景资料很少的话，"做片子"本身会很困难。可是在看这部片子时，我开始怀疑这样的看法，它确实一点也不令人感觉枯燥乏味。虽然只是特劳德一个人在讲述，可是你感觉到整个片子是一个有机整体，有起伏和节奏，有低潮和高潮。有时候，插入了讲述者观看前面采访的画面，一种特殊的距离感突然就出来了。开端和结束都是平淡的，却动人心魄。

二

读到"格拉斯争论"，我之所以会想到这个叫作《盲点》的影片，是因为它非常细致地表现了一个当时被愚昧蒙蔽、深深卷入漩涡的德国年轻女孩，如何在此后以她整整一生来挣扎反省的复杂历程。

那是个人经历的故事，也是一部个人见证的历史。一开始的话题，是交代这一切发生的背景原因。老人在开口之前显得很困难，欲言又止。也许那难以开口的时间并不长，可是那种竭力挣脱捆绑的感觉使得时间"变长"。突然，像是终于下了决心。"这一切，"她开口说，"只可能发生在专制制度建立得如此完善的时候，它掌控编织整个社会的每一根纤维。"

"德国组织得如此之好，"老人停顿着，似乎在回忆和思索，画面外，传来记者的遥远的问题："人的意识也是这样吗？"老人没有马上回答，拿起一支烟，举到半空，却又茫然地放下。她垂下眼睛，不看镜头，开始回答："那是被希特勒极大伤害了的一个领域，他确实试图操纵德国人的思想。他使得他们相信，他们有一个事业要去完成，他们必须灭绝犹太人，因为犹太人是我们一切问题的根源。这是希特勒自己很早就在推动的个人理想，人们必须为此作出牺牲。"

当年的那个年轻女孩，当然不是有意走错路："当我还是个孩子，希特勒确实在一开始就在某种意义上强烈地深入了你的内心。"特劳德的童年在一个特殊环境中度过。她生长在单亲家庭，"母亲独自带大我们"。离异之后，母亲带着孩子住在娘家，外公是个将军，在家里却是个"真正暴君"。"母亲为外公管家"，她没有钱，"而外公总是在对我们说，是他养活了我们，我们总是感受到精神和道德上的压力"。她回忆说："我从没有在一个完整家庭里的感觉和安全感。当然，妈妈为我们做了一切。"可是，特劳德仍然清晰地记得童年的心理感受："我自己喜欢和这样一些孩子在一起，他们会说：

'我父亲怎么说'或者是'我父亲认为'。我总是想，有个父亲是一件重要的事情。"

粗暴的外公不提供一个父亲的替代位置。外公是个纯粹的军人，不关心政治，特劳德一直觉得，对她来说这是一件"不幸的事情"，因为她也就没有机会学会辨别政治上的对错。"不幸的是，我的家庭对政治完全不感兴趣。（外公）他不关心政治，从不谈这些话题。我们按照一些原则被带大：服从，牺牲，压抑自己。这都被看作是美德。""我自己很适应。既然妈妈过得那么难，我总是并不思考就服从，也总是愿意牺牲自己。"特劳德没能上高中，"对我妈妈来说，学费太高"。在第一次大考后，特劳德就离开了学校。"然后他们对我说，'你最好去读商校，找个办公室工作，这是最快可以养活自己的办法'，那就是我的命运，而我看不到任何其他机会。还令我感到难堪的是，我是老大，却还待在家里，我妹妹却已经出去闯世界了。"

能养活自己之后，特劳德也试图挣脱命运，"我一直想读舞蹈学校。1941年，进舞蹈学校要入学考试，我考得很好，我觉得可以永远逃避办公室了。可我工作的出版公司却不准我离开，在1941年，只有在雇主同意后，你才可能离开工作。我是那么失望，因此全心央求我妹妹帮我忙，她当时已经在柏林以跳舞谋生"。就在特劳德绝望时，她妹妹出了个主意，"让我问问阿尔伯特·鲍曼（Albert Bormann），看他能不能把你调到柏林去工作。"阿尔伯特是妹妹最要好朋友的姐夫，很有权势。特劳德说："好啊，当然，我一点不知道这会是什么结果。"

阴差阳错，一个人生转折就这样在特劳德面前出现。她接到通知，她的新工作，是柏林的元首办公室。

三

特劳德今天当然知道，这是一个多么重大的转折。

她自己反复回忆、审视和询问当时的那个女孩：你是怎么回事？确实事情的发生有很自然的理由。甚至可以想象，特劳德接到消息兴奋莫名。对这样一个女孩，难道有什么不应该吗？

事情当然有自然的一面。这个工作对特劳德来说，"就像出现了满足我跳舞热情的机会"。特劳德觉得，这也是自己对老板抗争的一个成功，"他总是不让我离开"。当然，还不仅如此，这还是枯燥生活中出现的一个大转机，她总是想离开妈妈和外公，再神神气气地以另一种样子回来。"作为一个女孩，我当时没有任何确切的想法和计划，没有想过人生要怎么过，要做什么。"

"实际上我到希特勒那里，完全是一个巧合，"她又觉得这样平叙事实，似乎有"开脱"自己之嫌，就加了一句，"必须说，这是因为机遇，却也是因为我的愚蠢。"

特劳德无数次地反省自己跨出的这一步，也很自责：她曾为希特勒工作，"也因为我确实喜欢过他。可他又是如此可怕灾难的根源。"她不断盘问自己，"你看，在集中营究竟发生了些什么，那些细节后来被揭露出来。"当时她并不知道，一般德国人当时都不知道集中营的细节。后来"我读了克勒佩雷尔（Viktor Klemperer）的书，当然那是在很久之后，但它确实给我很强烈的冲击，所有这些问题，至少对犹太人来说，在1933、1934年的最初阶段，就已经开始发生了。我觉得自己曾是那么没有感觉和自私迟钝。我没有去注意去关心。这样的感觉越来越沉重地压迫我。我似乎应该对那个还是孩子的我感到愤怒，那个年轻女孩。或者说，我不能原谅那个在当时没有认识到恶魔带来灾难的少女。事实是，我没有看到自己逐渐卷入的是什么，对于一切，我只是说'是'而一点没有思考。"

她生怕自己这样说，还是在为自己辩解，于是进一步自责说："我这么说，并不意味着要说：我那时就不是一个热情的纳粹。当我去柏林的时候，我也许可以说：'不，我不要这份工作。我不愿意被送到元首司令部去。'可我没有这样做，因为我只是很好奇。我想我当时并不能真正想到，宿命将把我驱赶和留在怎样的位置上，而这个位置根本不是我去追求的东西。尽管如此，我还是对自己的一切无法原谅。"

一开始，特劳德是柏林元首办公室的一般工作人员。特劳德并没有在那里见过希特勒，"我做的事情是打开那些女人给他的求爱信，他自己并不在那里。其他人也见不到他，他在自己的私人司令部里，离'外部办公室'很远"。后来，那里有一个打字比赛，"办公室里谣传，说是希特勒在挑秘书。鲍曼坚持说我应该去试试"。特劳德当时并没有野心要得到这个工作，那时她对自己的现状相当满意，"可我还是去考了"，结果还考得很好。

1941年12月初，考得最好的十个女孩接到命令，被送往希特勒在东普鲁士的司令部。她们在元首专列的车厢里等待接见，结果整整等了几天。一个晚上，她们被领着穿过黑森林去元首司令部。"一栋很令人不快的房子，在勤务人员的区域里有软木的椅子，我们排成一排，然后见到了希特勒。"

所谓"领袖接见"，在一个刻意造神的国家，是一件大事。"领袖"总是很重视"接见民众"的戏剧性效果，这种经验对被特定教育愚化的民众来说，是精神的一种撼动和震慑。对于特劳德来说，却另有一层特别的意义。"在此之前，我只在新闻里、公开场合上见到过他，他身着军装行纳粹举手礼的样子。可是现在，突然来的是一个老年绅士，低声说话，对我们友好微笑，和我们握手，用他出名的眼神直直地看着我们，询问名字，用一种和蔼得像父亲一样的口气和我们说几句话，然后离开。走的时候，他就说了声'晚安'。被希特勒接见的经历，完全和我以前的想象不同，那是无害的、和平的气氛。"对从小缺少父爱的特劳德，那是内心的颤动，"我第一次见到他，他也许只是一种姿态，对我而言，或许感到是一种保护，那是我长久以来在渴望的东西。我从来没有这样放任自己倾斜"。也许，那个年轻女孩对领袖的感情，可以称之为对伟人和慈父相交的"热爱"。

希特勒离开后，"我们好奇地问，'他挑中了谁？'鲍曼说，"没那么快的，你们还要经过口述记录的测试"。测试的时候，鲍曼安排了一个女孩陪特劳德进去。"希特勒已有过一次混乱的经验，一个女孩去为他的口述打字，可实在太紧张，原来有点歇斯底里的病发作了。希特勒怕这样的事情重演。"测试过程更加深了特劳德对希特勒的好感。"我进了房间，发现那里很冷，希特勒不喜欢热的房间。他对我还是很和蔼，他说，'我的孩子，不要紧张，你不会像我那样老是犯很多错误的。在这儿坐吧，我要不要为你开暖气？'他指的是电暖器。我们有一种特殊打字机，叫作默声打字机，打起来声音很小。他开始口述，我开始打字，发现自己的手指是那么颤抖，根本就瞄不准键盘上的字母，我看了一眼纸，那上面乱七八糟不成词句。"也许，本来特劳德也会像那个歇斯底里的女孩一样被淘汰。可是"他的女勤务员林格进来，对希特勒说：'我的元首，里宾特洛甫来电话。'他像一般的老板一样，拿起电话开始说。这段时间给了我机会，我把句子重新写成正确的德语。然后他又开始口述，我打下来，很顺利。实际上是很容易。最后，我把记录纸交给他就出去了。"

在说到林格进来这个转机时，我注意到，特劳德先是很自然地说"感谢上帝"，可是马上说"也许应该说，很不幸地"，这种负罪感的印记和流露，始终贯穿在采访过程中。顺利通过测试，"他（希特勒）挺高兴，我也挺高兴。我确实觉得兴奋。我不知道这是怎么发生的，突然，我在这里，那个小小的特劳德·汉普斯，坐在元首对面，是元首本人。不管你对他怎么看，在那个时代，他是一个伟大人物。我处于如此不同寻常的位置上，如此难以置信，像是一个历险记。"

决定的时刻来到了。希特勒"又叫我去。原来的两个秘书一左一右站在他身边，他说：'汉普斯小姐，我现在必须问你了，你是不是愿意留在我这里。我这里总是有这样的问题，我那些年轻女孩的秘书，总是有人要娶她们，就突然把她们带走了。也许应该让她们戴上难看的面具，像黑人面具什么的。'"

说到这里，老人突然不安地捋了一下自己的头发，说："我一定是疯了，我对他说：'首相，你不必为这件事情担忧，我身边至少二十二年没有男人出现了。'他只是大笑起来。那时我真不相信自己说了这样的疯话：'我身边至少二十二年没有男人出现了！'所以，我必须忏悔的，在这一刻，我没有能说：'不。'可我并不是没有机会说'不，我不愿意留在这里'。诚实地说，我必须承认自己喜欢这个工作。"

特劳德说自己"喜欢这个森林里的司令部工作，它不像是我以前经历的办公室，工作时间必须整天坐着不动。后来，希特勒不再要人在外面办公室为他安排约见、接电话和煮咖啡。秘书们不再集中在一个办公室里。她们有自己的公寓、自己的房间，只是在需要

年轻的特劳德和党卫军军官在一起

笔录的时候才被叫去。主要是打录演讲稿、私信和一些个人的东西。他从来不需要打录政治、军事的文件"。

就这样，特劳德成为希特勒的秘书，"在我开始为希特勒工作时，我突然也得到一种安全感"。"一个圈子，一个和外部如此隔绝的圈子。"她又说，"后来，在我成熟一些之后，我想，我对他是一种对父亲形象的非常向往的态度，可是当你的父亲令你失望，这又很容易转变为一种'恨'的感情。"

那是1942年。

四

特劳德去以后不是很久，1943年的斯大林格勒战役，使得情况变得完全不同。特劳德并没有怎么注意，因为她是新来的。"元首司令部的气氛一定是不一样了，一定是有压力的气氛。"希特勒原来习惯和大家一起吃饭。这时变成和秘书们一起吃饭。"事先我们就被告知，不要用有关斯大林格勒或者其他问题来打扰他。"因此，特劳德不仅工作，还有机会非常近距离地观察私下的希特勒。

那是一种非常近的接触。特劳德说回想起来，至今觉得不可思议，"那个卷着舌头说'R'，滚出一串缩略语发表演说的那个人，"就是她见到的同一个人，"可是在私下场合，我从来没见他这么说话。他可以用很平、很抑扬顿挫的声调说话。在私下，他还带有很轻的奥地利口音，用一些典型的奥地利词，那些在其他的德语地区不用的词。"这些，"当时我都觉得很迷人，真的。还有那些在私人生活中的很谦恭的态度"。

特劳德能接触到生活细节，希特勒也就表现出不仅是"元首"，更是一个人的那一面。例如，也许是因为肠胃不好，希特勒是一个素食者。希特勒也告诉她自己的许多个人习惯和私事。比如他不愿意被人碰到；他在口袋里放好多钥匙很重，伊娃总是提醒他要挺直身子；他会告诉特劳德，在战前他在正式场合穿褐色SA制服、戴领带，可是在战争开始之后，他只穿灰色军服，他认为这是原则问题。在特劳德眼中，希特勒还是个爱干净、很注重修饰的人，每次被狗舔了手，他都会洗手。

特劳德还记得，希特勒的狗布朗迪（Blondie）对他非常重要，布朗迪每天傍晚有整套的"娱乐"。他告诉特劳德，布朗迪在周围的狗们中间是特别出色、是难以置信的聪明懂事。布朗迪是专业驯狗师训练过的，看上去非常漂亮。布朗迪还会各种花样。它会按照口令唱歌，特劳德当然也是喜欢布朗迪的，她回忆说，"那不是叫，是歌唱。

假如希特勒对它说，'唱好听点，布朗迪，像扎瑞·朗德尔（Zarah Leander）那样唱，'它就会唱出不同调子来，唱出八个音阶来。"

可以想象，当特劳德被问到这样的问题：你在那里看到些什么？你看到的希特勒是什么样子的？这些细节自然就会从记忆深处鲜活地走出来。说出来，或许对历史也是非常重要的。在一个集权的制度下，一个个人，所谓领袖、元首，他的一念之差、个人性格、个人好恶，会成为一个国家甚至世界范围灾难的根源。更多了解这个"人物"，也许总是重要的。我相信，这也是采访者提出这一类问题请特劳德回答，并且把这些看似无关大旨的细节，保留在影片中的原因，这并不只是为了满足人们的好奇心。

我觉得采访者非常公正的做法，是录制了一些特劳德在重看采访之后的说明。假如有一些可能发生误会的地方，她有一个机会作出说明。在看了自己描述的细节之后，特劳德说："我现在重看我讲述的那些平庸小事，我对他的那些个性、他的整个仪态表现的观察感受，又觉得是不重要的了。因为那整个事件的结果是那么可怕。我的意思是说，这些在当时对我是那么重要，因为我看到的是他作为人的一面。在今天看来，我大概不应该把它描述得那么仔细。"在电视里，老年的特劳德紧张不安，一只手搓着自己另一只手的手背。

其实可以理解这个女孩当时的状况。这个影片的名字起得很贴切——《盲点》。一方面，特劳德没有被公开的经历，或许可以说是一个历史盲点；而特劳德当时的状况也是一个盲点；当时在德国，有成千上万的人处于有思维缺陷的状态，他们的视野、思想都存在盲点。

特劳德说，当时"我从来没有这样的感觉：他（希特勒）是意识到自己在追求一个罪恶目标的。对他来说，那是一些理想，那是一些伟大的目标。人的生命对他来说不值一提，可是对我来说，这是在后来才明显起来的"。"处在内部小圈子里，在他私人的范围里，我是被屏蔽在一个妄自尊大的计划和野蛮的衡量标准中。那是非常糟糕的事情，以至于我在后来知道外面究竟发生了什么的时候，感到如此震惊。我刚开始工作的时候，我认为自己应该是处在信息的源头，可其实我恰是站在一个盲点上。就像是大爆炸中的一个小'静区'。"那是一个台风眼。希特勒只是在给周围的人描画"一个宏大图景"，而特劳德这样的年轻女孩，很自然地"让自己相信了这个宏大的谎言"。

采访者小心地问道："是不是有一个时候，有人对你特别谈到有关犹太人的事情？"

特劳德竭力回忆，却摇着头。她只有一次，听到希姆莱提到"集中营"这个词，却没有任何细节和重要的东西。"犹太人这个词

集中营里被屠杀的犹太人

在每天的讲话中，实际上从来不用。事实上，希特勒只有几次在讲话中提到'国际犹太主义'，'犹太人'。在我们那里这个词实际上是不说的。至少我们在场的时候，从来不提犹太人。"

在另一次采访中，特劳德回忆起和犹太人话题有关的一件事情："实际上，唯一一次我能记得的，这个话题被提到，是在伯格霍夫别墅（Berghof）的一个晚上，弗劳·冯·席腊赫（Frau von Schirach）来做客的时候。我不在场，是后来听说，我当时走出房间了。她和希特勒关系一直很好，聊天时她突然提到这个话题，她对希特勒说，在阿姆斯特丹他们很可怕地对待犹太人。犹太人被装上火车送走，这种做法是不人道的。希特勒一定觉得很生气，对她说：'你不要去管自己并不明白的事情，这是令人讨厌的过分脆弱。'他真的发怒了，说完就走出房间，再也没有回来。从此，席腊赫也没有再被请到伯格霍夫别墅来做过客。当时我不在场，我想是我丈夫后来告诉我的，他当时在那里。"特劳德说："听说之后，这成了我有时会去想的一件事情。可是你不可能和希特勒讨论敏感的或者说'困难'的话题。这是他的另一面。"今天回想起来，特劳德发现"希特勒从不以人的标准来想问题，人性对他从来不是重要的。永远是那种强大国家，大德意志帝国的抽象概念：权力、强国。可是对他来说，个人从来是无足轻重的。虽然希特勒常常讲人民的幸福，他也在第三帝国开始建立不同的福利和重建的组织。可是'个人幸福'对他来说是最微不足道的东西"。

显然，今天的特劳德对自己当时被如此蒙骗，内心非常愤怒，她说："有时候我会想，假如我还能见到希特勒一次，活着，或者在另一个世界里，我一定会问他，既然你自己也有犹太人的血统，那么你会把自己也送进毒气室吗？"

"事实上，我从没有听到他说过'爱'这个词。这就是在我身边发生的事情。"

五

特劳德所在的那两年多，是纳粹和希特勒的最后时刻。这个时间跨度，足够使得特劳德成为这个"大家庭"的一员，凶险的前景和面临毁灭，又把这个年轻女子和她并不完全明白的东西，死死捆绑在一起。

特劳德亲身经历了1944年7月20日暗杀希特勒的历史事件，德国一些高级军官试图炸死希特勒。那天在自己住处，特劳德突然听到一声巨响。特劳德回忆说，那里平常一直有各种响声：鹿踩了地雷、空袭或者是试验新武器，可是从没有这样响的爆炸声。后来知道是司令部建筑发生了爆炸。她和同事们当时有许多疯狂念头，"不知道元首怎么样了，他要是不在了怎么办，谁来领导我们"，"我们会发生什么事情"。最后她们被告知，希特勒没事，他正在自己的住处，"假如愿意，我们可以去看他"。进去的时候，他的样子看上去非常可笑，"头发全部都竖起来"，"他爆发出大笑：'我活下来了！这说明我是命运注定被挑选来完成使命的！'"希特勒对她们说，他们不知道，假如我不在了，犹太人要疯狂报复。他们不知道，假如我不在了，敌人将怎样摧毁德国和我们的文化。这个"他们"，当然是指试图暗杀他的人。

这次暗杀，使得希特勒变得更妄想、多疑。特劳德认为，在此之前，打到那一步兴许还"可能是选择和平"，"从此以后，就不可能是和平了"。当晚希特勒发表演说：我奇迹般地活下来！我一定要赢得战争！今天想到希特勒的话，特劳德说这"真是愚蠢"。

希特勒对"假如没有希特勒的德国"作出种种恐怖的前景预言，在当时的特劳德心中都是真实的。这都使得特劳德把希特勒必须胜利，看作是自己和德国的唯一出路。可是从另一方面来说，这一事件本身：高层分裂，将军们以如此激烈的方式反对希特勒，加上战事失利，不可能不对这个小圈子带来冲击。特劳德也开始成熟："在我内心深处，我开始怀疑，那一切都真的是对的吗？对这个状况提出疑问，其实就要启动一个探讨，这需要更大的勇气。在这个例子中，假如你尊敬一个人，赋予他很高的价值，你其实就并不真想去毁掉那个人的形象，假如你明明知道正面形象后面跟着是灾难，你也并不真的想看到真相。"

形势急转直下。4月21日，伊娃组织了那里的最后一次晚会，还是放着唱片跳舞，音乐很动听。可是特劳德已经预感到失败在逼近，"那两天我觉得气氛很悲哀"，她提前离开，去睡了。

第二天，4月22日，希特勒召集会议：门突然打开，希特勒走进来。他先到几个还留在那里的女人面前，对她们说："全完了，你们必须马上离开柏林。""他完全是一张石头脸，已经是戴着死亡面具的脸。""我们全傻在那里。伊娃走上去，双手握住他的手说，我的元首，你必须知道，我永远不会离开你。然后，第一次，我们看到他亲吻了伊娃的嘴唇。""我们两个也说，我也留下。""我不知道自己为什么要这样说，可能只是也想不出有什么地方可去。我从某种意义上感到焦虑，我害怕离开这个安全的环境，也可能并不真正意识到有多么严重。"然后希特勒说："我会开枪自杀。"又加了一句："我希望我的将军们也会有同样勇气。"说完希特勒走出去，特劳德回忆说："所有的人都站在那里，脸色有红有白，像死人一样。"由于过度紧张，"后来我去做了什么自己都忘了"。

叙述这最后一个星期希特勒大本营的毁灭过程，特劳德就像是在叙述一件昨天发生的事情。她是紧张的、激动的、全神贯注的。可以想象，对二十五岁的特劳德来说，压力远远超过了她能够承受的限度。在希特勒宣布"一切都完了"之后，每个人口袋里都开始揣着毒药。她们怀着求生本能，劝说希特勒是不是可以不自杀，似乎他的生命选择和她们的命运前景必然将是一回事儿。偶尔几个女人到户外去透一口气，宁静的大自然使得她们感觉有生的希望，而回到办公室却又是令人窒息的死亡气息。也许最能反映她们的状况是这样的场景，特劳德回忆说：她们一边吃饭，一边讨论的话题却是"以怎样的方法自杀可以少一些痛苦"。

最后，希特勒在自杀前，要求特劳德为他做了最后一次口述记录。当希特勒说，他要对这场战争说出一切时，特劳德激动地想，我终于可以知道真相了！终于可以知道究竟发生些什么了！可是她听到的，居然还是那些空泛的陈词滥调。也许，这一次失望使得希特勒终于在这个女孩面前光环褪尽。紧接着，希特勒和伊娃自杀。他们死后，特劳德没有去看。她"静静地坐着，突然发现自己恨透了这个人。如此不负责任，就这样扔下大家撒手了事"。前前后后，就是一连串这样目不暇接的大变故：有人，包括希特勒和伊娃，为死亡而先举行婚礼；有人逃跑；有人，包括伊娃的妹夫，因试图逃离被枪决；最后是周围大批人的自杀。而这些变故，都是在耳边响着的盟军轰炸和枪炮声中匆匆发生的。讲述的过程仿佛是再次经历，特劳德的语流越来越快，神情越来越激动，终于她如同再次经历大崩溃，几乎是呻吟一般："让我休息一下！"

就在看着特劳德讲述这段最后回忆的时候，我终于意识到，对特劳德来说，她从一开始就注定成为一个悲剧。她一生中最好的一段青春，是和这样一个"邪恶中心"联系在一起，这个中心不是抽象的，那里有一个一个的人。从十三岁开始，她就全身心接受了唯一的思维方式、宏大的理想、个人的牺牲、投身悲壮事业的信仰、热爱和信赖自己的领袖。在如此氛围中，她和周围的人建立起亲密的同志、朋友关系，也和他们同呼吸共命运。走出这段历史之后，回忆到那几年时光，只要涉及细节，她本能的自然反应，必定是当年的感情，比如当时和一个个同事的感情、共处的情景。当这一切崩裂的时候，她是崩裂的一部分。对她来说，一旦回忆，就自然会跳出许多令她动感情的细节来：戈培尔最后带一家人躲避到那里，央求特劳德安排孩子的住宿。她几次在采访中提到这六个孩子，"他们不知道自己身处险境"。而最后，"那个最大的十岁孩子，眼睛里有我看到过的最忧郁的眼神，我相信她是感觉到了什么的"。说到这里，特劳德非常难过。虽然这部片子没有交代，这是大家都知道的历史情节，戈培尔夫妇自杀前，先毒死了自己的六个孩子。其实，即便是提到布朗迪——希特勒的那只狗被毒死的情节，特劳德都会很自然流露出痛心。

以特劳德的生活经历，这样的感受是自然的。这种感受在天崩地裂的巨变中被强化，却又和此后理性告诉她的一切正面冲突。那是永远不可解决的矛盾：在她知道真相之后，理性似乎在告诉她，她应该为这崩溃的一刻而高兴，因为世界因此得救，战争因此结束，千千万万的人因此活下来。可是只要她在回忆这一刻时，眼前涌现出的是那些细节，她本能的感受仍然是面临灭亡的绝望。这种冲突、分崩离析的感受，几乎撕裂了这个风烛残年的老人。

六

影片告诉我们，特劳德在最后关头决定离开那里。她在回家乡途中被俄国人逮捕，1945年6月9日至12月被俄国人关押。在被俄国人审讯中，她得到一个美国译员帮助逃到西德，又在被美国人关押审查三个星期后被释放，回到巴伐利亚的家乡。1947年，她被"去纳粹化"，也被赦免处罚，虽然她实际上从未加入纳粹党。

特劳德感到非常奇怪的是，战后很长时期里，德国似乎"没人对过去感兴趣，公共场合不讨论，也没有出书。在政治层面也没有，即便纽伦堡审判也没有启动这个过程"。到了六十年代，"突然那么多声音出来，我听到关于党卫军的状况，看到《安妮日记》"。那些幸存者，他们坚持着说真相。

这些揭露出来的真相，给特劳德以冲击，可是她首先提到的是战后现实本身对她的触动。"给我强烈印象的是，战后世界并没有如希特勒描绘和预言的那样。突然，这里有了自由精神，特别是美国人。"特劳德是美军占领一年后才回到家，她惊讶地看到他们"表现出非常好的民主，是一些非常助人为乐的人。救援包裹开始到达。我觉得一切好像都不是真的"。

纽伦堡审判揭露了对六百万犹太人的屠杀，以及"那些不同信仰和思想的人失去他们的生命"。但是，一开始特劳德没有看到这和她的过去有什么联系，"我甚至在某种意义上觉得自己并没有'个人罪行'"，因为她在为希特勒做秘书的时候，并不知道集中营的屠杀。

"我的意思是，今天，毫无疑问，我必须说：他（希特勒）绝对是一个罪犯。他是一个罪犯——那正是我当时没有认识到的。在某种意义上，后来我开始怀疑，是不是我当时是'应该'看出来的。可是然后我又想，希特勒上台的时候我才十三岁，我又是个在许多方面很晚熟的孩子，再说不管我怎么样，不是还有千百万的人，他们都没有看出来嘛。我的意思是，除了我之外，当时也不是每个人都能认识到他是个罪犯。我试着把这些念头从心头移开。"

"后来，有一天，"特劳德说，"我路过弗兰茨·约瑟夫（Franz Josef）大街的索菲·斯库勒（Sophie Scholl）纪念碑，那是纪念一个反对希特勒的年轻女孩，我相信她和我同样年龄，也就在我开始为希特勒工作的那一年，她因为反对希特勒被处以死刑。就在那一刻，我真的相信，在那个年代，找出真相也许应该是可能的。"

1943年因反对希特勒而被处以死的女孩索菲·斯库勒，同时被杀害的还有她的哥哥汉斯·斯库勒

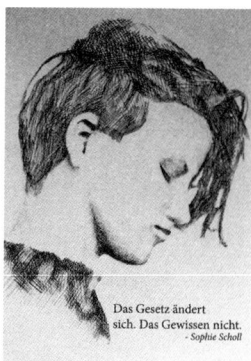

Das Gesetz ändert
sich. Das Gewissen nicht.
- Sophie Scholl

索菲·斯库勒的画像

她说："年轻不是借口。"

在五十多年后，她愿意接受采访，是她内心还承负着压力："我活得越久，年纪越大，越感受到自己负罪感的重负。"五十年后，我们回看德国纳粹时期，当然为整个国家的疯狂感到震惊和不可思议，可是，对生活在当时的每一个人来说，自己在里面如此走过，原因又是非常复杂的。对于任何一个从荒唐岁月经过并走出来的人，只要他是诚实的，人们应该能够理解这种复杂性。

特劳德就是一个非常典型的案例。

写到这里，我突然想起亘古不变的话题，人是"性本善"还是"性本恶"？争论双方永远能找到足够证明"善"或"恶"的证据，来支撑自己的论点。可是，听到特劳德的这段讲述，看到她困惑的眼神，我突然相信人是"性本善"的。不论有多少"恶"发生，最终绝大多数正常的人，会希望相信自己是一个"好人"、是"善"的。哪怕他们在为自己的"错"或"恶"寻找借口和理由，试图证明那是"情有可原"的。最终，这就是"善"在起作用，因为它的基础一定是：首先有"人"的基本判断，发生的事情不是"善"而是"恶"；其次，自己在为发生的事情深感不安，这就有"善"在"作祟"，希望有客观条件证明，自己做过的事情是有"原因"的，而不是自己"生而是个坏人"。这种本能的反应，是一种自我心理保护。这是绝大多数人做错事情之后，自然会走的第一步。一些人停留在这一步，也有人在继续走下去，特劳德就是其中的一个。

此后，在她小小的住所里，孤独中，她无数次反复回顾自己走过的这条路，她想知道，自己到底是怎么走上去、错在哪一步。她想找出来：为什么自己当初没有"意识"到"错"。老人的目光一遍遍落在逝去的岁月里。最后她同意接受采访，她本来可以不面对公众的。

我想，忏悔和反省本来就是很私人化的事情，哪怕最后特劳德没有接受采访，她能够走过这样一条路，通过窄门，她一定已经得到上帝的原谅了。

影片告诉我们："战后，特劳德在 *Quite* 杂志担任秘书，她在导演帕布斯特（G. W. Papst）描写希特勒最后日子的电影《最后一幕》（*Der Letzte Akt*）里担任过顾问，当过文学杂志社的雇员，当过科学记者。由于抑郁症，她提早退休，此后她用自己大量的时间为盲人读书。"

2002年2月10日，电影《盲点》在柏林电影节首演的那一天，特劳德在慕尼黑医院因癌症去世。在去世前不久，她和《盲点》的采访人海勒（Andre Heller）和史密德勒（Othmer Schmiderer）在电话中有了一次谈话。

就在那次谈话中，她说："我想，我开始宽恕自己了。"

七

写完这个故事的时候，我知道其实这里仍然有许多问题没有解决。一个最大的困惑就是，我们如何对待这些个人和整个历史事件的关系。这个大的困惑，其实会以非常直接的、个人化的方式具体表达出来。

例如，在看这部纪录片的时候，画面上出现的是一个白发苍苍、梳妆整齐的老人。采访的地点是在特劳德家里，书架、现代雕塑、

老年特劳德

印象派油画，色调素雅。柔和的橘红毛衣在这里跳出来，漂亮却并不刺目，整个画面非常协调，非常有品位。她很自然地讲述到她和希特勒在一起的细节和最后崩溃的恐惧。我们可以理解这些，理解今天的这个老人和过去的一切之间的逻辑关系。

可是我也常常想到，假如是一个全家都死在集中营、自己历尽悲苦而九死一生幸存下来的犹太人，他在听到看到这个希特勒前秘书讲述的时候，又会是什么感受？我想，他兴许本能地有要呕吐的生理反应，他可能根本没有勇气看到底。有一些学者批评这种反应是"不能跳出自己经历的局限"。可是这样的反应难道不是和特劳德在回忆希特勒大本营崩溃时刻的反应一样自然，而且更具有意义吗？

那确实是一个"问题"：一个又一个的个人卷进一个巨大的人类灾难之中，一场大的灾难是由一个又一个的个人行为组成的。

假如没有"大灾难"这个真实的实体先放在人类面前，假如"六百万犹太人死难"的浩劫事实细节缺席，假如没有面对第二次世界大战的全体死亡，我们仅仅依据当时罪恶参与者的回忆和忏悔来塑造、还原历史，那就不可能是真实的历史，甚至是对死难者的羞辱，是对历史真相的漠视。因为，无数特劳德这样的个人，在希特勒的思维毒化之下，一度曾经变作纳粹机器的零件，许许多多人一度变作禽兽。因为这样，大屠杀才可能发生。就如特劳德，她曾经是天真的孩子，此后是一个受尊敬的妇女，有一个阶段她却是纳粹机器的一个零件。她无法准确描绘这个阶段，因为她不是受害者，也没有受害者刻骨铭心的感受。

可是，假如因此我们就不能尊重老年特劳德经历的心路历程，我们也就还没有走出纳粹的思维方式。

最糟糕的事情大概是：历史真相被完全掩盖和埋葬，新一代完全不知道前辈的历史教训，而纳粹和希特勒，却依然受到顶礼膜拜。

莱霍夫和他的电影纪录片

在以色列、黎巴嫩冲突炮火连天之时，一部有关这个地区的新纪录片正在推出。影片尚未正式上映就已在业内轰动，吸引外界广泛关注。这部电影的制作人长期关注中东问题，以纪录片方式向人们介绍这个地区被遮掩在幕后的真实细节。这部名为《自杀杀手》（ *Suicide Killers* ）的影片，是他推出的第七部中东纪录片。他的名字是皮埃尔·莱霍夫（Pierre Rehov），法国人。

一

皮埃尔·莱霍夫是个法国人，却出生在阿尔及利亚。他出生的时候，阿尔及利亚还是法国殖民地。在童年时代，莱霍夫就目睹过发生在阿尔及利亚的恐怖活动。1961年莱霍夫九岁，阿尔及利亚即将在第二年独立，这个国家处于动荡之中。面对可能发生的巨变，

纪录片制作人皮埃尔·莱霍夫

二十五万生活在那里的普通法国居民，对生活前景和安全满怀忧虑，决定离开祖祖辈辈生活的地方移居法国。虽然从国籍概念来说，他们是"回国"，可是，其中大多家庭都是几代人生活在阿尔及利亚，根已经扎在那里。所谓的"回法国"，对他们来说其实是移民。莱霍夫随着父母，被卷入这一波巨大的移民浪潮之中。也许，这样的童年经历使得他比较早熟，看问题也会复杂一些，"多一个角度"。

莱霍夫在法国的氛围中长大，对于中东问题并没有特别的倾向和关注。直到2000年，他在电视里看到法国二台播放的有关穆罕默德·阿尔－杜拉（Muhammad al–Durrah）死亡过程的报道。

穆罕默德·阿尔－杜拉之死，是一个震惊世界的真实事件。穆罕默德·阿尔－杜拉是加沙一个十二岁的男孩，在中东冲突的一次交战中被流弹打死。法国电视二台拍摄了整个过程，并且公开放映了几组镜头，马上被全世界的电视台转播，是当时最震动的新闻。在密集的枪弹射击中，男孩躲在父亲身后，两人一起紧贴墙根坐在

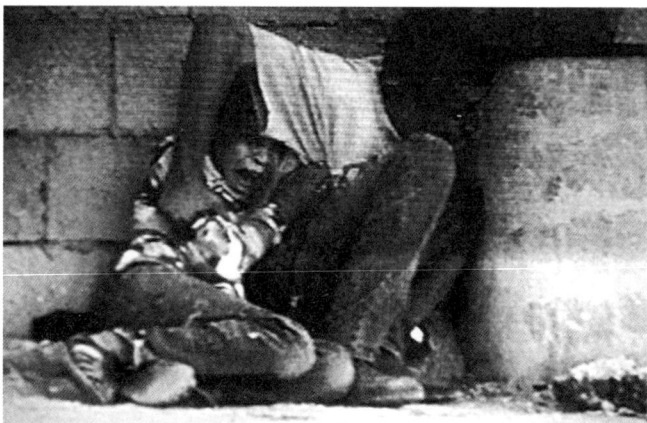

法国电视二台播出的穆罕默德·阿尔-杜拉死亡过程

地上，万分无助地躲避在墙角边的一个铁桶后面，孩子惊恐万状地大哭，父亲徒劳地试着拉扯他，希望能挡住孩子。镜头切换至最后，静止在孩子身中四弹、倒在重伤的父亲怀里的镜头上。中弹的过程没有播放，记者宣称，整个过程中更血腥的镜头，被他们在剪接编辑时剪去了。在播放中可以听到"不要开枪"的叫声。新闻报道说，当时试图接近的救护车驾驶员也一死一伤。事件中的父亲事后接受采访说："这是我一生的噩梦……我的儿子吓得向我求救：'为了上帝的爱，保护我，爸爸！'我将永不能忘记。"

电视的特殊传播功能，使这一段录像远远超越了新闻的意义，那是活生生在人们眼前演出的真实杀戮。由于它的震撼性和媒体本身追求"新闻性效果"的天生特质，这段录像很自然地被全世界电视台一次次地重复播放。我自己就多次在电视里看到过。

战争和地区武装冲突，本来是一件非常残酷的事情。中国古人曰：兵者，凶器也。巴勒斯坦的武装力量是民间武装，武装组织基地就在难民营里，所谓战场也就是街巷。中东的武装冲突，双方都必然误伤过平民，这是一个简单的事实。可是电视是具有强有力视觉冲击性的媒体，即便是一个公正的电视媒体，在描述这一事实时也会无形中带有某种宣传和渲染的意味。就这个案例来说，理智地去看：混战之中，子弹来自任何一方都是可能的，这是战争误伤平民的悲剧场面，悲剧的制造者是中东长期冲突带来的战争本身。可是在现实中，面对一个活生生的儿童被杀戮的过程，人们自然而然会本能地要求知道：这一枪是谁打的，子弹来自哪一方？

公众舆论的指向不由自主地跟着感情在走：哪一方发出的子弹，他们就是谋杀无辜平民的凶手、就是罪恶。当拍摄这组镜头的法国二台工作小组负责人宣布，这对父子是被以色列一方打死的时候，大家自然把它当作事实接受下来。以色列因此立即受到世界舆论的强烈谴责。尤其在阿拉伯世界，以这个孩子为主题发行邮票、命名街道，这组录像更是被一再播放，也成为包括本·拉登在内的极端分子对民众展开教育的活教材。对这一类的指控，以色列军方一般都会认下"可能性"，因为在战争中他们不可能对平民的误伤一一调查，自己一方总是有一半的可能。在对这一事件调查之前，以色列官方最初的回答就是：误伤是我方责任的"可能性"是存在的。

在录像刚刚公开播放的时候，只有为数不多的人有能力质疑报道的真实性。一些有心人综合其他电台拍摄的同时发生的战事录像，开始怀疑法国二台报道的真实性，莱霍夫就是其中之一。从种种蛛丝马迹，他们发现整个过程颇为蹊跷，坚持要求对这名加沙男孩被打死的真相展开调查，终于引出各方介入。录像片的拍摄者是一个名叫塔拉尔·阿布·拉赫玛（Talal Abu Rahma）的巴勒斯坦人，他是为法国电视二台工作的自由摄影人。2000年10月30日，塔拉尔·阿布·拉赫玛在巴勒斯坦人权中心宣誓作证说，他"确认以军是有意冷血地打死穆罕默德·阿尔－杜拉、打伤其父"。为这段新闻的摄制，他得到一系列的新闻奖、记者奖、电视奖等等，包括来自法国和美国华盛顿市的奖项。

但是，后来的调查有越来越多的证据指向，这对父子所处的位置，不可能是死于以军的枪弹。而且检查那些没有播放的影片资料，不仅没有摄影记者曾经宣称在编辑中剪去的穆罕默德·阿尔－杜拉被打中时的血腥镜头，而且发现在这段片子几分钟前的片子里，就有明显的伪造新闻的证据。例如巴勒斯坦救护车救助的是没有受伤的人——一些巴勒斯坦孩子在镜头前受伤倒地，在拍完后却又站起来跑掉。经过几年的调查，基本上能够确认的是，这个男孩是被巴勒斯坦枪手的子弹打死的。整个调查过程记录在另一个电影人菲利普·本苏桑（Philippe Bensoussan）的纪录片《解密》（Decryptage）之中。

可是事实是：世界各地看过这段新闻的民众，很少有人知道这场纠错的调查，更少有人去看本苏桑的纪录片。"穆罕默德·阿尔－杜拉之死"至今被极端分子利用，作为煽动伊斯兰国家民众仇恨的材料。

这一事件给莱霍夫很大刺激，他觉得自己在法国看到的有关中东的报道，有许多宣传的成分。例如在新闻报道中，报道误伤常常只是一方的责任。而坐在电视机前的民众是被动的，基本都不会去想双方交火打仗，怎么可能只有一方会误伤平民。后来他自己深入巴勒斯坦才发现，在那里只有倾向支持巴勒斯坦的新闻业者，或者至少是宣称自己倾向巴勒斯坦的记者，采访时才比较有生命安全的保障。他在那里发现，媒体的不公正，与那里聚集了许多有预设立场、有倾向性的新闻记者有关，尤其法国媒体更是如此。这使他开始思考一个问题，新闻业者的职业操守以及大众对真相的了解，在一个区域问题的解决上，会产生什么样的影响。

中东地区依靠自身来解决冲突的能力十分有限，往往需要依靠国际社会的介入。假如国际社会没有真实的资讯来源，连事实都不清楚，不理解这场纠葛很深的冲突有其错综复杂的根源，又怎么谈得到拿出正确的应对办法来。国际社会介入解决问题的基础是公正，如果搞不清事实又何来公正。莱霍夫因此决定亲赴巴勒斯坦，用自己的镜头记录和真实报道，以抵御出于宣传目的的煽动。

二

从2000年开始，莱霍夫深入巴勒斯坦。他冒着生命危险，大部分时间在巴勒斯坦工作，拍摄了一系列有深度的中东问题纪录片。正如一个观众说的，莱霍夫拍的这些纪录片都具有揭露真相的震撼性效果。例如，莱霍夫的纪录片《沉默的出埃及记》（*Silent Exodus*）入选2004年巴黎人权电影节，也在同年的联合国人权会议上播放。纪录片重现了被大家忽略的一段历史事实。

今天，人人都知道有巴勒斯坦难民问题。莱霍夫的《沉默的出埃及记》让人们看到了同一场战争的另一后果——数量庞大的犹太

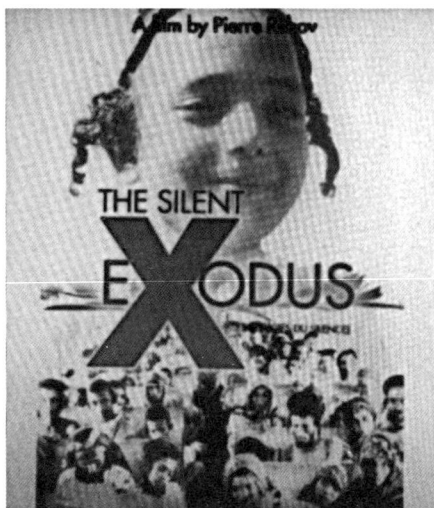

纪录片《沉默的出埃及记》

人难民。中东难民问题的起因是1948年中东战争。1948年5月14日，以色列国根据联合国决议建国。第二天，5月15日，阿拉伯最强大的四个国家，在几乎是整个阿拉伯世界的支持下，入侵以色列，宣称要消灭这个刚诞生一天、没有援助和像样军队的新生国家。

当时在以色列的国土范围内有许多居民是阿拉伯人。很多学者探讨巴勒斯坦难民的形成时认为，难民们有的是因为躲避战火离开，有一些身在战区的是在以色列军队要求下离开，更有几十万人是听从了阿拉伯国家的号召而离开家园，这些国家向他们保证，只需很短时间以色列就会被消灭，他们可以作为胜利者和征服者回去。而留下来没有走的阿拉伯人今天是以色列的国民。

非常意外的是，强大的阿拉伯联军的突袭并没有消灭当时弱小的以色列。这些离开家园的大批阿拉伯民众因此滞留在今天的巴勒斯坦成为难民。巴勒斯坦难民是世人皆知的问题。鲜为人知的是，这场战争其实也造成大量犹太人难民。犹太人在阿拉伯地区居住已经有千年以上的历史，一些犹太人社区延续了已经有两千五百年之久。居住在那里的犹太人大部分是著名的塞法丁人（Sephardim）。"Sephardim"这一称呼来自希伯来语"西班牙"（Sefarad）。他们的祖先生活在西班牙，在阿拉伯人统治时期，犹太人在西班牙南部成为和阿拉伯人相处得最好的族群，以至于在1492年的"光复"中，基督教西班牙人先把所有犹太人驱逐出境。他们离开西班牙进入北非，仍然世世代代习惯居住在阿拉伯国家。他们当时说古西班牙语，现在这种犹太方言叫Ladino。他们的后代就被称为"塞法丁"。就在1948年阿拉伯世界决定消灭以色列的时候，也引发当地阿拉伯人对犹太人的仇恨，他们开始驱逐已经世世代代在阿拉伯国家生活的塞法丁犹太人（也被称为阿拉伯犹太人）。不容辩驳的事实是：直到1948年，在摩洛哥、埃及、阿尔及利亚、叙利亚、伊拉克、伊朗、突尼斯、黎巴嫩、也门、利比亚等阿拉伯国家，有将近九十万塞法丁人在那里生活，今天只剩下不到八千人。这些被驱逐的人流亡至世界上各个国家，其中有六十万难民涌入以色列。

"出埃及记"是《圣经》中犹太人跟着摩西大迁徙、寻求自由的历史。莱霍夫的纪录片以《沉默的出埃及记》为名，提醒人们，这段新的百万犹太人被迫离开家园的大迁徙，因为他们的"沉默"而被大家忘记了。他采访了大量犹太人难民，让他们讲述自己的故事，使得这段尘封的当代历史重见天日。重新讲出这段历史事实，并不只是为了让大家看到当年一场侵略战争中将近百万的犹太难民受害者，而是对解决今日中东难民问题，引出有价值的思考。

看了这部影片，人们会思考这样的问题。犹太人难民的人数不比当时的巴勒斯坦难民少。可是，今天人们从来没有听说中东和平进程中，有所谓的"犹太人难民问题"需要解决。大家会看到，处理难民问题的方式不同，结果也有很大不同。当时的以色列政府认为，应该使得这些不幸的犹太难民尽快回到正常生活状态。因此，以色列尽可能分散安置蜂拥而来的难民，他们一开始都住在难民营，也就是被以色列人称为是"Ma'abarot"的"帐篷城市"里。以色列社会帮助他们逐渐融入进去，犹太人难民也就没有聚集成巴勒斯坦那样"永久的难民营"。另一方面，犹太难民虽然也是受害者，却并不认为自己长期维持难民身份、依靠救济在难民营生活是一个好的选择。他们忍受了煎熬和痛苦，试着忘记过去，再一次开始一个新移民在他乡异土上的艰难生存。1958年，以色列境内的最后一个"帐篷城市"撤销。

　　将近百万中东战争造成的犹太难民，就这样无声地消失了，消失在犹太人社区里，消失在这个世界能够接受他们的土地上。他们没有依靠联合国难民署生活。相比之下，巴勒斯坦难民从1950年联合国登记的七十一万一千人，到2002年因难民营人口自然增长，依靠联合国救济款生活已经达到四百万人。

　　也许有人说，那是因为以色列是一个富裕的国家，在世界各地也有一些富裕的犹太人在帮助他们。事实上，建国时期的以色列人口只有六十五万，充斥着大量无家可归的"二战"难民，并不是一个富裕国家。以色列国土是弹丸之地，百分之七十是沙漠。以色列刚刚接受大批"二战"难民，紧接着就是战争，就开始接受从阿拉伯国家被驱赶的新一波难民潮，总数相当于当时的以色列人口。虽然难民得到来自世界各地犹太人的资助，可是当时欧洲犹太人的绝大部分个人财产，几乎都在"二战"中被纳粹掠夺，丧失殆尽，外援十分有限。相比之下，庞大的阿拉伯世界却有很多是富裕的石油国家，分散安置阿拉伯难民的消化能力远比以色列要强得多。他们没有做，只是他们不愿意做。

巴勒斯坦难民成为中东和谈的一个最大难题。巴勒斯坦一方，坚持要以色列接收今天的全部巴勒斯坦难民，听起来似乎是一个合理要求，可是事实并非如此简单。将近六十年过去，巴勒斯坦当年的难民很多已经不在了，他们的第二代甚至第三代承袭着难民身份住在难民营里，难民营依靠联合国救助资金维持，人数已是当年的六倍。六十年来，被极端思维控制的巴勒斯坦教育自成系统，难民营的孩子从小被灌输仇恨。他们的历史教科书否认纳粹对犹太人的大屠杀，并有大量犹太人对巴勒斯坦人的"大屠杀描绘"。课本把恐怖分子塑造为英雄，而愿意和以色列和平相处的阿拉伯领袖，都被描绘为叛徒。在这样的教育下，难民营长期成为极端分子的基地，一代又一代的难民们是被极端派保留利用的一股"力量"和筹码。正是他们的极端思维，使得巴勒斯坦难民问题变得不可解决。善良的人们往往忽略一个事实：仇恨是可以通过教育培养产生的。

莱霍夫用自己的纪录片对中东和平进程中始终无法解决的难民问题，提供了一个重新思考的机会。

莱霍夫的纪录片更多是现实题材。典型的是他的《通向杰宁之路》（*Road to Jenin*）。该片曾被译成波兰语在华沙国际电影节放映。这是莱霍夫对震动世界的巴勒斯坦一方宣称的"杰宁大屠杀"的实地调查。2002年4月，以色列对约旦河西岸的杰宁难民营发动攻击。

在包括英国记者在内的报道中，以色列在杰宁进行"大屠杀"，报道中的死亡人数从几百到几千人不等。莱霍夫深入现场，对一个个细节进行核实。在他的片中看到，攻击起因是杰宁难民营成为了恐怖主义者的基地。在以色列爆炸的针对平民的炸弹，将近一半出于杰宁难民营。就在杰宁战役之前几天，杰宁恐怖分子的炸弹在一个旅馆前爆炸，杀害了二十九名以色列平民。纪录片记录了对杰宁恐怖分子基地开始攻击之后，巴勒斯坦的高级官员对美国CNN电视台宣布，以色列的攻击中巴勒斯坦一方死亡高达五百人。而在国际工作者决定亲赴现场调查时，巴勒斯坦官员马上改口，把杰宁战役的死亡人数降到与以色列估计相差不多的五十六人。最后联合国的调查结果是，杰宁有战斗，没有屠杀。巴勒斯坦一方死亡至少五十二人，其中二十二人为平民，以色列在战斗中被打死的士兵是二十三人。

莱霍夫纪录片的意义究竟在哪里？他告诉善良的人们，他们往往不会意识到，自己的糊涂在被恐怖分子利用，成为平民甚至是阿拉伯平民死亡的原因。道理很简单，所谓恐怖分子的特征就是不择手段，杀害平民是他们实现目标的公开手段。假如平民死亡能够带来对他们有利的国际舆论，他们完全不会吝惜以他人的生命来换取这样的舆论。因此，巴勒斯坦恐怖分子的基地总是在难民营，他们的武器库总是在居民区，他们总是要引发武力冲突，甚至制造、伪造惨案，争取国际舆论的支持。在最近的中东冲突中，中国在联合国维和部队的工兵营营长告诉中国媒体CCTV，真主党的发射阵地故意放在联合国营地附近。以色列通常由弹道追寻仪导向，五分钟之内向火箭来袭方向自动回击。将导弹发射阵地设在居民区就使得以色列反击时误炸平民的几率大大提高。

如果制造血腥新闻能够对自己有利，恐怖分子会毫不犹豫地去做，他们在给公众"喂"所谓的"新闻"，以引导舆论走向。不幸的是，他们在这方面常常是成功的。

三

莱霍夫的新纪录片《自杀杀手》推出之际，黎巴嫩和以色列冲突战火正酣。2005年7月15日，莱霍夫接受了美国MSNBC电视台的采访。莱霍夫谈到，他的这部新影片并不是政治性的。他在工作中接触到许多在自杀炸弹袭击中的幸存者，因此他也不断听到不同的受害者对自杀炸弹手的描述，尤其是听不同的人讲到，在引爆的最后一刻炸弹手总是面露微笑。这促使他开始想了解，究竟是什么个性的人，会犯下如此罪行。

莱霍夫说，他的电影不是"政治正确"的。莱霍夫说的"政治正确"，是西方世界长久以来在自觉推行的一系列言论原则，例如避免在公开场合批评某一个特殊文化或者群体的弱点，尤其是对异文化和弱势群体。它的出发点是对他人及他文化的尊重，是对弱势群体的尊重。可是这个趋势开始之后很快走向极端，也就阻碍了对一些种族问

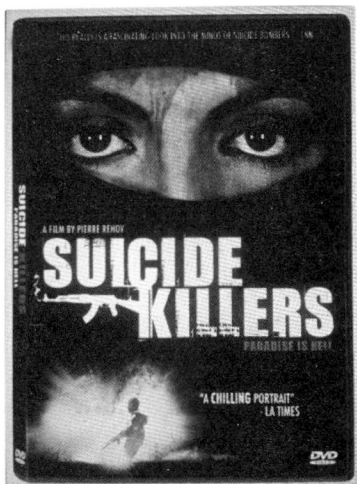

纪录片《自杀杀手》

题、性别问题、文化现象等问题的正常研究和讨论、批评，因为批评者害怕被别人说成是"歧视"、"政治不正确"、"种族主义"等等。最后，对一些领域的探讨成为禁区，也就谈不上着手解决。莱霍夫说，他的影片要触及"现实问题"和当今伊斯兰文化产生极端主义的一些真实面貌。他认为自己的纪录片明确地谴责一种极端主义者的仇恨文化。在这种文化中，一些人以神的名义劝导杀人，这种洗脑使得杀人和自杀成为另一些人的唯一生活目标。

莱霍夫说，他的影片揭示这些自杀炸弹手大多为十五岁至二十五岁的年轻人。他们生活在一个隔离的状态中，没有恋爱和性生活的机会，性欲旺盛却对性有强烈负罪感，因而产生焦虑，心理行为异常。这些自杀炸弹手接受的教育中很重要的一条是，他们参与"圣战"、以自杀方式杀人之后，将进入有七十二个处女在等待他们的天堂，虽然在这个文化之外的人们，很难想象它的真实性，更难想象对这些青少年来说这成为信仰的一部分，也是他们心理焦虑仅有的解决出路。青少年存在"自我"被肯定的强烈需求，这也是一个重要原因。这些年轻人热切地渴望成为英雄，而这个文化使得他们相信"圣战"是成为"英雄"的最好选择。

谈到对自杀炸弹手和他们的家庭的采访，莱霍夫说，那是一种很奇特的经历。这些人看上去很正常，待人和蔼，可是关键是他们相信这一套东西是"真实的"。在这样的前提下，从他们的逻辑中推出的结果就是"可以理解"的。莱霍夫听着一个已经死去的炸弹手的母亲对他说："感谢神，我的儿子死了。"她的儿子成为一个烈士，对她来说"是比他成为一个工程师、一个医生、一个诺贝尔奖获得者更值得骄傲的事情"。这样的价值系统使得一些人对"死"的追求胜过求"生"。采访的时候莱霍夫面对的是这样的群体：他们唯一的梦想就是完成他们的宿命和目标。死亡对于他们，只是打开了通向另一个人生的大门。通过采访莱霍夫还发现，在这些自杀炸弹手眼里不存在什么无辜受害者，只有应该被毁掉的不纯洁的肮脏对象。外部世界和他们的交流是被阻断了的。

这些年轻人以某种方式接受极端主义的宗教，他们常常缺乏人格的完整发展，是狂热的理想主义者。莱霍夫看到，这样个性的人在正常的社会中，通常不会是罪犯，不是暴力型的人，甚至会憎恶暴力。只有在他们以自己独特的方式理解善恶之后，他们才成为正常社会意义上的罪犯。对他们来说，他们是在遵从神的指引。莱霍夫认为，这种文化氛围会轻易把他们的宗教信仰推向极端。

在问到自杀炸弹手家庭所得到的经济援助时，莱霍夫回答说：在萨达姆·侯赛因的时代，自杀炸弹手的家庭可以得到两万五千美元，阿拉法特给的略少一点，现在基本没有了。莱霍夫说，即使在有经济援助的日子里，也千万不要以为这些家庭是因为钱而牺牲自己的孩子。但是对于那些很顾家的孩子，为家里挣得这些钱，却可以是成为炸弹手的原因之一。莱霍夫说，最终他们只是为人利用，沦为发射炸弹的一个炮架，以死亡换来的并不代表是自己的利益，他们自己只是不知道而已。

那么，怎样才能结束恐怖袭击呢？莱霍夫认为："人们必须结束所谓'政治正确'的思维方式，不要认为这样极端文化的产生，是我们自己做错了什么事情。极端主义的伊斯兰只是纳粹的一种新形式而已。在二十世纪三十年代，没有人尝试为希特勒辩护或者寻找借口。我们曾经为了和德国人民和平相处，也不得不先去打败希特勒。"

稍微具有一点历史知识的人都会看到，当年有多少德国年轻人义无反顾地为希特勒的极端主义而送命，有多少日本青年被训练成为所谓"神风队员"，以自杀的方式一个个驾机撞向盟军的战舰。六十年过去，今天的德国和日本青少年，对他们的前辈已经无法理解。而那些神风队员的"理想"、"献身精神"却是真实存在的。我们必须清醒看到的是，是一种特殊的文化氛围和教育，使得青少年满怀豪情去充当"神风队员"。

莱霍夫告诉我们，每一个恐怖袭击的成功，都会被伊斯兰极端分子视作接近目标的一个胜利。在世界各地，包括有大量穆斯林移民的欧洲国家，有许多没有找到满意的社会认同、处于迷失中的穆斯林青少年，他们都是极端分子洗脑和训练的目标。英国警方曾破获了一个企图炸毁多架民航客机的阴谋，有二十四名未遂的自杀炸弹手被逮捕；同案，在意大利有相关的四十名恐怖分子被逮捕，在巴基斯坦也逮捕了一批同谋者。在全球化的今天，特别脆弱的航空业是最容易被割断的神经。假如航空业遭到严重的连续打击，瘫痪的绝不仅仅是一两个国家，而将是整个文明世界。莱霍夫认为，以色列是对这样的前景最有思想准备的一个国家，而其他国家还缺乏准备。人们一厢情愿地怀着良好愿望，相信灾难永远是别人家里的故事。

"悲哀的是，"莱霍夫最后说，"这一切才刚刚开始。"

附：皮埃尔·莱霍夫（Pierre Rehov）简介

莱霍夫〔法〕于1952年出生在法国殖民地阿尔及利亚。1961年，九岁的莱霍夫随父母移居法国。2000年开始，莱霍夫在一些中东问题虚假报道的刺激下，开始深入以巴冲突地区，拍摄了一系列纪录片，成为该领域最著名的纪录片人。莱霍夫至今仍然在继续他的工作。

莱霍夫拍摄的中东纪录片有：

《通向杰宁之路》(*Road to Jinin*)，《特洛伊木马》(*The Trojan Horse*)，《圣地》(*Holy Land*)，《沉默的出埃及记》(*Silent Exodus*)，《被仇恨绑架的人质》(*Hostages of Hatred*)，《画面之战》(*The War of Images*)，《自杀杀手》(*Suicide Killers*)。

半个世纪的独特行走

简·莫里斯的作品能够翻译介绍到中国，真好。

现代新闻业是在西方自然形成和逐渐发展的，它对于中国，却是清末开了国门之后才慢慢引进的新鲜玩意儿。所以，西方跑国际新闻的记者，比中国整整早一大截。当年，探险精神激发了记者们的斗志，殖民传统给他们提供了一个走遍世界的通道，他们蜂拥而出，各显神通。记得小时候，很喜欢父亲买的《非洲内幕》，那是美国记者约翰·根室的非洲采访，我和二哥隔一段时间就会轮着去翻一遍。根室遍走欧洲、亚洲和美洲，可称系列大洲"内幕"专家了。

所以在西方，英国记者简·莫里斯并非开风气之先，也绝非以此成名的孤例。可是，简·莫里斯还是很特别。

我曾经想过，一个好的作者除却天赋之外，可能还要有一些不平常的经历或遭遇过人生困境。天赋或许是指幽默感、判断力，观

作为男孩的詹姆斯·莫里斯

察事物的敏锐与距离感并存，还有对文字有如音乐家处理音符般的能力。而人生的特殊际遇，会令天赋被慢慢开掘、会令你原来的那些能力被渐渐强化。

莫里斯无疑是有天赋的，而她的人生处境，又使她和一般做国际采访的记者有所不同。几乎没有哪个记者能够复制一遍她的路程。

她原先叫做詹姆斯·莫里斯，是个男孩，长大后在当时的英国托管地巴勒斯坦当过兵，1953年曾是首次成功登上珠穆朗玛峰探险队的随队记者。他成家并生了五个孩子。可是在内心里，莫里斯又从小就是个女孩。直到很晚，她才看到医学证明，她这一类人确实具有区别于常人的生理证据。在此之前她和所有人一样，认为自己只是心理问题。她花了整整十年进行药物治疗。几十年来，她以一个男性的角色冲锋陷阵，却又揣着女性的敏感和细腻。困扰、疑虑、迟疑和惶恐，一刻不离在伴随着她，成为她认知的背景，也因此把她从年轻人很容易进入的坚定坚信、黑白两分立场，自然而然地、由内及外地带到一个灰色地带。特殊位置固然带来尴尬，却也令她的社会视角、社交体验更丰富。她以双重身份切入社会，感受的角度、深度都与众不同。同时，莫里斯又是深切了解英国文化的威尔士人，对自己的祖国，也既有文化认同，又有保持距离的异族眼光。自身困境从小给她设置了难得的内省契机，她灵敏又冷热适度。

这一切，反映到了莫里斯的行走写作中，也就是说，在通常的记者式文体中，她或隐或现地更多加入了一般是作家采用的自我体验。她在自序中说得很对，她能够这样开始、这样写下去，必须感谢当时雇用她的两家英国名报，正在鼎盛时期的《泰晤士报》和《卫报》，是总编们容忍了她的特别。

所以，《世界：半个世纪的行走与书写》，这本莫里斯作为记者和作家，五十年对世界各国的采访文集，和她本人一样，是独特的。

中国对外部世界这类书的介绍，很早就已经开始，约翰·根室的《美国内幕》，在民国时就已经出版。《非洲内幕》是世界知识出版社在1957年翻译出版的。这本书的英语版是1955年出的，可见当时国内有一些翻译家和出版业者，曾试图紧跟外部的潮流，希望不要孤立和自外于窗外的世界。但此后我们和世界拉开距离，这类书的引进几乎中断，直到几十年后的改革开放，才开始在逐步恢复。中国新一代驻外记者，已经散布在世界各地。可是几十年隔绝造成的疏离仍然需要填补，而莫里斯的行走写作，不论从观念还是眼界，都是一个难得的范本。

莫里斯在1972年做了变性手术，从一个驻外军人和探险队随队记者莫里斯先生，变成了更像是作家的莫里斯女士。七十年代初，这还是一件非常骇世惊俗的事情（可能到现在，至少还有一多半的骇世惊俗），她去北非完成了这个过程，那是卡萨布兰卡，一个听上去浪漫的城市。多年后我也去过那里，我同意她的看法，那不是一座浪漫城市，而她在那里经历了和性别有关、与浪漫无关的人生变故。

我觉得，不仅在变性一族中，即便外延扩大到那些出于各种原因与社会产生隔阂的人群里，她也非常特别。一般来说，不论感觉自己是"对"还是"不对"，当不被社会接纳、感觉自己被当作异类时，人很容易出现心理异常，可能变得颓丧，对于莫里斯这样一个走南闯北的强者，更可能发生心理上的逆反。这样的例子很多，这通常是一种保护自己的自然本能。莫里斯没有，她一如平常。

她的解释很简单：别人看来的大变故，对于她却"被一种爱的忠贞与个人幸福感所遮蔽"，这对她"风格的影响远远大于性别转换"。但她并不容易：没有想到，即便做了手术，她还是需要英国医生确认，才能完成法律上的性别认定，可假如不和妻子离婚，医生就不出证明。这对夫妇最终只能被迫离婚，不过一家人却如以前一样生活，直到英国法律为这类情况设置了"民事伴侣"关系。直到2008年，她们才得以在法律上复合。外在质变带来的冲击，在有幸留存的家庭情感中，被缓解和释放了。她有一百个理由，走进给写作带来负面影响的"非常"心理状态，但她还是维持了自己的心理健康。

莫里斯通过写作，平静地注视这个世界。没有少一点什么，也没有多一点什么，她只因自己的独特，变得更有深度、更清晰。她清楚记者最容易犯什么毛病，暗自提醒自己绕开了那些陷阱。

回顾半个世纪的旅程，莫里斯一定和我一样感慨。这本书的写作有着四个维度：地域的铺展、时代的变迁、她本人从青年向老年

记者、作家简·莫里斯

的转换，还有她性别的改变。她给我们提供了世界各地在五十年进程中的许多细节。在有趣的故事后面，有她感知、理解的介入，所幸那是有距离的介入，她警惕悲情主义。她不可能是认知简化的，她确认殖民是一个历史概念，庆幸它能进入历史，却也描绘出殖民与独立转换的复杂状况，不避讳有些结果甚至比原来更糟糕；她对以巴冲突的理解，也在五十年中步步深入，她并不忌讳告诉大家，自己随着新的理解立场也有反复；我未见得赞成她所有的看法，却尊重她思索和引发读者思索的轨迹。通过莫里斯的书写，"二战"之后五十年的世界变迁，如行云流水般在我们面前一一展开。

必须承认，在她的故事之中，我更喜欢读那些还没有完全开化地区的故事，喜欢看到更原始、更有野性意味甚至冲突的曲折历史进程，就如同在视觉上，我喜欢中世纪的古旧老街，那些喧闹而斑斓原始的街市，而对现代的时尚精品店只能偶然扫一眼。我知道这种偏向带着个人的弱点，这种人性弱点塑造了新闻业本质。我理解她的行走，因为内心里我有和她一样的冲动。

我觉得自己和莫里斯在内心有某种暗合。我读到她的只言片语，就默契地知道，她后面没说出来的可能会是什么。我知道她作为记者，行动时的坚决，以及作为作家，判断时的迟疑。我知道她在二者之间切换的彷徨。有人说，莫里斯在变性之后书写更自由了。然而，自由从来就是一个有着两面的硬币，写作也一样。我看到她有过一段时间对文字信马由缰，又看到她领悟到还是要收起缰绳。莫里斯曾经提到，自己是从一个记者步入写作，逐渐进入作家行列的。这是一条比较好的路径，其实这不仅是记者生涯锻炼了敏锐和超越的能力，也是从"实"的一面首先进入、取得力量、给出定力。

这个定力——她的成熟回归，最终体现在她的封笔之作《的里雅斯特：无名之地的意义》，所幸浙江大学出版社也出版了这本介绍"的里雅斯特"的书。我去过意大利，很想再去，可假如没有读过这本书，我一定会再次错过。就像作者所说，甚至许多意大利人都不知道这是意大利的领土。可是莫里斯却把自己最后的书写激情，交给了这个"无名之地"。

我喜欢这本书！最后的莫里斯，温和依旧但有一种不显山不露水的老辣。她找到这个与之有着深深缘分的城市，开列出它在大国政治中变迁的剧目，由此引出一系列对于民族和国家、祖国和文化、种族融合与种族冲突的思考。一如既往，她在提出问题。这些问题，是为她五十年行走之后面临的那个世纪——就是我们进入的二十一世纪准备的。二十世纪末，我曾经因为和她一样的原因，在十禧年来临前有过和她一样的乐观，而现在，我也陷入她为大家准备的这些问题的煎熬中。一个小小的"的里雅斯特"就已经枝蔓纠缠、反反复复成这个样子，那么它所折射的那个世界呢？

莫里斯的《世界：半个世纪的行走与书写》所写的半个世纪，正是中国从开放、封闭到再度开放的半个世纪，我们对世界的了解有过一段漫长脱节。在这半个世纪中，我们基本无法通过我们自己国家记者的眼睛，去自由而准确地把握世界风云。这本书的翻译是一个重要的补课。同时，她的书写让我们有机会反观自己，反观中国新闻业的发展和现状，以及在它背后支撑的背景文化，反观那半个世纪以及今天中国新闻从业者的喜怒哀乐。显然，并不是任何一个记者到达同一个位置，就能写出同样的采访。莫里斯的写作是一个成熟文化的特殊表达。

我们读到世界，我们读到自己，我们读到的东西，远远超过了莫里斯的书写内容。

读《考古学一百五十年》

　　刚收到黄其煦先生寄来他再版的译作《考古学一百五十年》。据通读校稿的安志敏先生介绍，作者格林·丹尼尔（Glyn Daniel）博士是著名考古学史家，1914年出生于英国，1938年后一直在剑桥大学任教，这本书在英国剑桥和美国哈佛，都被选作教科书。

　　我读书驳杂不精，对书的评判很自私，最高评价就是我自己觉得好看：能读进去，掩卷有收获。读书驳杂习惯来自少年时光：渴书年龄适逢无书，能到手就都是圣明，常常是半懂不懂也照样不吐枣皮囫囵吞下。对书的理解局限于自己的能力，记得有一天，一本华罗庚的《数论导引》，令我们一圈人都傻在那里。其煦先生可算同代人，想到我在没头苍蝇一样撞书时，他已在孜孜以译行内经典，不禁汗颜。好在这本译著我还能读懂也觉得好看。

　　门外读完一本专门史，还是忍不住有些门外心得想写下来。这本书原名是《考古学一百年》，后来增补就又扩出五十年去。一路读

《考古学一百五十年》
作者格林·丹尼尔博士

来，我发现自己最感兴趣的还是前一百年。它细述了一门新兴学科从无到有、逐渐成熟的群体思考过程，而这个群体，则是西方诸国学人的联合大军。

作为东方人，免不了时时有个对比的存心。2008年北京奥运会开幕式上，大地为纸，徐徐展开中国四大发明，自豪之余人们却很少想到，活字印刷发明只是个孤远记录，并没有因此变作大规模普及知识的现代印刷术。直到现代引进铅字活字印刷机器时，中国印刷术其实还是木刻雕版的古代艺术活儿；更不大去想，中国现代学科体系何以很难自己成型。

考古起源于古物收藏，这是东西方的共同起点，王公贵族都有收集奇珍异宝的"古物柜"，大家曾经都站在"艺术鉴赏、收藏热情"这个开端。然后出现一个分岔，东方仍然延续它的古物柜，发展只是把小古物柜发展成古物屋、再发展成故宫这样的大古物宫。

而在一个拐点，古物柜却在西方走上另一条岔道，逐渐形成现代学科。中国最终还是从西方现成引进考古学，当然引进的不只是考古技术，而是现代学科概念和手段。

一开始好像只是个不同"兴趣"的分野。

这本书主要介绍"史前"考古学史，也就是关注有文字记录之前的人类。在西方，是对人类起源、文化起源和发展的好奇，逐渐超越了艺术的痴迷和财迷。根据现在的知识认定，"有史"只是人类历史的百分之一。这种好奇来自哪里？如作者认为，史前考古学并不能追溯到希腊，可是史前考古学兴趣的基础：研究人的起源和本质，却从古希腊哲学就开始了。

这种兴趣和历史感并存，书中提到巴比伦最后一个君王那波尼德，他被看作是历史上第一个考古发掘人。他发掘一个神庙，在地下九米处发现一块纳拉姆辛放下的基石，他感动于自己的收获，感叹着：三千二百年以来，历经众多君主，而自己是第一个重见这块基石的国王。驱动他发掘的是"深究历史"的兴趣。这种兴趣、历史感，自希腊罗马一路下来，又在文艺复兴达到高潮。很有意思的是，作者认为对自己远古先人的兴趣，对他们来说，是一种很自然的"爱国情感"。

可是，假如没有"对人类过去的物质遗存进行收集、发掘、分类、记录和分析"，那就还是只有收藏的"古物学"，而没有史前史。但"兴趣"仍然是一个不可忽略的原始动力。和东方不同的是，这不

《考古学一百五十年》

是一种偶发的古代发明家的特殊兴趣，在西方世界里它迅速发展成为公众兴趣。

本书作者认为，没有十七世纪公众对自然学的广泛兴趣，就不会推出史前考古学，这里还伴随地质学的发展，地质学提供了远古动物和古人类并存的证据。对这些证据的探讨，形成席卷欧洲风靡民众的智力活动。在十七世纪，欧洲就有了大量民间科学协会和皇室支持的皇家科学协会，而"那不勒斯的自然科学院则早在1560年就已经建立"了。在十九世纪中叶，"地质学成了时髦的学科"，不论是伦敦皇家学院、托尔奎力学研究所或自然史学协会举行的讲演，"人们都蜂拥而至"。

同时，这些兴趣很自然就导致了一系列书籍和学术及科普刊物的出版。当然，德国人约翰·古登堡（1397—1468）在十五世纪中发明了用铅字活字与机械印刷术是一个原因，而且在欧洲，它不仅是一个发明，还是被推广应用的一个技术。这一切的前提，是欧洲久远的自由城镇的公民意识以及被认可、受到鼓励的表达权利。假如在一个国家，今天要办一份杂志，比在十八世纪的欧洲更困难，你不免要怀疑那里的民众创新能力是否能充分发挥。

史前考古是非常年轻的学问。本来，人们只可能通过文字记载了解历史，所以大家面前曾经只有两部书：文字史和记录口传的史前神话，前者历历可数，后者腾云驾雾真假莫辨。尤其西方是天主教世界，十七世纪，爱尔兰裔的厄谢尔大主教，把自己推算的人类的创始起源，确定在公元前4004年的某月某日某时某刻，并且印在了钦定版的《圣经》边缘。公元前不是史前，有文字记载的古希腊古罗马等，已经占据了4004年的大部分，这使得对史前人类的研究，更加被挤压得没有空间。一开始大家都不会想到"史前",再说现代人很难想象，当时挑战先入为主的大主教论断，并不那么简单。但是文艺复兴之后，鼓励寻求真相的自由社会，会自然走到它命中注定的那一点。

今天我们现成享受着前辈的研究成果，很少想到小学生就能学到的史前分期概念，在过去漫长岁月中只是迷雾一团。《考古学一百五十年》强调，从古物学跨入史前学的关键一步，是北欧考古学家的"三期说"。欧洲各国逐渐进行大量考古发掘，收藏大量器皿，可那不过是一大堆不知准确年代的古器物，是丹麦科学家在十九世纪初给史前人类划分了"石器、铜器、铁器"三个时期。作者介绍：这是因为丹麦国家博物馆首席馆长，必须要给展品作出某种"编排序列"。提到这一点时，作者一副理所当然、一笔带过的样子，但回想东方，我没法不认为：这个现代史前史科学分期的关键概念，其实是一群长大了的母鸡们必然要下的一个蛋吧。母鸡们就是在"面对公众"概念下产生的博物馆们。许多史前考古的学术成果，最初都只是博物馆工作人员写给公众的说明书。而公共博物馆在欧洲的出现，源自"公民"和"公众"的概念，这是自古希腊古罗马时代就在深入讨论和实践的东西。假设他们历来只有君君臣臣、主子奴才的概念，只有老佛爷收集珍宝的概念，要谈什么现代学科可能就难了。

公众对科学的兴趣和广泛热爱，使大量爱好者投入考古，研究自然会有进展。就像人人热衷健身运动，自然就能推进体育发展。西方世界随着考古范围扩大，传奇不断，最精彩的考古故事是德国人施里曼发掘特洛伊古城。我虽然以前读过这个故事，可是再次读到还是觉得这家伙实在太不可思议了。

考古奇人施里曼

大家都知道特洛伊木马的故事来自《荷马史诗》，它是传奇是神话也是文学作品。可是考古热潮把施里曼自幼对特洛伊传说的迷恋，生生转为发掘实践，因为他认定这是真实历史。四十六岁的施里曼退出商界，用自己经商攒的钱，开始发掘特洛伊。

木马计破城的故事实在太有名，作者说：当时施里曼的发掘工作"激发了全世界的人们"。结果，他当真就掘出了叠在一起的七座古城。虽然他对其中哪一个是特洛伊判断错误（他认为是第二个），可是在他死后三年，继续他的发掘事业的伙伴德普费尔德最终认定：七个之中的第六个确为特洛伊城。大家兴奋莫名，"每一个有文化教养的人，都经历了发现特洛伊的戏剧性场面"。这种考古热情，施里曼并非孤例，前后还有大量与《圣经》有关的验证探寻和发掘，记得刚来美国时最初买的几本书中，就有一本是讲《圣经》的历史考古地理，那就是这些工作的成果。

这个"特洛伊发烧友"式的"世界"，没有包括大清王朝。当时西方的世界观当然是以自我为中心，可是他们那里不同国家间的公众交流、学人之间的研究讨论，早已经非常"现代化"和"平等开放"了。这种情况在当时世界的另一个中心，即中国周遭的东方各国之间并没有出现。

既然是"史"，这本书也让我们看到"发展"的历史，包括学科发展和人文、制度的发展。既然考古曾经遍地开花，考古的早期发展也就曾带出太多负面结果。因其早，一开始就没想到要有技术规范，出现大量破坏现场的野蛮考古；有急功近利的，有巧取豪夺火拼的，有完全不负责任的，更有认识知识都不足的。逐渐地，才从"只对重器大器感兴趣"发展到明白日常用品的重要，才开始保护全部遗存和整个现场环境，直至在发掘之前就做考古预案，层层摄影记录。同时，也由完全无序失控的个体作业，到渐渐发展出制度管理。一是行内的自身发展，二是考古现场制度保护的觉醒，例如在1933年，伊拉克已经立法不准外国人携带文物出境。但非常不幸的是，这一切包括技术和观念，都必须在漫长实践中缓慢发展出来，待到达成共识形成制度，被毁坏的已经不可挽回。人类后来在发展工业和环境保护的关系中，经历了一模一样的过程：待到人类觉悟，

特洛伊古城的剧场

大量物种已经彻底绝迹，永远不会再回来。

这本书让我们看到，文明发展是个非常复杂的过程。可以说，一些考古学家兼为考古史上的功臣和罪人。非常典型的是法国在埃及的考古主管马里埃特，他在埃及建立了第一个国家古物机构，努力制止了美索不达米亚的古物抢夺，并开创了文物必须留在当地的新观念，他"呕心沥血、千方百计禁止移走埃及古物，并且创立了埃及国家古物博物馆"，这是近东第一家。当时的埃及是法国殖民地，1867年埃及珠宝运送巴黎博览会展出，法国欧仁妮王后的使臣通知总督说"她很愿意接受全部收藏品作为礼物"，却被负责埃及考古和文物的马里埃特断然拒绝，埃及珍宝全数运回。作者说："这真是考古发展史上的一个关键时刻。"可是马里埃特主持的三十多桩考古，堪称野蛮发掘，也受到后代同行的严厉批评。我想，这就是来路，今人只能用历史的眼光去看待历史。

我们今天介绍西方考古学活动，通常认为那只是一群盗宝的强盗，完全忽略无数西方考古学家几十年忍受荒郊野岭、暴晒雨淋的艰辛，甚至最后死在域外考古中的有关"学术兴趣"的背景原因。在这本书里，这样的考古学家的例子比比皆是，或许那个他们根深蒂固的"兴趣"甚至探险精神，于我们则有些难以琢磨。令人感慨的是，这种源头上的差异，直到今天仍有痕迹和传承。听译者黄其煦先生介绍，在西方至今考古仍是真有兴趣的人才学，不乏有钱人家的孩子。而朋友对他介绍，在中国，诸如考古之类的专业，常是因家境不好或没有更好出路，才去"刨土坑"。

这本书最有意思的当然是史前考古发展本身，如何从地质学地层分析，引出对人类史前史的探索；"洪水派"与"河变派"的争论，从"三期说"开始的"相对年代"和"绝对年代"的拉锯，对"某某文化"的定义过程；对各文化是独立发展、经历相同阶段，还是一个文化起源经"入侵"而逐渐传播的研究；从一个民族的"爱国情感"，走到对整个人类文化起源的兴趣，并逐渐认定各文化既是多元又有类似发展路径的过程等，读起来真是让人兴趣盎然。

史前考古学很特别，它到底是自然科学、人文科学抑或技术手段？它的定位似乎长期在争议中。有一点没有疑问，它和各门学科触类旁通。它有人文的假设假定，每一次由实证证据试图证伪和推进。我相信，它的现代学科思维不自觉中也在塑造一个社会的思维方式，例如重证据、缜密分析以及逻辑习惯。无疑，它是推动完善特定文化的一个重要因素。每一个封闭的文化逻辑都是自恰的，但是显然有的文化在自我循环中，更容易激发活力；也有一些文化在封闭状态下容易滋生腐败。取长补短，正是文化比较、文化交流的意义。

"碳14"能确定准确年代，这是今天的常识，所以捧着书的我心里一直揣着"碳14"，看着没有"碳14"的史前史学家在那里对"年代"瞎子摸象，活像看着一群武侠拳来脚去，心里却狠狠地在说：不是有枪吗，拔枪，拔枪啊。

所以，读这本书涉及的最后五十年时，我看着考古学家在世界大战中，一边从军一边惦记考古，看着他们参加空军促进航空考古发展，我却心神不定：迫不及待地，我就只等"碳14"出来了。终于，有人掏出枪来，随着"砰"的一声，我心里也就一块石头落地，踏踏实实了。没有什么比"碳14"更能说明专业外技术发展对考古的重要性了。

合上书心满意足，这书，挺好看！

殖民者和语言考古

读完《考古学一百五十年》后，写过一点体会，因是门外汉越界，写完就不放心，于是去译者黄其煦先生那里求个"准"字。专家都是大人大量，总算没笑话我，还讲了个故事给我听。他说"现在学生上学读专业也是看家境。有钱的全去读MBA之类，这些没有多少挣钱出路的专业，譬如考古，都是家境不好的人才去读，因为毕业之后的工作就是刨土坑"。这引起了他的感慨，在国外是相反，考古是有钱人玩的东西，至少是真有兴趣的人才学。德国就很有意思，德国的国家考古研究所不隶属于任何科学研究部门，而是由外交部管辖。因为从历史上看，德国在近东、中东的考古就是由当时的外交官开创的，他们组成了考古组织，逐步扩大，沿袭至今，外人很难想象个中的原因。他还说："当初我到德国读书，就是考古所的一个分所所长提携，可是所里却不能招学生，于是就到科隆大学去注册。以后才知道，考古所算是个衙门。后来安志敏先生被德国考古所授了一个外籍院士，所长不让事先告诉他，我在大会上给他当翻译，安先生才知道。我说，这回您就算是半个德国外交官了。他心里还打鼓，说要是这样，回去要汇报，说清楚才好，免得以后有麻烦。"

这让我想起读考古史留下的一个深刻印象：西方文化传统中，有一种从公元前就开始的广泛"研究兴趣"或者说"哲学入迷"。听了他的故事，我想到那些西方外交官开创考古的"个中原因"。大量西方外交官、殖民地官员都热衷考古、研究当地文化，从1871年开始，德国考古研究所就成为普鲁士政府的一个机构，1874年成为帝国的一个机构。我曾经读到过一些别的故事，忍不住又想写出来。其中很有意思的一个，也和考古相关，不过那算是"语言考古"了。

大家都知道，在《圣经》"创世纪"里，有个巴别塔故事。说的是在著名大洪水之后，人们代代相承讲的是同一种语言。渐渐地，"人"感觉自己的能力越来越强，野心膨胀，决定要在今天伊拉克的古巴比伦城，建一座巨大无比的城市，使得人类不再四散；另建举世无双之高塔，不为敬神只为张扬人的能力，也就是"以人的名义"，而非"神的名义"，那就是巴别塔。他们决定，巴别塔要高入云霄，有点"欲与天公试比高"的意思。看到人有雄心，上帝就开始微笑，他只和人开了一个小小玩笑，他弄混了人的语言，让他们不再同语同文，而是开始自说自话。雄心勃勃的建设者们相互再也无法沟通，巴别塔于是半途而废，而人们也因此流散到世界各地，成了今天这个样子。

据说在历史上，确有巴别塔。提到巴比伦难免想到，自己曾经以为，只要进入伊拉克，自然就可以去古巴比伦，可以坐在河边读那首小时候就读过的诗句："在巴比伦的河边，我们坐下来哭泣……"诗

巴别塔

句也来自《圣经》。他们哭的是被毁的家园，那是描绘古巴比伦城被毁灭的诗篇。可是真不敢相信，在那里竟然没有一个向导敢领我去那里，因为那还是恐怖分子的掌控地区。不信也得信，我们已经进入"巴比伦不相信眼泪"的新时代……

墨西哥导演亚历桑德罗·冈萨雷斯·伊纳里图（Alejandro González Iñárritu）执导的电影，讲述了四个国家的不同故事，把沟通障碍扩展到人的内心，电影取名也是《巴别塔》，电影得了一堆国际大奖，为墨西哥电影大大添了一把光彩。而巴别塔也成为人类沟通障碍的代名词。

如同《荷马史诗》使得着迷的施里曼去寻找和发掘特洛伊古城，如同《圣经》故事引发无数发掘考证，在西方巴别塔的故事也迷住了许多学人，其中有一支，竟在苦苦追寻传说中的语言源头。他们想知道：我们的祖先，当真是讲同一种语言的吗？

这样的研究虽然不用刨土坑，可也不容易。先是在分析和理出系统之前，先要学习不同语言，而语言种类已经多如牛毛。它和考古史前学的形成一样，需要有许多人对这样的事情用心，不仅不觉得枯燥乏味，还兴趣盎然甚至着迷。更困难的是，语言始终在变化流动，也不断消失得漫漫无踪。据今天语言学界认为，几千年来，在西亚、中东、印度次大陆和欧洲，流行过许多不同的语言，而其中大多数已经消失，断了线索。这样的事情今天还在我们眼前发生，印度在2001年人口普查的时候，还有六千五百多种语言，可是据联合国教科文组织认为，由于英语和北方印地语的强势，其中近二百种语言就在这几年内将濒临灭绝。

不过，一直有一群"巴别塔语言"的考古入迷者存在，其中最关键人物，就是在两百多年前的1783年被英国派往印度殖民地最高法院工作的威廉·琼斯爵士。那一年，他才三十七岁。

琼斯爵士在9月抵达加尔各答，刚刚安顿下来四个月，他就挑选了三十个他认为合适的英国人发出邀请函，请他们前来参加一个协商会议，他建议成立一个研究当地文化的协会。

此举并非公务，只是英国或者说欧洲一种普遍组织文化兴趣小组、科学研究协会的传统。琼斯爵士借职务之便，会议就在最高法院大楼的陪审员室举行，他自己是个职位不高的新法官，请了最高法院的罗伯特·钱博斯首席大法官主持会议。来者都对亚洲文化有兴趣，1784年1月15日，这个研究的兴

威廉·琼斯爵士像

印度加尔各答的亚洲学学会大门

趣聚合正式组成。二十二年后的1805年，他们有了自己的活动地点，今天去印度加尔各答市公园大街，在拐角还可以看到这个被称作老楼（后来又添建新楼）的两层楼房，他们的后继者今天仍然在活动，那就是闻名世界的"亚洲学学会"，也叫"孟加拉亚洲学学会"。

　　现代中国的比较文化研究是一个很大文章，常常做得抽象、做得玄和空，否则好像都不像文化研究了。可是，许多刚接触西方文化研究的中国学者都会注意到，他们的文化研究内容经常是细微末节的。他们习惯站立在细节实证基础上，那是慢工细活儿。很多人并不在意是否由自己亲手构建一个新系统、推出一个宏大结论，他们只是很耐心地在那里"刨坑"。支撑他们的，主要不是成就学术事业的野心，而是对细节研究本身的兴趣。琼斯爵士就是一个典型，他迷语言，亚洲文化是一个非常宽泛的对象，但他的文化研究，就是细致的语言比较。

琼斯爵士是个语言天才。他从伊顿公学毕业，可家境并不富裕，三岁的时候父亲就去世了。他读研究生拿着奖学金，还必须当家庭教师补贴生活费用，他因此教了戴安娜王妃的先辈斯宾塞伯爵，同时还兼作书籍翻译。二十三岁时的琼斯爵士已经享有东方研究盛誉，他曾经应丹麦国王克里斯蒂安七世的要求，把一本波斯语的书翻成法语。国王还曾亲自拜访了他。这样过了几年，琼斯爵士不满足自己的生活，作为一个东方研究者，他自然向往东方。于是，他又进入伦敦法学院学习，这样才得到了这个去印度工作的机会和资格。

通常，我们在描绘殖民地官员，也就是所谓殖民者的时候，总是把他们和殖民主义政治概念联系在一起，很容易脸谱化。其实就个体来说，他们中间有很多有意思的人，尤其是在那个交通不便，不发达地区还非常不发达的年代。这些人往往更富于探险精神或者说冒险精神，也可能对异国文化特别有好奇心，或者性格中有些特别不安分的冲动等等。

琼斯爵士一直认为，东方古文化高于希腊和罗马文化，他认为印度的文化和学术在人类发展历史上特别重要。他深入研究，后来撰写出版了伊斯兰法律和印度法律的专著。这也让我想起以前读到过一个叫查尔斯·贝尔的英国殖民官员的故事，他驻扎在接近西藏的印度边境小城，也就入迷学习藏文和藏文化，后来被英国印度殖民政府派进西藏，而他当时涉及外交的许多看法，常常和英国政府相左。究其根源，也是源于他受到当地文化的感染和自己与当地那种不由自主的感情融合。

琼斯爵士很小就会写基本的中文，会拉丁语、希腊语、希伯来语等等，在他四十七岁去世的时候，已经精通十三种语言和熟练运用二十八种语言。抵达印度之后，他发现印度教的大多古经卷都是梵语，而梵语在当地现实生活中已经销声匿迹，他马上就兴致勃勃地开始学习古梵语。

凭着语言学家的敏感，他很快注意到一些梵语词在拉丁语中有近似的变体。例如，"trayas"是梵语的"三"，拉丁语是"tres"，希腊语是"trias"；在十以内数字中，这种相近的变体词经常出现；又如梵语的"兄弟"是bhrata，德语是"Bruder"，梵语的父亲是"pitar"，而拉丁语和德语分别是"pater"和"Vater"。虽然他不是第一个注意到这些语言关联的人，但他是第一个系统研究、得出清晰承袭脉络的人。也许，巴别塔的身影在他眼前一闪而过，他渐渐认定，梵语在雅利安语群中起着关键作用，这些语言非常可能有一个共同来源。

1786年2月2日，在开始学习梵语六个月之后，琼斯爵士在亚洲学会宣读了他的研究报告，此举被语言学界看作是比较语言学的真正起点，他在发言中的那段结论，成为语言学历史上的经典，被各种书一引再引：

> 不管梵语是多么古老，它有着奇妙的结构，比希腊语更完美，比拉丁语更丰富，比二者都更为精致精确，不论是动词词根，还是语法结构的雷同，它们负有近亲关系的可能，更强过偶然巧合。这种联系是如此之强，以致每一个考察过这三个语言的语言学家，都会相信它们有过一个共同来源。同时，对于混合了不同方言土语的哥特人和凯尔特人语言，虽然说服力不如前述，但是仍然有理由假设，他们也有共同梵语源头。古波斯语也可能会加入这个语言家族。

在语言的变动流逝之中，大家寻找着语言的"巴别塔遗存"，琼斯爵士成功地找到了一条主干线。它不同于考古中常有的古语言识别，也不仅是一个语言学概念，它和史前考古探讨的问题异曲同工：它追踪语言流向，涉及人种和文明迁徙，描绘扩张和发展交流的历史图景。在广泛的文化兴趣研究传统下，由众人参与、每人积累一点的研究，到一定的时候会一点点拨开盖在人类古文明上面厚厚的沙土堆积。

虽然还有质疑和反对意见，可一个世纪来语言学界基本相信，他们找到了至少是一个非常广泛区域的"巴别塔"语言遗存，各国各族的祖先在几千年前曾经使用的共同语言，语言学家给了它一个名字：原始印欧语。他们认为，它覆盖了大部分今天的欧洲语系、波尔多—斯拉夫语系、印度—波斯语系等等。语言学家甚至根据语言规律，在原始印欧语的后代语言中收集证据，试图大致恢复这个已经消失几千年的原始语言。这很像今天用头盖骨恢复面容的技术。例如，今天大部分欧洲和西亚语言的"母亲"，开端发音都是"m"，也就可以合理假设，原始印欧语的"母亲"的开端发音也是"m"。近年来计算机的发展，使得大规模的语言比较分析成为可能，研究的结果，甚至把原始印欧语更往前推到了一万年前的新石器时代。语言学家认为，一些简单数字以及"我"、"我们"这样的简单用字，它的发音可能在某些后代语言中，没有太大变化，一直留存到今天。

郑和下西洋是一个东方壮举。今天还有人认为，他当年就抵达了美洲，早于哥伦布发现新大陆，研究结果出版后，至少在美国长销不衰。我最近去书店，还看到它撑在书架上，真是撑很多年了。郑和是皇上的船队，探险时间相对不长。而西方殖民历史的时间长，有无数个人散户，怀着文化好奇的冲动，像琼斯爵士一样深入殖民地。他们带着母国文化的深深烙印，有一套自己的价值观和荣誉感，甚至在殖民军官中也有这样的人物。

詹姆斯·李索尔在《登船攻击：加尔各答轻骑队的最后攻击》一书中，就曾经生动描绘了这样一群怀着特殊荣誉感的英国印度殖民地的退伍老兵。这本书后来被拍成电影《海狼》，二十世纪八十年代在中国上映过。它讲述了一个真实故事：在"二战"中，德国军事情报机构利用印度葡属中立南方沿海，向潜艇传送盟军军舰经过当地的情报，由德国潜艇发动攻击。英国动员这些退伍老兵参与秘密行动，但在招募前就讲清楚，由于德船有葡属中立领土掩护，英国常规军队无法采取行动。为了免于外交纠纷，他们战死战伤都不会有任何荣誉和抚恤，没有人会知道他们。谁知，这样的无名英雄待遇一宣布，他们一个个摩拳擦掌正中下怀："我们就喜欢这样！就喜欢这样！"结果炸沉了三艘德国的情报船。直到三十五年后的1978年，他们的事迹才被公开。

殖民本身，是人类文明经历过的一段强者逻辑的历史，它的必然发生也如它必然随着文明的进步逐渐走进历史。可是回顾殖民历

电影《海狼》剧照

史，假如完全采取在政治层面简化叙述，忽略下面丰富的文化碰撞、文化交流，一概以文化侵略论之，也就不能真正理解后面的发展脉络，错过了其中包含的学习和了解另一种文化的内容，当然也可惜了那些好故事。

亚洲学学会是一个私人兴趣的小圈子，欧洲人和当地印度学者的平等交流也需要时间。一开始只是欧洲人自己"玩"。到1829年，亚洲学学会开始邀请一些印度人成为会员。1885年，远在印度独立的四十二年前，这个协会已经有了第一个印度人担任主席。学会的开放来自文化上的视野，他们的眼光一直探入史前，深入人类文化的源头，各人种和文化分支的迁徙流动、交流互动、产生和消失，是一个非常自然的大图景，大家可能曾经说着同一种语言，拥有共同的祖先，这一切超越了种族的樊篱和狭隘的文化隔阂。许多现代观念，在这些看来毫不相干的研究中自然生成。

可惜的是，创办亚洲学学会的第一任主席威廉·琼斯爵士，十年后就去世了，年仅四十七岁。他的坟墓今天还留在那里，留在他迷恋的印度加尔各答。

访印度的亚洲学学会

2010年年底，写完英国人威廉·琼斯爵士的故事，就去了加尔各答。

琼斯爵士迷恋东方研究，为得到去印度的机会进了伦敦法学院，1783年他被派往加尔各答的印度殖民地最高法院，1784年1月15日倡导成立了研究当地文化的兴趣小组。

二十二年后的1805年，学会在加尔各答市公园大街建了一栋楼房，从此有了活动地点，也开始有了丰富的收藏。那就是闻名世界的"亚洲学学会"，也叫"孟加拉亚洲学会"。1829年，亚洲学学会开始邀请印度会员。1885年，印度独立的四十二年前，协会有了第一个印度人主席。琼斯爵士十年后去世，葬在印度。从阅读中知道他的墓地、他创办的亚洲学学会博物馆都在加尔各答，自然想要去看看。琼斯爵士葬在公园大街的一片古墓地中。进入墓园，非常惊讶的是迎面贴有一张告示，警告来访者不得在墓园随地小便，并且

威廉·琼斯爵士的墓碑和他安息的墓园

配有违规者的照片。

寻寻觅觅，终于找到琼斯爵士的墓地，他走于1793年，墓前修了纪念碑。还记得那天，秋日阳光从大树间飘洒下来，四周空无一人，营造出很适合会见爵士的心情。

去亚洲学学会的经验却十分意外。1805年的老楼，已被新楼包围。去之前我看过新楼照片，可是待见到真容，唯见灰头土脸。推大门进去，首先需登记签名。我提起相机想拍个学会的牌子，却被喝住。到二楼，再次被要求登记签名，签完之后，被领到三楼办公室，原来还需要取得批准。领导不在，我们被留在楼上小而乱的办公室里，那里已有一对英国年轻人，他们怯生生地坐在那里，一脸困惑。我也坐下一起等领导。

等来的领导很严肃，一番询问后，不但必须再次登记签字，还

亚洲学学会的黄色老楼

需要核对护照验明正身。然后，领导拿着护照去办复印。我们面面相觑。英国小伙子终于忍不住蹦出一句：我们只不过是要看看博物馆啊。我回说：我也是啊。听到领导脚步声，我们赶紧收起脸上的感受。拿回护照，我们又被领到二楼图书馆的一间屋子，由工作人员开出粉红色发票一样的单子，这就算是许可了。

可以参观的博物馆是极小的一间，陈列设施陈旧，参观者就是我们几个。当年英国人撤离，留下了他们的丰富收藏。几十年之后，经卷和古代手稿，在加尔各答湿热空气下、在呼呼作响的电扇下发黄变脆。我问了一句玻璃书柜里的《大藏经》，工作人员很热情地抽出一卷，却用力过猛，碎落的书脊"哗哗"撒了一地。

出来必须再一次次地顺序签名销案退出。我们绕到后院，想给包围在院子里露出一角的老楼外墙拍张照片，又被院子里的守卫喝住不许。我们亮出那张粉红色的参观许可，守卫再打电话上去请示，回说还是"不可以"。

趁他打电话，我悄悄拍了院子里一块大理石牌子，只是留个纪念。那是1984年11月11日，印度总理英迪拉·甘地为"亚洲学学会"附楼安放的奠基石。附楼紧紧包围在十九世纪庄重老楼的外面，丑陋不堪。最后，我绕着这个大院在外围走了一圈，还是有一个角落，黄色的老楼露出一角，我拍了一张照片。

显然，社会进步并非都是线性向前的：文明可以进化，也可以倒退；遗产可以继承，也可以糟蹋。全看继承人自己了。

希望有一天，我们只谈常识

　　第八十一届奥斯卡奖揭晓，没有意外，英国导演执导的《贫民窟里的百万富翁》继获得金球奖之后，一口气夺下包括最佳影片与最佳导演在内的八项奥斯卡大奖，成为最大赢家。

　　要讨论电影故事和表现手法的话，有不同看法，它显然刻意迎合了大众对电影的期待，艺术片的行家会觉得它"人工味道"太重。我看的时候却只顾"看印度"，因为我在印度旅行过，印象深刻，也听到太多人们对印度南辕北辙的印象表述。我喜欢这部电影，是感觉它很真实。它不是历史而是进行时的印度。只在印度旅行也许看不到电影表现的全部，可是看到的已经足以让人猜到它的背景。我觉得电影有些处理非常出色，例如对主角刑讯逼供的警官，竟然处理成一个兢兢业业破案的正面人物。因此，对印度执法司法状态的传达就显得更为触目：不是主角倒霉遇上个品质特别恶劣的审讯者，正常审讯就可能是这个样子的。回想我在印度街头看到警察一人一根竹棍，在街头偶以竹棍执法时，周围百姓表现出的漠然，就可以推想那里的警民关系。

人们常常拿印度和中国比较，各有各的动因。有出于某种动因要比出印度比中国糟，也有出于某种动因要比出它比中国好。或者要表达文化相对主义：这里没有一个共同基本的判断标准，推论下去也就没有什么简单的"普世价值"。例如：虽然在生活环境和物质上是差强人意的，可是：精神上？

电影在印度也一样反映两极。"不少贫民对他们突然受到重视感到高兴，期望得到应有的关注。"印度宝莱坞比美国好莱坞兴旺很多，可是为电影负责做临时茶水工的库马尔说："以往只有有关有钱人的电影。在印度，人们不喜欢在大银幕上看普通人。"也有人抗议和要告印度籍演员，说是外国人损了我们倒也算了，你们居然也……好莱坞颁奖前两天，看到新闻中有印度人烧象征美国的物件，我一开始有点纳闷：不是英国人拍的电影吗？一想也对，美国电影节给了提名嘛。

如果热爱艺术和异域文化，印度是一个万分迷人的地方。你可以拍到色彩最漂亮、对比最强烈的画面；人物不仅脸型好，你还能捕捉到最丰富最有内涵的表情，它有着最美的景致和最奇异的场面，但是它流着污水的庞大贫民窟仍然让我无法轻易忽略过去。我想有时候可能还是有这个必要：暂时忘记和别人对比；去掉我们要说明的背后理论和道德出发点；忘掉表现了负面信息的人来自哪个国家；而只是就事论事看一个国家底层平民的生存状况。如此，可能对"看到"和"解决"问题更为有利。例如满街的垃圾尿液，空气充满有害气体，是不是对民众、对老人儿童健康不利，经常见到几岁女

印度的贫民窟

童光着屁股坐在垃圾堆上身上站满苍蝇，是不是要担心她会得生殖器官疾病而贻害终生。其实电影总是有它的局限，例如它不能给你嗅觉体验。你坐在电影院里永远是拉开距离的"他者"，你无法真的感受影片中孩子们真切感受到的疼痛。最简单的常识：假如是我的女儿……我愿意她这样长大吗？

在大家都很清高地憎恶财富的时候，想起马克·吐温故居大门口，镌刻着他说过的一句大白话："没钱是万恶之源。"活像在诠释这部电影。

印度式拆迁

　　《贫民窟的百万富翁》得了多个国际大奖，但其中童星伊斯梅尔却又回到孟买贫民窟的"正常"生活里：政府要来拆迁从不通知哪天拆，说来就来了。拆的那天清晨小童星还在睡觉，被警察的竹棍打醒赶出来。电视镜头中，贫民窟住户家里东西来不及拿，被推土机推了一地。同样遭遇的还有其他二十名在电影中出演的儿童和其他贫民人

《贫民窟的百万富翁》的童星站在他被强拆的家旁。事先没通知，他在睡觉，差点被推土机压死

另一个童星站在她被强拆的家园的废墟上

无边无际的印度贫民窟

家。事情的发生好像就是为了坐实一个事实：电影所言不虚。

在镜头前，小童星的父亲很愤怒。我想起到印度前，带领我的朋友说过，印度贫民不一样，因为他们有宗教，所以虽然贫穷，可是有尊严。我还想起一个找不到工作在车站饿了整整三天的中国民工说，现在他干出什么事情都是可能的。我想起联合国始终认定消除贫困是最重要目标。

镜头前的童星说，印度政府承诺奖励给他们家一所新房子，一直没有等到。他现在不相信了。我想，以后就算有，也是"星级形象工程"吧。一起拍电影的其他那些非主角的孩子不会有新房子，还有那绵绵延延无边无际的贫民窟居民也不会有新房子。假如不是"沾童星的光"，这样"正常的拆除"都不可能成为新闻，也不会有人知道。以前是这样，以后很久很久还会是这样。这次推掉这些人的家是为了造公园。

这只是我在电视上看到的印度拆迁，没想到还真遇上了朋友亲述的拆迁经历。

　　2007年去过一次印度，三年之后又去了一次。我发现它和中国一样，机场变化是它改革和经济发展的象征。第一次到新德里机场，惊讶的不是它的破旧，而是：夜里机场门外地上，睡了许多从头到脚都被布裹住的人；在从机场进城的路上，出租车超越了一头大象；回程班机晚点十几个小时不算什么，奇怪的是找不到有关航班的任何消息，连个小黑板告示都没有。可是三年后的2010年，现代化管理的新德里新机场，技术先进、美轮美奂。进城的路不仅开阔，隔离带还在大规模造景，而且两边的房子到处是"拆"的标记。

　　第一次去印度，曾住在新德里火车站附近的旅馆，旅馆外面曲里拐弯一大片街区，那就是著名的大巴扎。每天晚上，我都会在那

美轮美奂的新德里新机场

新德里新机场厕所

里逛很久，红红火火的小店小铺，游荡的瘦瘦的神牛和众多好奇的洋人挤在一起，空气中混合着牛粪和人尿的味道，蔚为奇观。挡不住的异国情调扑面而来。临走时我又在那里住了两天，进过一家小铺子，店主是兄弟二人，分管着几个店面，那弟弟不仅聪明，还有着印度旅游界稀缺的诚实。我们聊了很久，最后剩的卢比，都留在了他的铺子里，换成了丁零当啷的银首饰。

三年后再来，没有住那个街区。可临走还剩了一点卢比，又想念起那个卖首饰的聪明年轻人。进入街区，没料想大巴扎也变了。原先窄窄挤挤的小街似乎变宽，有两家店面安上了大玻璃，虽小却很有点现代派头。甚至还找到一家西式速食小馆午餐。空气中少了异味：修了简易小便池，神牛也了无踪迹。和以前相比，显得稀稀朗朗，小摊小贩少了很多，如潮的洋人也一并退去。找了很久，才

大巴扎有了洋气干净的快餐店

找到他——借着别人店铺一角，他摆了个小小柜台，生意大大缩水。

我们如老友重逢般喜出望外。遂问起他和大巴扎的变化。他很激动："谁会相信这种事情！那天政府的人来，说要拓宽街道，就给我们十五分钟离开。我疯了一样，拿大塑料袋把所有首饰扫进去背着就逃。十五分钟，推土机就上来了。"我目瞪口呆、深表同情。我说，不能吧？你们六十年的民主，英国人留下的司法制度，去告啊！他笑了，指着斜对面紧闭大门的旅馆："那个旅馆老板就去告了，输了官司不说，政府的人来，还扇了他大嘴巴，说谁让你去告的。"令人感动的是，他很乐观，笑得很甜："挺好，终于成家了。"

印度贫困的一个重要原因，来自于它的庞大人口，今日之"庞大"又将成为它日后人口增长的基数。人口压力和贫困，也使得普

拓宽后的大巴扎，洋人游客却少了很多

及教育更为困难，而教育上不去，人口压力更大。印度教根深蒂固的种姓制度，也成为社会变革持久的障碍。我还记得站在著名的蓝色之城城堡上，鸟瞰美丽城市，耳边的录音解说却是：这个城市还是按照"种姓"分区居住。在那里时间久了，在乡村都能看出谁是"贱民"来，他们的眼神都是别样的。其实，没有一个宗教是不经历逐渐成熟的过程的，也没有一个宗教的成熟是不经历改革的。而宗教改革对社会的影响，只是一个复杂社会改革的一个部分。印度的另一个传统是：媒体虽然是自由的，可是媒体对政治上层的纠葛更感兴趣，而对民生议题兴趣缺缺。在英迪拉·甘地时代强行限制了一些政治报道，居然歪打正着，把一些记者"逼"到关注民生新闻的路上。而当这个压力去除，报道方向又有反弹，社会底层的声音很难上传。

在印度大城市中有这样的社区，里面建造了大量钢筋混凝土的永久性建筑群，却都是自己私盖的违章建筑。面临拆迁时有些房主还有能力力争保留。但是，这样的机会和大多数贫民无缘。而那些经过力争保留下来的社区，看着也悬。因为是违章建造，大多见缝插针地盖，建筑密度超过了采光规范不说，还违反防火规范，十分吓人。

　　每个社会都有它独特的、错综复杂的问题需要解决，不要指望一夕间以一个变化就能完成。当然，假如一切都由少数官员说了算，社会隐患引发的灾难可能就更严重了。

　　印度经济改革的关键转折，是私有经济突破长久的国家管制，才开始起飞。它六十年的发展进程无疑也走过弯路。我想，如福山所说："穷国之所以穷，并不是因为他们缺乏资源，而是因为他们缺乏有效的制度。"在他看来，缺乏强大的法治是"穷国无法实现经济高增长的主要原因之一"。同时，一种不是原生的制度，移植路径各不相同。假如根本不信奉制度的规则，就不会照规则去做，哪怕移植的是先进制度，实行也会大打折扣。所以我想，印度等亚洲民主国家，都有他们与特定社会文化相连的特殊经验教训，他们的经验需要学习，他们的教训我们也完全不必避讳。

圣雄甘地和非暴力之父

我想自己和大多数人一样，最早遇见甘地时见到的是一个有定语的名字："圣雄"甘地，还有他"非暴力之父"的声名。后来我又发现，自己和大多数人一样，其实对圣雄甘地耳熟而并不能"详"。许多人景仰宣扬甘地，但可能并不清楚甘地的"非暴力"具体究竟是些什么主张，也不清楚在印度独立的历史上究竟发挥了怎样的作用。

说起来有点不好意思，我对甘地事迹的了解不但很晚，而且是通过一个故事片，阿滕伯勒（Richard Attenborough）执导的《甘地》，它在1982年获得十一项

甘地

奥斯卡金像奖提名，最终获得包括最佳影片、最佳导演、最佳男主角等八个奖项。如此得奖的传记大片，一个特点就是对史实相当考究、不敢掉以轻心，所以从对大众普及角度来说，这确是普通人了解一个历史人物和一段历史的捷径。电影是一种

印度小学生仿甘地模样以示纪念

煽情手段，一般来说，被电影煽过一道后会对你喜欢的人物更喜欢，对你尊重的人物更尊重。所以那次看电影的经验着实让我吃了一惊，我可以说是带着景仰走进去，满怀狐疑走出来。从此提起甘地，我条件反射般的反应是问号。要消除这些问号，还是要看书。于是我看了《甘地自传》（*Mahatma Gandhi—His Own Story*），然后匆匆忙忙去了一次印度。

在印度旅行四十五天，最后在新德里有一天空闲，我记得新德里应该有个甘地纪念园，最后虽没有去，心里也没有太大遗憾，因为在印度到处都是甘地塑像，遇到的一打没有，七八个不止了。甘地事迹是印度学校对孩子们最正面、地位不容动摇的教育。不过近年来印度学界研究的"复杂甘地"也逐渐向民间扩散，一个例证是印度到迪拜的飞机上，就在播放刚刚上映四个月的新电影《我的父亲甘地》。虽然这不是一部精心制作的大片，可它是部货真价实的"印度电影"——由印度导演弗洛兹·阿巴斯·汗（Feroz Abbas

Khan）执导，印度宝莱坞明星阿尼尔·卡普尔（Anil Kapoor）制片，通过讲述甘地大儿子失败的人生故事，折射了甘地作为人的个性另一面：他在家里的专制，剥夺孩子们上学的机会，给他们的人生带来极大困扰。虽然这无损圣雄光环，可是作为一个民间的解构，在印度也并不寻常。

曾经困扰我的，是在非暴力运动中看到预期发生的暴力。这让我想更多地去了解，甘地的非暴力究竟是什么？这个概念对甘地本人是什么，它怎样引向印度独立的操作，又引出什么后果？这是我想多读一些书的原因。从印度回来我又读了一遍《甘地自传》，查了另一些不同的甘地传记，还有一些印度历史。

甘地的书可以让读者理解他成长的环境背景，以及获得他个性形成的第一手资料。甘地于1869年出生在印度一个西部半岛的小邦国波尔班达尔（Porbandar），人口七万左右，首都人口一万五千。甘地家三代都当过几个类似的小小邦国的总理，当时印度遍布这样的小邦国，直到印度独立时还有五百多个。这些小邦国的日常管理高度自治。我在另外一本传记中读到，甘地祖父曾经和波尔班达尔的摄政王政见不合，宫廷卫兵在他家门口架起大炮，一炮就把他轰走了。这些复杂的邦国政治、宫廷争端，英国人是根本不管的。早年生活在这样的小邦国，感受不到多少殖民气息，却能够沉浸在浓浓的本土宗教氛围中。尤其是母亲对甘地影响很深，她不仅恪守斋日，还经常额外让自己整日和数日禁食。禁食对于甘地是一种带有强烈宗教意味的行为。

甘地自小是个极敏感和自卑的孩子。在少年和青年时期，甘地的学业事业都不顺利，打击特别大的是进大学后第一年就读不下去而辍学。同时，他却有着三代小邦国总理所形成的家族压力和自我期许。一个长辈告诉他，时代不同了，按照过去模式，他已经不可能子承父业，他假如仍然有此雄心，就必须接受现代教育，建议他赴英留学。甘地因此在1887年离家去英国。他的目的是取得律师资格，却似乎不是尽量扩展自己的知识。当时英国考律师非常容易，有的学生突击几个月就可以通过，有些应付考试的参考书甚至可以带进考场，但必须按照规定上课三年。甘地也就在英国住了三年，他花了很多时间和兴趣在素食协会活动和对于不同宗教的探究上。1891年6月10日，甘地顺利通过考试、取得律师资格，他却并没有大学毕业。

英国这个律师考照制度的特点是：取得执照容易，而要在法庭站得住脚、赢得顾客却很难。它的淘汰环节是在后面的开业执业阶段。甘地取得执照归心如箭，马上启程回国。三年过去了，他拿着执照却发现自己读书不多，实际并不具备在律师界执业的知识和能力，再加上个性羞怯更是困难重重。一开始他试着在孟买作为律师开业，遇到并不难的小案子，却在法庭上落荒而逃。最后他在孟买的律师生涯彻底失败被迫回到故乡。此后，又发生了被甘地认为是带来他人生转折的事件，使他感到羞辱难当。

甘地的哥哥虽然没有成为小邦国总理，却一度在家乡地位显赫。邦国虽小，印度人自治的上层却是一潭浑水。此时邦国已经有了英国人的政治联络官，甘地的哥哥被人告到联络官那里，涉嫌误导政治上层。他得知弟弟甘地在英国和联络官相识，就要甘地去说情。甘地明知不妥还是去了。联络官很秉公办事的样子，说你不至于要利用我们这点友情来徇私吧。这名官员对甘地哥哥的印象非常不好，认为他是个政治阴谋家，也就特别不能容忍甘地的说情。他阻止甘地继续说下去，请他离开。甘地坚持不肯走并且继续往下说，联络官一怒之下就令仆人把他推了出去。甘地生性敏感，感觉自己受了奇耻大辱，他立即写信表示要告对方，对方回信叙述事件经过，表示自己没有做错什么，你尽管去告。关键是从法律角度看，也确实如此。对自尊心极强的甘地来说，这真是很糟糕的心理处境。

甘地冷静下来后细看家乡：不仅政治纠葛复杂，而且他要在当地开业，就难免要和那位官员抬头不见低头见。幸而甘地家族属于当地政治上层，社会关系和机会也多，此时一个在南非的印度商人有一个财务纠纷，需律师帮忙，甘地因哥哥的介绍得到了这个工作机会，就这样出走南非。

到南非后，又发生了他被赶下火车的事件。在种族歧视的南非，乘警因甘地是个有色人种，不顾他拥有一等车厢车票，令他离开车厢。甘地拒绝后被拖下火车，行李也被扔下了车。历史学家们把这一事件看作"甘地开端"，是很有道理的。

火车事件对于甘地，是在精神上绝地反击的开端。不久又发生他在坐马车时遇到车夫的歧视，他拼命反抗成功。甘地曾经形容自己是一个失败的学生、二流的律师，在此之前，他面前需要他去征服的对象，不论是学业还是事业，似乎一直过于强大。作为三代邦国总理后代，敏感的甘地始终胸怀大志，却又在现实面前自卑。人和人不同，每个人合适的领域也各不相同，对甘地来说，需要丰富的学识、知识和分析推理才能操作的事业，并不适合于他；坚持信念和追求真理才是他的特长。导致他离开印度的那次羞辱事件，几乎是青年甘地失败的象征。可是这一次，他的对手貌似强大却并不占理。看上去是对手打上门来，而在甘地内心深处，也许他自己都没有意识到，他准备打这样一场精神翻身仗，已经很久很久了。他会不惜一切地以他的生命去抗争。他小小的身躯突然开始迸发出无尽的热情和能量。

从他的书中可以看到，甘地拿着英国律师执照，却不是一个具备西方法律人士气质的人。他更像个僧侣或者说信徒。他没有皈依某个宗教，却显然有印度教的基础。甘地的讲话、文章常有长篇大论的感性表达，而理性推理、逻辑叙述的部分却弱得多。他注重精神探求，对于素食、禁食、禁医药、禁欲和其他禁忌等等，有着非常专注的思考，反复推敲体验、不断检讨自省。在妇女地位极低、童婚制的印度，甘地夫人成了他的绝对顺从者。甘地正当壮年时决定禁欲，他对夫人的态度是"禁你没商量"。妻子对他的决定大多言听计从，其中包括在病危时不顾医生警告离开医院、禁医药和营养等等。甘地对学校有自己的看法，孩子想上学也不能。而这些决定的背后，都有在甘地看来很深奥的宗教思考和精神。他是在履行信念，追求真理。

这些家庭中的问题看上去是"小事"，却折射了一个耐人寻味的问题，就是个人的精神探求、宗教信仰应当局限在自身范围内，若强加于人或者说以某种强势向社会扩展推行，终有一些隐患在其中。

有件事情可以看出甘地思路和现代律师有所不同。南非的德兰斯瓦在1885年通过一条法律，其中有这样的条款：有色人种和印度人都不能在公共人行道上行走。这条规定其实不仅是一个种族歧视的问题，还有劳工歧视。甘地最感到不平的，是印度人算在有色人种之列，而阿拉伯人却不算。究其原因，还是印度人在南非大多是被称为"苦力"的契约劳工。我在印度火车站，听到印度人呼唤那些替旅客头顶手提五六个大箱子上旱桥赚几个小钱的搬运工，就还是叫"苦力、苦力"。这条法律更明显的是对"苦力"的歧视，因此身为律师的甘地，常常不感觉自己也在被禁之列，总是走人行道。可是有一天，甘地被一个官员的门警从人行道上推开，打到街上。

甘地的白人朋友正好经过，当场表示，自己作为目击者愿意为他到法庭上作证。甘地的回答是："我已经决心不再为自己个人的疾苦打官司。"他的意思是，需要解决的是社会根本问题，他关注的社会不公正如果解决，自己的问题也就随之解决了。这当然是有道理的角度，可也很典型地折射了甘地的思维方式。西方法律工作者的本能反应是，每个人当首先从维护自己的权益开始，自己受到不公正待遇，自然马上诉诸法律，以司法挑战的方式抗争，保护自己的权益就是在为社会公平奋斗。

作为一个带着热烈宗教情感的社会改革者，甘地以"非暴力"的方式进行政治斗争是一件非常自然的事情。带领南非的印度社区以非暴力方式抗议歧视，是甘地找到自我位置、找到自信的起点。他在南非二十二年，虽然达到的目标是有限的：一些歧视性法律虽被取消，可是新的歧视立法还在产生，可是这毕竟是印度侨民的第一次胜利。消息传到印度，甘地已经是一个众所周知的英雄人物。南非的成功给了甘地巨大的鼓舞，1914年回国的时候，他已经准备在一个更广阔的天地里推行他的非暴力运动，不知道他当时有没有捏把汗，毕竟整个南非只有十万印度侨民，抗争的标的也小，而印度有两亿多人口，其目标和在南非的诉求已经不可同日而语，他要的是印度的独立。

非暴力，是能够历史悠久地坚持下来的大多宗教的核心内容之一。不论是哪个宗教，不论它们的神灵为何，对经典的解释都是由人在做，对非暴力的理解也是其中之一。非暴力概念本身的发生发展非常有意思，因为非暴力由"施暴"和"受暴后是否暴力反抗"这两方面组成。一开始，人类文明发展到一定程度，开始对残暴敏感，不愿意施暴，这和文明引发人的本性中善良的一面契合，而面对他人施暴，自己不暴力对抗，不以暴易暴，宁死不反抗，却已经有违人的本能本性，必须仰仗非常强烈的宗教信念去坚持了。

个人以被动承受暴力的非暴力坚持，转化为以展示坚忍主动挑战暴力，不惜承受悲惨后果。这样个人自发的非暴力抗争，在宗教冲突刚刚开始的一刻，就已经在发生。记得读法国人让·德科拉写的《西班牙史》，里面就提到在三世纪初，罗马人的宗教迫害启动了基督教的"殉教时期"，有大批教徒甚至女童，主动挑战罗马权威，甘受酷刑而处死。以身试法的非暴力抗争，即殉教，是宗教的一种极端行为，在初期，基督教教会对此殉教显然是完全正面评价的。正因为如此，这样几近狂热的宗教热情会在民众中迅速传染，"殉教"才会一波接一波地高涨而形成"时期"。

宗教信念都是个人化的体验，所以当时即使殉教人数众多，也是分散的个体事件的集合。七百年后，在十世纪的西班牙南方，基督教再次受到伊斯兰教的压制，又发生新一波非暴力挑战的殉教浪潮，使得双方民众情绪激昂达到巅峰状态。这一次，基督教的主教们终于认识到非暴力挑战隐含了民众情绪失控的负面隐患，那些牺牲是不必要、不值得鼓励的。于是谴责挑战行为。替代的解决方案是两个宗教的高层政治交涉以达成妥协。历史在作出指点，哪怕是宗教性的社会改革，面对非公正权威，还是可能有两种不同的思路和处理方式。

这么说来，甘地的非暴力似乎并不能算是一个发明。可是他被称作"非暴力之父"是当之无愧的。"信仰"本身是宗教，而"争取信仰自由"却是政治概念。群体以非暴力抗争达到某个政治目标，就转变成了一种政治手段。甘地把历史上自发的宗教非暴力抗争，不仅发展成大规模发动民众的现代政治手段，也发展出相应的一套理论，最后也确实成为达到印度独立目标的重要原因之一。因此在历史上传为"佳话"。不仅如此，此后通过非暴力方式达到正义目标的历史事件，也都追到甘地那里，非暴力变成了一个不必探究、绝对正确的神圣符号。可是事实上，当一个基于个人信仰的个人行为，转化为有人发动有组织的群体运动时，一种质变就在发生，它变得错综复杂，需要具体问题具体分析了。

甘地的非暴力言论很多，像《甘地自传》这样的书也不少。这些言论大多是类宗教的信条。例如："非暴力抵抗精神的获得，是一种自我否定和欣赏我们自身内部潜力的长期训练，它改变一个人的人生观……它是最伟大的力量，因为它是灵魂的最高表现。""我的一贯经验使我确信，除了真理以外，没有别的神。""非暴力的两个基本点是：1. 非暴力是最高法或宇宙法。2. 除了真理没有任何别的法。"而"非暴力"就是他追求的占据神位的"真理"。甘地把政治性非暴力的理论，建立在类殉教的信念和热情上。这也是甘地经常宣布绝食的原因，从小母亲宗教性的禁食始终留在他心里。

甘地的非暴力理论要求一个人在遭遇暴力的时候，把热情升温转化到几近狂热献身的状态，却不转为暴力。这就连甘地本人都很难做到，他曾经写道："没有自我纯洁，要遵行非暴力的法则也必然是一种梦想……然而自我纯洁的路程是艰难而崎岖的。一个人要达到完全的纯洁，就必须绝对摆脱思想、辩论和行动中的感情；超越于爱、憎、迎、拒的逆流之上。我知道我自己还没有达到这三方面的纯洁，虽然我在这方面一直进行着不倦的努力。"所以，非暴力成为政治行为时，它的潜在问题是明摆在那里的：这就像做一个很难控制的易爆化学实验一样。你怎么可能使得情绪被煽动、相互感染的非理性庞大群体都如同一个个人那样"纯洁"到位，在强烈的刺激下保持恰如其分的分寸，而不是被激怒转为暴力？它当然和人的整体素质有关、和社会环境有关、和对方的反应有关。甘地说："经验教导了我，文明是非暴力反抗中最困难的部分，这里所说的文明并不是指在这种场合讲话要斯斯文文，而是指对于敌人也有一种内在的善意的胸怀。这应该在非暴力反抗者的每一个行动中表现出来。"当时的印度，还是一个理性传统薄弱的国家，大众整体教育水平极低，就是今天还有一半印度人不会读或者不会写，甘地说的更是近一百年前的印度。

　　"非暴力"如今如此深入人心，是大家基于字面理解，以为它绝对"没有"暴力。其实事情不可能那么简单。作为政治手段的非暴力运动、不服从运动，假如简化理解，不顾外部客观条件、不分青红皂白盲目推行，推出暴力、推出悲剧来是很可能的事情。虽然甘地一再指出："我坚决认为，带领人民进行非暴力反抗运动的领导人，应当能够把人民保持在所希望于他们的非暴力界限以内。"这也是典型的"甘地"特点，言论语录大多是无懈可击的真理，可是与当时的现实很可能是脱节的。在甘地领导的非暴力运动中，也一样连连引发暴力。

更何况，甘地的非暴力并不是"对方主动施暴，此方不暴力反抗"的所谓"消极非暴力"，而是要积极挑起对方的暴力。他认为："在我看来，没有一种直接的积极的行动，非暴力就是无意义的。""我想使弱者的非暴力变为勇者的非暴力，这可能是一个梦想，但我必须努力使之实现。""不是通过把苦难强加给抵抗改革的人，而是通过自己承受苦难而达到改革的目的。因此，我们希望，在这个行动中，通过我们所受的深重苦难，可以影响政府。""苦难"到什么程度呢？"把生命奉献给自己认为是正当的事情，是非暴力反抗的核心。""一个非暴力反抗者绝不可能逃避危险，不管他是在许多同伴中还是独自一人，只要他是战斗而死的，他就是充分履行了他的职责。""勇敢在于赴死，而不在于杀戮。""正像一个人在暴力的训练中要学习杀戮的艺术一样，一个人在非暴力的训练中也必须学习死亡的艺术。"这让我想起基督教历史上的"殉教时期"。而那时，殉教也还不是教会组织的群众运动。

很典型的是那次著名的盐税抗争，事先规划是发动两千五百名志愿者以非暴力但是违法的方式强行进入盐库取盐。不久前，我在印度大街上看到的印度警察还是当年的传统装备，就是一人一根粗竹棍。我亲眼看见一个牛车上的印度人，不知犯了哪一条，被交通警上去就是一棍，街上车水牛龙，没有人抗议。我目瞪口呆，路人熟视无睹。可见在1930年5月21日那天，盐库的几百个印度警卫会如何应对"抢犯"。面对数量十倍于自己却一排排冷静走上来的民众，警察们竹棍腿脚齐下。这是甘地的非暴力追随者精心训练挑选的敢死队，他们一排排上去挨打、头破血流不还手，但是坚持要突破法律界限闯入盐库，直到倒地不起，实践甘地的非暴力精神"勇敢赴死"。这种血腥结果是符合预料的，后面的医疗队早就准备好包扎绷带，等候在那里。也事先通知了外国记者，要把这"苦难深重"的场面亮给政府看，也是亮给世界看，使之成为对英国政府的压力。这一非暴力行动的结果，警卫打伤三百二十人，死亡两人。

更多的是在这种非暴力运动中的情绪激化或矛盾激化，导致双方都有失控，之后形成恶性循环。例如，1921年的非暴力运动中，乔里乔拉（Chauri Chaura）的游行民众与当地印度警察发生冲突，混乱中警察开枪，大多历史书称并未有民众被击中死亡，读过一本书说是朝天开枪，也有一本书说是有人被击中死亡。总之激怒的民众把二十名警察和一名更夫锁入警察局，放火全部烧死。最后甘地被迫中止这次的"非暴力"运动。

当然，对实施暴力的警察，世界舆论的反应自然是强烈谴责。可是回顾历史，是否也可以引出一个问题：以这样的"非暴力"挑起可以预见必定要发生的"暴力"（不可预见的不算），是不是解决问题的唯一方式？盐税不合理，在政府税收中的比例却很低。是否可能通过另外的方式解决，例如修正立法。印度当时的自治推进幅度相当大，1935年英国人制定的《印度政府法》，使得参加印度普选的选民已经达到三千五百万，其中包括六百万妇女和三百万"贱民"，国大党通过选举获得的议会议席高达百分之七十。

这另一条道路，是从制度本身切入：逐渐改善民生，进而进行政治改革、社会改善，这条路很早就由于西风东渐而在印度深入开展。印度一直有自己的政治精英参政，在英国统治的区域争取扩大自治权，本土精英们很早就从立法切入，渐进改革。在甘地只有三岁的1872年，梵社领头，就促使政府颁布《婚姻法》，禁止童婚、禁止一夫多妻、容许寡妇再婚以及种姓之间可以合法通婚。其实，虽然甘地不赞成对种姓之外"不可接触者"即"贱民"的歧视，却并不反对不同种姓不可通婚的制度。而直至今日我看到的印度，种姓制度仍然是非常普遍的事情。这不仅说明了印度的社会文化黏稠度——从立法到推行极为困难，更说明了这个社会当时要进入近现代社会，建立法治和民众的法治观念，是重要的事情。

所谓先发社会的强国对后发社会的弱国经商入侵甚至建立殖民地，从现代角度去看，无疑是非正义的，从历史角度去看，虽"错"却也是一个历史必然。欧洲的东印度公司进去的时候，印度还是个古代社会，印度次大陆各类征服者你来我往，不是什么稀奇事情。同样，随着人类进步、民族意识觉醒和现代国家意识确立，殖民地逐渐要求民族独立，强国或被赶出去或和平退出或者与殖民地转为联邦关系，也同样是历史的必然。可是，民族觉醒和殖民后退之间，必然有一个时间差，二者是不同步的。前者以什么方式推进？在暴力甚至战争以及甘地的非暴力运动之外，也还存在一些其他道路。

印度另一个政治领袖真纳，就赞成另一条思路。真纳的气质风格和甘地完全相反。他受到很好的教育，思维敏捷，是一个成功的律师，也是一个宪政主义者和立法人。在历史变化中的英国殖民政府，面对百年复杂局面，法治状态也有过多次反复。真纳也曾在法治倒退的低谷时刻，愤而退出立法议会表示抗议。可是他的基本态度是个法律人，他始终反对甘地以群众运动对抗不合理法律的做法，他公开批评甘地的群众运动到哪里，哪里就开始混乱。他不赞成甘地经常以发动成万成万的民众主动违法入狱的做法。他反对甘地的非暴力抵制，这些抵制包括拒绝纳税、拒绝服兵役、印度公务员全

印度国大党创始人真纳

部退出公职、印度法律工作者退出工作抵制法庭、学生全部离开公立学校、焚烧洋货和抵制英国纺织品等等。在甘地的号召下，青年学生成为非暴力运动主力，纷纷退学"杀向社会"。在这次运动中，有三千名研究生、六千多名大学生和四万多名中学生退学。当时不但暴力冲突和死亡不断，更有民众连续挑战法律、自动入狱，"以前被社会认为是不光彩的入狱，现在被看作是爱国主义的最高奖赏"。

作为国大党创始人，真纳认为甘地改变了国大党成立的初衷。在独立之前，逐步扩大自治、大幅增加印度人为政府公务员、健全法制、发展现代教育，曾经是印度知识精英长期努力的目标。而现在在非暴力不合作的口号下，在制度建设和法治建设上倒行逆施，最终伤害的可能是印度的长远利益和民众利益。例如，后来的印度女总理、当时还是小女孩的英·甘地就因此离开学校，聘请家庭教师读书，可是并非每一个印度孩子都能够有这样的条件。

如甘地对泰戈尔说的，他"夜以继日，绞尽脑汁"只是要找一个再次发起非暴力运动的突破口，反盐税就是他找到的突破口，这只是逼迫英国人的一个手段，目的并不是盐税本身。采用长期、持续不断的非暴力群众运动，是个紧逼盯人的策略，因为不论怎样，对方都是输家。它的目标是快速的根本变革，在印度当时的情况下，是以支付正在行进中的法治和制度建设为代价的，印度民众本来就薄弱的法治观念也被毁坏殆尽。真纳在给甘地的信中说："你的方式已经在迄今为止你所接近的几乎每个组织中，以及在国家的公共生活中，引起分裂和不和，全国民众都在铤而走险，所有这一切都意味着彻底的无组织和无秩序，其后果如何，我焦虑地注视着。"

在甘地、真纳不同态度的背后，还隐藏着一个古代社会如何应对近代化现代化全球化的问题。英治印度从古代社会进入近现代的同时，英国本身也经历了工业革命，先发工业国家向滞后的农业国大量收购原料，反过来倾销成品，也是残酷却无法避免的历史现实。对于生产力处于古代水平、自给自足的印度，必然带来巨大冲击。例如，印度的一个突出问题就是土布和洋布的转化。英国突然发展了纺织工业，就收购大量棉花并反销廉价的机织洋布，使得印度成千上万的土布织工突然失业陷于绝境。究竟是积极应对"转型"，还是坚持古典生活、反抗被纳入近代化轨道，是一个决定命运的选择。这也是甘地和真纳们的分歧所在。问题不是人最终是否应该回归自然的哲理讨论，问题是：在印度当时的时间、条件、地点之下，究竟什么是历史的必然。甘地自己从此一身土布"拖地"，要求全国民众回归土布手摇纺车时代，尽烧价廉物美的洋布，要求国大党人必须以每日亲自纺纱若干作为党费交纳。最后实在无法推行，不了了之。而真纳对这种勉强拖住历史车轮的观念和做法，不屑一顾。

用纺车纺纱的甘地

　　甘地作为一个民族英雄，在当时就风靡全球，包括风靡英国。它的历史背景是：包含英国在内，强国对殖民历史本身普遍的反省和道德谴责；甘地大量反暴力哲人格言，展现出的对民众的号召力。一身"拖地"纺纱和东方式神秘，不断入狱绝食的政治道德形象，都使甘地成为世界偶像。很少有人去想，将一种类宗教的追求，转化为和法治逆向的实现政治诉求的手段，在一个两亿多低教育人口的大国付诸实践，必定会埋下隐患。而甘地的非暴力不仅在实践中出现种种问题，在理论上也走向极端，逻辑混乱，令人困扰。1936年8月，甘地曾经接见中国国民党元老戴季陶，表示中国进行的抗日战争，便是没有奉行非暴力主张。不久甘地接见世界基督教领袖，再次提到："不管怎么说，中国不是在实行非暴力。它能英勇对日抗战，说明中国从来没有非暴力意愿。如果说它只是自卫，从非暴力原则来说，这不是理由。"他说："从非暴力主义者的立场来看，我必须说，以一个拥有四亿人口的中国，来对付一个开化了的日本，还是不得不以日本人的同样手段来抵抗日本侵略，我以为这是不适当的。假如中国人有我这样的非暴力信念，就不需要和日本人一样的最新毁灭手段。中国人可以告诉日本人，'带着你们的毁灭手段来吧，我们以两亿人给你，可是剩下的两亿人我们是不会屈服的。'假如中国人真的这样做了，日本人就会变成中国人的奴隶。"

作为个人来说，任何作为个人立场的和平主义信念，都是必须得到尊重的，"二战"期间，英美都有甄别"基于宗教信仰的和平主义者"的机构，得到确认的公民可以免服兵役，以保护宗教自由。甘地不一样，他的非暴力不仅是个人信念，还是要广泛发动的群众运动，他有关战争的理论和信念，要扩大向全民宣扬，要发动整个印度民众抵制协助盟军参战。英国的印度总督接见了甘地，表示尊重他的个人信念，却希望他不要在反法西斯战争的紧要关头煽动民众反战，也不要动摇作为盟军一部分的印度军队的军心。在战时，这样的煽动是违法的。甘地不顾第二次世界大战中世界危急局势，以及战时状况的特殊，反而认为，是否容许公开宣扬，是在捍卫"言论自由"。而"言论自由以及相关行为，是民族生活中不可或缺的。而宣言以非暴力替代战争，正是拯救西欧免遭屠杀的福音"。

总督两度与甘地会谈，总督认为，甘地作为个人并非没有言论自由："你是彻底反对履行作战义务，并且已经公开表达过了。"总督说："但是我不能让你向别人，向战士或军工厂工人，进行反战宣传，削弱民心士气。"总督告诉甘地，在"二战"危急关头"说是反战而不危及印度利益，是不可能的。这个利益也包括了你们要求的言论自由"。总督的意思很简单，假如纳粹和日本军国主义获胜，印度的利益和自由也都不复存在。

而甘地仍然坚持己见，发动了十四个月的非暴力反战宣传运动，有两万五千人因此陆续被捕，却也很快尽数释放。不久，德军攻入苏联，然后珍珠港袭击事件爆发，日本投入远东战争。争取反战之"言论自由"的非暴力运动在印度也越来越不得人心，难以为继，最后草草收场。

国大党一些领导人和甘地想法不同，他们一直希望借第二次世界大战的机会，以战争配合来作有关快速独立的政治交易。多年来，印度的自治权一直在不断扩大和加强，此时英国政府承诺印度再次立宪，印度作为自治领，建立自己完全的民选政府。可是鉴于战争局势，在此之前，仍由原来政府负责国防事务，使印度成为整个反法西斯战局的一员。实际上，此刻的印度政府已经相当"印度化"了。而甘地要求的是"立即完全"的独立，由印度立即接管国防和军队。那是1942年，不仅中国，整个东南亚危在旦夕，这样的条件是英国政府不可能接受的。在甘地起草的国大党决议中，说立即独立方案的挫败，"已经在印度迅速引起广泛的仇英情绪，并且满意日本的军事胜利"。

就在"二战"局势最紧张的关头，甘地"积二十二年斗争经验，动员所有的力量"，发动领导了最后一次大规模的非暴力运动。印度政府以总督名义发表了一个国务会议的决议："国大党正在从事某种非法活动的准备，甚至已发生暴力事件，破坏通讯和公共事业，煽动罢工，妨碍公务，阻碍政务，政府曾对此容忍，希望自行修正而无效果。对此挑衅，政府被迫起而应对。"此时若"采纳国大党要求，印度会立即变成无政府状态，使印度为人类自由之共同目标所做的努力，全部失败"。随后，甘地和他的秘书被逮捕软禁，家属可随行照顾生活。七天后甘地秘书心脏病突发而死。他的死亡引发民众猜忌，立即爆发全国流血暴动，攻打警局，暴乱中各地也发生警察开枪，全国死亡超过九百人。

"二战"结束，英国人开始履行撤出的承诺。一次次甘地带领的"非暴力运动"，因其轰轰烈烈，成为独立进程最抢眼的标志。其实，这是一个复杂推动的历史结果。有双方无数政治家的努力，也由于双方的历史前行而推动进步。英国从东印度公司开始，到后来女王下诏，直至离开，有两三百年的过程，英国本身也在经历惊人的变化，包括英国对各殖民地的看法和做法，都有本质的改变。香港也是一个例子。

甘地说过："假定有一种人，决心不屈服于暴君的意志，暴君就会感觉自己的恐怖手段无效了。如果有足够的食物去填塞暴君的嘴，终有一天他会感觉不消化。假如世界上所有的老鼠都开会，决定它们都不再怕猫，大家跑进猫嘴，那时老鼠就都能活命了。"这是甘地一个极端的说法。至少很多人相信，印度独立是甘地的非暴力敢死队挑战暴君胜利的单方面结果。实际上，这也是英国的政治和制度改进的结果。三百年来，英国从一个老牌殖民者，变为"二战"中进步力量的代表之一。

英国人撤出印度的计划，其实很早就基本定下来。只是具体怎么做的问题：是作为英联邦中一个自治领还是彻底独立。如何定位一直是需要五百多个小邦国双方政治家反复协商的。长期以来，印度群众运动中的宗教式的政治热情高烧不退，一个标志就是宗教冲突绵延不断。英国人认为他们此时撤离可能会出现骚乱和动荡的局面。但接近胜利的印度政治家们摩拳擦掌，期望彻底接下这个国家。在外部压力事实上已经撤出的时候，内部宗教冲突开始激化，印度变得像个火药桶了。

甘地引发非暴力运动的具体诉求，只是一个发动运动的"由头"。支持"哈里发运动"也是如此。自古以来伊斯兰帝国实行政教合一的哈里发制度。最终在1924年由土耳其的凯末尔废除古制。在此之前，印度的伊斯兰社区，要求英国和土耳其签订合约时保障传统的哈里发制度和哈里发的地位，甘地也动员印度教民众支持"哈里发运动"。相反，作为穆斯林的真纳，却和"哈里发委员会"保持距离，也反对甘地的做法。非暴力反英运动纳入宗教诉求之后，引发的暴力遂不可收拾。甘地叫停后，印度教徒很容易就停下来，哈里发对他们来说，本来就是莫名其妙毫不相干的事情。可情绪被煽到高潮的伊斯兰群体，顿时觉得自己被印度教徒出卖。此后几年，印度教和伊斯兰教发生了几十次大规模的暴力冲突，大量死伤。这些冲突又催生了双方的宗教极端组织。伊斯兰占印度人口的四分之一，很长时间，穆斯林联盟的诉求是他们要作为一个独立政党和国大党平等，而国大党更多时间表现出来的是一党独大的傲慢：要求对方解散，成员加入本党，然后分一定比例席位给他们。

英国人离开之前的宗教和政治冲突，是印度已经高度政治自治的结果。而甘地和国大党都曾表现出对少数社群的忽略与不尊重。各省立法议会开会，首先演奏反伊斯兰教的"民族歌曲"；国大党管辖的各省，学校课本内容都是对印度教的宣言。穆斯林的呼唤祈祷被禁止，清真寺的礼拜被袭击，甚至发生印度教徒作伪证，诬陷整个穆斯林村庄所有村民都参与谋杀。在作为少数群体的穆斯林没有安全感的时候，国大党又不愿意和他们的代表合理分享政治权力。

穆斯林政治精英在很长时间里，一直坚持要维持一个完整的印

甘地的葬礼

度。可是终于失望，萌生去意，要求成立自己的巴基斯坦国。政治谈判不成，从穆斯林联盟号召"直接行动"的抗议开始，直至后来分治期间的暴民互相残杀，印度沦为自相残杀的杀戮场。在甘地领导印度独立运动的四十多年里，双方失控，导致警民共将近八千人死亡；在英国人撤离的一年之内，印人自相残杀约达一百万人[1]。最后，甘地以"圣雄"的声望，用绝食平息骚乱，创造了最后一个奇迹。

的确，一年如此杀下来，也该罢手了。而甘地本人最后被印度教极端分子刺杀，有如求仁得仁，给一个非凡人物一生追求的事业，画下一个圆满的句点。

---

[1] 在写《我也有一个梦想》时，我曾简单提到这一段历史。我当时采用了我见到的最小数字，死亡四十万人。后来查阅不同资料，大多认为没有准确数字，历史学家们估计死亡在一百万人到两百万人之间。

此后，世界各地成功的非暴力抵抗，都加在甘地的功劳簿上，也就很少有人再问：在一个非暴力的故乡，在非暴力的理论和实践盛行四十多年后，殖民者终于撤离了，但为什么会充满如此暴戾的血腥之气。

非暴力是否成功，不是单方条件能够决定的。挑战一个有法治传统的政府会产生作用，对日本军国主义政府、希特勒的纳粹政府是无效的。更不要说以非暴力反侵略了。其次，作为一个政治手段，非暴力抗议不是一个简单的概念，号召者并不能因为"非暴力"三个字就占据一个永远不错的道德高位和自诩"政治正确"。不能因此就可以不负任何责任。在明知对方可能使用暴力、可能导致大量民众流血牺牲的时候，领导者是应该有所顾忌的。非暴力抗议和民众的素质也有关。在民主和法制健全的国家，民众对政府做法不满意，决定大家有时间限制、有条件限制地抗议表达，是一种非暴力抗议方式。而在一个社会条件不成熟、民众自控能力差、法制不健全的社会，进行大规模、无休止、具有挑战性、不达目的誓不收兵的非暴力运动，又是另外一回事。后者很可能引发大规模暴力流血的后果来。这和它的对象有关，和要达到的目标、方式、时机等等都有关。总之，非暴力概念被引入政治领域后，是一个非常危险的武器，也是一个非常复杂的课题。甘地的非暴力绝非和平概念，那是时时提到死亡和献身、介于和平与暴力之间的一种政治手段。

发生在甘地和印度的非暴力历史，可以说也是一个无可避免的历史存在，可是事后我们假如沉醉于张扬自己的道德感，一味地神化和美化这段历史和"非暴力"的概念，可能是一种很轻率的态度。后代政治家运用非暴力手段时，其实必须非常负责任地、谨慎地对待。

亚马逊热带雨林里的信仰之路

很久前，曾读过一个美国传教士与南美热带丛林中瓦欧达尼部落（Waodani）的故事，当时印象很深，后来又渐渐开始淡忘。

前不久，遇到一对在美国住了二十多年的华裔夫妇。我们是老朋友，却很久不见面了。问起他们的孩子，这才知道，他们的大儿子读了军校，小儿子却一边读书，一边用自己筹来的微薄资金参加海外传教活动，正在筹备去非洲。这对朋友自己都不是基督徒，父亲感慨地说，美国文化的吸引力真是很强。这句话让我心中一愣。

想起住在美国的一些朋友，即便他们都来自以无神论为主流的故乡，现在却有很多人走上了一条以前不曾想到的路途。我也想到，自己过去想到美国文化，先冒出来的总是眼花缭乱的好莱坞、百老汇或者麦当劳。美国历史短，它的文化也很自然被看作是"速食文化"。很少有人从文化角度来描述美国属于潜流的宗教影响，也很难深入探究信仰者的精神世界。

就在此时，我又读到那个五十年前故事的意外续篇，就想把整个故事讲给大家听。

五个普通年轻人

那是在1956年，故事的主角是美国人眼中的标准邻家孩子。他们曾经是普通的年轻大学生，还有"二战"战场上回来的年轻士兵，因为第二次世界大战期间，适龄男青年上过战场的很多。这五个年轻人是：

吉姆·埃利奥特（Jim Elliot）来自俄勒冈州，在大学里是"学生海外传教会"的主席。他在费城认识了一个叫伊丽莎白（Elisabeth Howard）的基督徒女孩，不久相爱成婚。

皮特·弗莱明（Peter Fleming）来自华盛顿州的西雅图。他比吉姆·埃利奥特小一岁，二十七岁，刚刚拿到他的文学硕士学位。他娶了青梅竹马一起长大的奥莉弗（Olive），美国人说起来是"童年甜心"。

埃德·麦卡利（Ed McCully）来自威斯康星州的密尔沃基。他读大学的时候是班主席，还是个橄榄球明星。后来获得奖学金，去马凯特大学（Marquette University）法学院深造。故事发生的时候，他的妻子玛丽露（Marilou）已经怀了他的第三个孩子，一家四口在等待新生命的诞生。

罗杰·尤德里安（Roger Youderian）来自蒙大拿的农庄，"二战"中是一名空降特种兵，参加过著名的阿登森林战役（the battle of the Bulge）。从战场上回来，他跑到美国北端的明尼阿波利斯，重新续上被战争打断的学业。他结识了后来的妻子巴巴拉（Barbara），一起参加了福音传教会。

Roger Youderian　Pete Fleming　Jim Elliot　Nate Saint　Ed McCully

五个年轻志愿者

　　纳特·萨因特（Nate Saint）是"二战"中的空军飞行员。他在军中认识了当护士的妻子坞吉（Marj），有了三个年幼的孩子。

　　萨因特是一个喜欢思索的人。美国军队有随军牧师的传统，军中牧师主持战场上的葬礼，也主持士兵们的弥撒。萨因特和许多年轻士兵一样，在战斗间隙阅读《圣经》。"二战"是一场异常惨烈的战争。战争的残酷，或许使得萨因特有了一些平时所没有的感悟。早在1943年，萨因特和战友们在战斗间隙聚会，讨论如何改变人的心灵，讨论自己能够点点滴滴做些什么。他们是飞行员，就自然想到一个主意，在战争结束后，他们可以利用飞行技术做一些特殊贡献。有了飞机，一些以前进不去的蛮荒之地，以后就可以进去了。

　　其中一个飞行员，吉姆·特拉斯顿（Jim Truxton），等不到战争结束，就在1944年的战场上，筹备了一个"传教航空联谊会"（Mission Avitation Fellowship）。这个简称为MAF的传教组织在"二战"结束的1945年正式成立。1946年他们筹款买了第一架飞机。在这一年,一位名叫贝蒂·格林(Betty Greene)的女飞行员,就驾驶着MAF的新飞机,深入墨西哥丛林开始工作了。

萨因特是这几个年轻人中最早涉入厄瓜多尔丛林传教的人。他从1948年开始,就为MAF在厄瓜多尔工作。在那里,陆续到来的这五个年轻人成了好朋友,其实那是五个家庭。他们的妻子带着孩子,始终和丈夫在一起。他们在美国都有过很不错的生活,也有人来自富裕的家庭,所以五十年代他们就在一些家庭影片中留下自己的影像。在这些留存的资料影片中,他们年轻、快乐,欢天喜地的和朋友们聚会、跳舞、恋爱,和今天我们身边的年轻人没有什么区别。就在一边轻轻松松享受战后好日子的时候,他们一边在做决定:收拾行李,然后去一个完全不同的地方生活。

在厄瓜多尔工作期间,他们第一次听到一个名字,"杀手奥喀斯(the killer Aucas)"。那是南美印第安人的一支,是一个仍处于石器时代的原始丛林部落群,生活在与世隔绝的雨林深处。在厄瓜多尔,谁都知道,那还是一个完全封闭的、生活在原始状态的种族。他们解决自己内部矛盾的主要方法,就是杀。杀戮带来仇恨,仇恨引出更多的杀戮。偶有外人闯入这个地区,也莫名其妙地就被杀掉。"奥喀斯"也就成了传说中的嗜血部落。

蓦然想到,我们今天自诩为文明的人们,其实也常常无法走出蛮族的逻辑。奥喀斯理论也是我们今天现代人的理论。受到伤害,理所当然复仇。再有,如果我不杀你,你就要杀我,杀人也就成了生存的选择。多少学者在用逻辑推理,依然无力把自己推出这个恶性循环。

丛林之外的厄瓜多尔人，虽然害怕"杀手奥喀斯"，却也心安：好在"杀手"们深深锁在亚马逊河的支流库拉赖河（Curaray River）附近的热带雨林里。只要不去那里招惹他们就可以，反正他们绝对杀不到外面来，随他们自生自灭好了。

这五个年轻的美国志愿者，却决定深入雨林，去寻找到那些奥喀斯人。他们的想法很单纯，杀戮是心灵的黑暗，不应该让奥喀斯人生活在黑暗中。对他们来说，无所谓蛮族，大家都是上帝的孩子，都是平等的。这是基督教的概念，这个概念引出的法律面前人人平等，深刻地影响了他们故乡的文化形成，而他们是在这个氛围中长大的。对他们来说，奥喀斯人留在这样黑暗的状态中，只是因为他们"不知道"，他们不知道这样的状态，叫作"黑暗"，不知道人还可以选择另一种状态，就是"光明"。而自己的使命，就是"告诉"。这些青年当时还不知道，他们将进入人类史上最危险的一个群落。后来的专家发现：上溯五代人，奥喀斯人的死亡人口中，有一半是被自己人杀掉的，包括不能自食其力的老人。

厄瓜多尔当地人警告这几个外来的青年，那是一个最危险的地区，那里的人"只认长矛"。但他们说，所以我们应该去。

用生命来尝试

对这五个年轻的家庭来说，他们的目标就是想用和平的福音，去停止一个原始部落的杀戮长矛。

这就是当初传教航空联谊会（MAF）成立时的构想。他们有了MAF提供的小型飞机，就有可能去人迹罕至的地区，履行自己的使命。他们的小飞机涂着亮黄色，很是醒目。飞机先把他们带到一个传说中奥喀斯出没的地区附近，然后，在一片潮湿闷热的密密雨林中，他们建起营地来，与野兽和蟒蛇为邻。与外界的唯一联系，就是MAF给他们的无线电通讯设备。

他们差不多都是来自凉爽的美国北方，却要适应亚马逊流域热带原始森林的环境，不仅是男人，还有女人和他们的孩子。在此后留下的资料影片中，有一些是他们营地的生活状况，那是五个家庭聚成的大家庭，艰苦却也快乐。他们的表情是平和而快乐的，显然他们知道他们要做什么，虽然并不清楚将有什么在等待着他们。

他们开始寻找奥喀斯部落的踪迹。每天，飞行员带着同伴出航，在一片绿色的雨林上空盘旋寻觅。他们终于发现，在密密的绿色之中露出一个被开拓出来的"斑点"，那是人的聚落！虽然"找到"了，可是根据以往有关奥喀斯部落和外界偶遇时的杀戮记录，立即展开面对面的接触几乎不可能。

就在他们努力的同时，萨因特的姐姐瑞秋（Rachel Saint）也在附近参加类似工作。她在厄瓜多尔人的茶叶农庄里，巧遇了两个干活的印第安女孩，原来这两个女孩是躲避同部落男人的追杀而逃亡出来的奥喀斯人。瑞秋开始和她们做朋友，这才知道，她们把自己的部落叫做瓦欧达尼。瑞秋把其中一个叫作达玉玛（Dayuma）的女孩带到自己住的地方埃兰（Ila），向她学习部落语言。如同拨开密密丛林，通往"杀手奥喀斯"部落之路，终于隐隐露出来。消息传来，吉姆·埃利奥特风尘仆仆，特地赶到埃兰，向达玉玛学了一些最基本的交往语言。

就这样，他们一步步在朝着目标往前走。

在美国家里的时候，有一次萨因特在铅笔上拴了一根绳子，捏着绳子的端点画圈，然后对妻子解说，他们没有直升机，他在考虑怎样利用小飞机绕圈飞行，控制直径和速度，使吊在下面的东西能够"定点"。现在，他们就运用自己发明的"技术"，开始尝试间接接触，为此他们还改进了飞机。1955年10月，在瓦欧达尼部落的上空，他们"定点"地送下去一个篮子，篮子里是五个家庭精心准备的礼物。看到收上来的篮子空了，他们觉得：已经又向前走出了一步。

11月12日，他们还是像往常一样送下礼物。这一次，收上来的篮子不是空的，篮子里系着一只大大的、美丽的热带鸟，那是来自奥喀斯人的礼物！回到营地他们兴奋异常。五家人一起商量，他们是不是要冒险向前再走一步。他们觉得，"面对面接触"的时机，似乎已经来临。

这一步他们迟早会走出去，只是什么时候、如何走的问题。他们还是很小心地策划着。一个妻子提出来：她们随丈夫一起从库拉赖河进入，把营地往里再移一步。丈夫们反对：太危险，还是他们先进去，建立一个临时营地。他们已经从飞机上看好一个河滩，那里可以起降小型飞机。五个年轻人都自愿要去。

1956年1月3日，他们在营地举行了最后一次祈祷聚会，然后飞往距离奥喀斯部落四英里的库拉赖河畔，一次次地运送材料建立了临时营地，还在大树上搭建了一个"树屋"。他们把这里叫作"棕榈滩"。对于他们的妻子们，那是一段非常紧张的日子。他们都知道，以前有一些和他们一样的人，因为做同样的事情，结果被南美印第安人杀死。在1944年，就有四个义务工作者被杀死在玻利维亚的丛林里。因此，"棕榈滩"经常和营地保持无线电联系，营地再向MFA通报情况。

三天后的1月6日，"棕榈滩"上终于出现了三个瓦欧达尼印第安人，两个女人，一个三十岁男人。志愿者们自己称那名男子"乔治"，几年后才知道，他叫尼奇维（Naenkiwi），一个才十几岁的女孩正是达玉玛的妹妹吉玛利（Gimari），那个妇人是她的姑姑明塔卡（Mintaka）。吉姆·埃利奥特试着用学来的瓦欧达尼语，加上手势和他们简单交流。传说中的"杀手奥喀斯"看上去似乎并不可怕，他们也好奇，也一样微笑。应"乔治"的要求，萨因特用小飞机把他带到部落上空，他高兴地探出身子，对下面大喊大叫。第二天，一对男女印第安人离开回部落，讲好隔天再来。看来一切都正常。

1956年1月8日，纳特·萨因特用飞机的设备呼叫营地，把这一切通知妻子，他们估计大约下午两点半，印第安人还会来访。萨因特答应在四点三十五分再次与营地联系。

可是，从此再没有传来他们的呼叫声。他们失踪了。

五个年轻志愿者失踪的消息传回美国，立即有志愿者组成搜索小组。在他们的失踪地点附近，一名飞行员从空中俯瞰，发现河里有尸体。情况不明，降落条件困难，飞行员不敢贸然下去。美国有许多类似的民间组织和个人，为了自己的理念在海外活动，例如中国抗日战争期间大名鼎鼎的飞虎队，一开始就是这样一个由飞行志愿者组成的民间组织，而不是政府派出的军队。在一般情况下，绝大多数民间活动由于规模小，美国政府都并不清楚。可是，一旦发生在海外的美国公民有危急情况，政府自然有责任救助。但是人不在美国本土，涉及主权问题，政府出面救助有时就很困难。最后，美国和厄瓜多尔达成谅解，由美国空军的直升飞机，进入这个地区实行救援。

五个年轻人都找到了，他们被长矛多次刺杀至死后扔在河中。飞行员萨因特被砸碎的手表上，时间停留在三点十二分。

通过媒体的报道，消息已经传开。因此，在美国空军派去厄瓜多尔的救援飞机上，还载着一些报刊记者，其中就有著名的《生活》（*Life*）杂志的匈牙利裔摄影记者康奈尔·卡帕（Cornell Capa）。

康奈尔·卡帕是"二战"期间最著名的战地摄影记者罗伯特·卡帕的弟弟。罗伯特·卡帕拍摄过大量1936年西班牙内战和"二战"期间反法西斯战争的照片，也拍摄过中国的抗日战争，最后死在1954年越法战争的采访拍摄中。他的一系列传奇故事和精彩的战地摄影世界闻名。康奈尔·卡帕的摄影风格有些不同，可他也是个非常踏实的摄影记者，有精细的艺术感觉，也对重大社会事件和政治事件具有特殊的职业敏感。他们兄弟二人的摄影作品近年还一起在日本展出过。

康奈尔·卡帕拍摄了整个过程，从寻找失踪者到最后一名殉难者被葬入坟墓。在为《生活》工作之前，康奈尔·卡帕本人和这次失踪的萨因特一样，也曾是"二战"中的美国空军飞行员。料想这个特殊的航空联谊会与昔日战友的特殊选择和遭遇，一定先震撼了摄影家本人，所以，他感性的新闻照片才和《生活》的报道一起，震动了所有的人。有人说，这一类的殉难事件很多，一般都不为人知晓，是康奈尔·卡帕的摄影镜头，才使得这一殉难事件成为二十世纪美国最重大的新闻事件之一。

这个区域仍处于危险状态，美国空军的任务是救援，虽然救援人员都有武器，也要尽量避免冲突。因此，死者被匆匆在当地安葬，五个家庭的遗孀没有能够去墓地送行。1956年1月13日，空军的直升飞机在离开之前，特地带着她们，围绕亲人遇难的沙滩和墓地的上空飞行以告别。

几年后才得知，有五个印第安人攻击了他们。五个被杀害的年轻志愿者中，有两个是"二战"战场上回来的士兵，在总部的坚持下，也都带了自卫防身的手枪。可是在生死关头，大多没有开枪而束手被害。后来知道，只有一个志愿者最后开了一枪自卫，致使一名攻击者受伤，在回去很久之后死去。可以想象，假如他们都积极自卫，绝不会是这样的结果。一位遗孀对这样的结果却并不意外，她回忆说：丈夫临行对她说，不论发生什么，我都不会动用武器，"对于进天堂，我已经准备好了，可是他们却还没有"。

直升飞机载着所有的遗属和孩子，全部撤离。

故事并没有结束

第一次读这个故事，就是到这次撤离为止。年轻生命的倏忽即逝总是给人以触动，更何况五个年轻志愿者的经历如此特别、结局如此惨烈。可是怎么说，故事也该结束了，虽然它还留下一个悬案：救援人员从"棕榈滩"捡回了殉难者留下的相机，胶片被冲洗出来。那些照片记录了志愿者们在遇难前一天和三个瓦欧达尼人的交往过程，可以看到这是个平常交往，友好、轻松。因此，遗属和所有人心中都藏着个不解的谜：仅仅一天，为什么一个普通交往就会转向一场血腥屠杀，究竟为了什么？

这个谜底似乎是无法揭开了。

照片中纳特·萨因特
与瓦欧达尼人友好相处

　　一个浪潮掀过之后，一切归于平静。没有想到的是，瓦欧达尼
部落的故事还在被默默地写下去。整个事件对美国来说，只是个民
间新闻故事。在美国，这样的事情不会有任何来自官方的树立典范
的宣扬。没有官方推动，民间行为的持续，只能依托在一个深厚的
文化土壤之上。当时至少有一千名大学生，在这一事件影响下，报
名参与海外传教活动。有不少飞行员受这一事件感召志愿加入 MAF。
对库拉赖河畔瓦欧达尼部落的传教计划没有中止，新的替补飞行员
接替死去的萨因特来到这里。原来的营地在继续运作。

　　还不仅如此。真正让我感到意外的是，两年后的1958年，殉难
者的妻子、家人，会带着孩子回到亲人遇难的地方，继续尝试和那
些杀死了她们亲人的部落民交朋友。还把这样的努力在自己家族里
一代代地传下去。

　　纳特·萨因特从小是由姐姐瑞秋·萨因特带大。瑞秋和另一个
遇难者埃利奥特的遗孀伊丽莎白一起，默默续下了新的工作合约。
信仰令她们没有仇恨，也支撑她们把亲人留下的事业继续下去。对

她们来说，还是原来简单道理的延续：长矛仇杀还没有被终止，就需要有人去"告诉"瓦欧达尼人，把他们从蒙昧的黑暗中领出来。在我们看来，即便有人这样去做，也是一个不寻常行为；对她们来说，却理所当然。正是这一点差别，让我看到自己和她们之间难以轻易跨过的鸿沟。

随她们来到这里的还有已经成为基督徒的印第安人达玉玛。她听说"棕榈滩悲剧"之后，对自己族人毫无意义的动辄杀戮，也感到非常无奈和哀伤，她自己也是这种"文化"的受害者。因此，她想做些什么帮助志愿者们，但却不能贸然回家。时机来临是以后的事情，渐渐有消息传出，当年追杀达玉玛的印第安男子已经死去，是达玉玛回家的时候了。

达玉玛活着回来，令瓦欧达尼部落大吃一惊。通过他们告诉达玉玛的往事，当年谜一般的悲剧经过也被揭开：1956年1月7日，那五个青年志愿者最后一夜住在"棕榈滩"的树屋上。他们一点都不知道，瓦欧达尼部落有五个男人正在准备杀死他们的长矛。决定他们命运的竟然是部落的一件"家务事"。在此之前，部落不满意男子尼奇维和少女吉玛利交往，于是告诉他们，必须在吉玛利姑姑明塔卡看管下，他俩才能够待在一起。就是在这样背景下，三人一起来到"棕榈滩"，志愿者们当然对这些一无所知。1月7日那天，这对恋人独自回到部落。为应付部落的追究，尼奇维谎报说有外来者要追杀他们，在惊慌逃跑之中，他们才离开了明塔卡。部落人信以为真，当场拍板定下这场杀戮。事情荒唐而可悲，可是对瓦欧达尼人，这很正常，为一件小事而屠杀，天天都可能发生。

达玉玛成为志愿者们和部落的一个桥梁。她告诉族人：终生在杀戮中的恐惧生活是可以改变的，并非整个世界都生活在这样的状态下。在她的帮助下，瓦欧达尼人发出邀请。在悲剧发生两年后的1958年，终于等到这一天：瑞秋·萨因特和伊丽莎白·埃利奥特——当年遇难者的姐姐和妻子，一起走进这个杀死她们亲人的部落。那是整个事件的真正转折，她们代表"棕榈滩"遇难群体的遗属们来到这里，不是来报复，只是带来和平，没有仇恨，唯有关心和爱。在这个部落的历史上，他们第一次看到，杀戮有可能并不引出报复。那是一种异质的精神层面的陌生。

带着埃利奥特留下的刚刚学步的女儿瓦莱丽（Valerie），伊丽莎白·埃利奥特在部落里住下来。后来，纳特·萨因特留下的孩子，史蒂夫·萨因特（Steve Saint）也随瑞秋姑姑在部落里生活过。父亲被杀死的时候，他只有五岁。十四岁的时候，史蒂夫和姐姐一起，就在他们父亲被杀死的河水里接受洗礼。他很自然地渐渐把这里当作自己的另一个家。他说：在这里，每个孩子都有家人曾被长矛刺死，我父亲也是，这让我感觉自己是这个部落的一员。

史蒂夫·萨因特在离开之后，每年都来部落看他的瑞秋姑姑。在瑞秋·萨因特等志愿者长期的努力下，这个部落中的大多数人，包括那些当年杀死了五名志愿者的杀手，放下了杀戮同类的长矛。

瑞秋·萨因特的后半生一直住在瓦欧达尼人中间，直到1994年去世。史蒂夫·萨因特在美国有了自己的家庭和事业。姑姑去世后，他带着家人在部落里住了一年半，他和那个"厄瓜多尔的家"始终保持联系。近年，瓦欧达尼部落要求他回去，"教他们一些只有外面人才会的事情"。史蒂夫·萨因特去的时候，带去一些牙医的器具，还带了自己的三个孙子孙女。

史蒂夫·萨因特还带去另两个女孩，她们是当年被杀死在河边的另外两个遇难者的孙辈。其中那个叫作海伦（Helena Weatherall）的女孩这样描述自己承继的外祖父留下的工作，她说：现在，好多大学生正在到尼泊尔这样的地方旅行。那是几天，也许一个星期，你觉得很有意思。可是，你设想一下，假如是奉献你整个一生，并且说"我要留下来和他们住在一起，而且可能因此失去自己的生命"，"那可是有点不一样的事情"。

海伦的父母是在德国工作的志愿者，她的丈夫是在中东工作的志愿者。不管这个世界在发生什么，在最危险和最困难的地方，总是有这样有信仰的志愿者默默工作，救死、扶伤、助贫。他们对灾难的发生根源无能为力，他们的信仰令他们帮助灾难中无助的个人。如果他们为此失去生命，常常没有人会注意。

我想起我的天主教苦修派修道院的朋友弗兰西斯讲的一个故事。他们教派的几个修士在非洲工作，那里突然战事四起。志愿者们被一群暴徒围住。暴徒对这些修士说，你知道我是什么人，我是杀个人根本不会眨一下眼睛的人。修士回答，我是在你屠刀落下的时候，也不会眨一下眼睛的人。

他们走着自己的信仰之路，不管我们这些外人能否理解他们。对于他们个人，这只是信仰，但他们的集合和传承，就成为文化积淀不可忽略的一个部分。

后 记

写这个故事的时候，阅读了一些相关资料。从二十世纪四十年代开始，整个瓦欧达尼印第安人的发展路径，呈现出原始部落文化在现代文明扩展下的复杂面貌，读来的感受渐渐超出了故事本身。

与石器时期的瓦欧达尼相类似的原始部落们独特文化的存在，依仗的是绝对的封闭。部落消亡的现象一直在发生，主导消亡的是疾病和部落之间的战争、杀戮乃至自相残杀，总的来说是一种自然淘汰的方式。

原始部落的扩张性不强，一个重要原因是能力有限。文明发展，其实是人的能力在增强，同时需求也在增长，然后是交互刺激，发展后的文明也就渐渐具备了获取更大资源的超强能力。在这样的情况下，两个世界必然遭遇，由于两者之间的差异过大，遭遇之后酿成悲剧的可能性也不小。

从二十世纪四十年代开始，石油公司开始进入亚马逊流域开采石油。最初的冲突，是部落民遇到石油工人进入他们活动的领域，出于安全本能，发生杀戮伤害。五十年代末，传教志愿者进入原始部落，他们具备源于宗教信仰的人道理念，可是处在两个文明的夹缝之中，他们左右为难。

到了六十年代，随着石油开采的发展，既然瑞秋·萨因特等志愿者成为唯一能够和瓦欧达尼部落沟通的人，石油公司就希望他们能提供协助来实现瓦欧达尼部落的迁徙。一方面在那个时代，还没有今天的环境保护概念，即便是今天，在现代社会强大的需求面前，也还没有能够彻底解决环境保护和能源开采的矛盾冲突；另一方面，石油公司对于这些志愿者来说，是一个庞大得多的实体。志愿者根本没有能力阻挡或延缓石油开采。志愿者面前只有一个不容商量的选择：在他们视作亲人的原始部落生存环境即将随着能源开发而彻底恶化的现实面前，他们答应协助说服和帮助大部分部落的迁徙。他们做了许多艰苦的具体工作，力求让新的保留地生存条件比原来更好一些。他们的行为也引来后人的批评，指责他们助纣为虐，帮助了石油公司，为破坏亚马逊热带雨林"扫清了道路"。假如事情的争议焦点仅仅是在这里，或许还简单一些。更为复杂的是，两个文明相遇必然产生整体性的变化。你不可能只改变它文化中的一点而不改变其余的部分。

随着传教志愿者对部落影响的扩大，长矛杀戮在逐渐减缓，很多部落民有了宗教信仰。可是他们的文化，包括杀戮本身，是和他们的生存状态及生活方式本身相关联的，例如对老人的弃养杀害。而志愿者改善他们生活状态无疑也是在使得部落传统文化本身逐渐消失。他们开始从外界获得援助和资源，得到外部的食物、衣服、用品，在志愿者的帮助下，为类似婚姻结合的每一对男女提供一个遮蔽风雨的茅屋，如此，一个石器文明也就在消失之中。这些结果，也受到文化相对主义者的猛烈批评。

还不仅如此，瓦欧达尼部落被外部世界获晓，接触他们的危险降低之后，就有各色人等来到这里。他们和瑞秋这样常年生活在部落里、把自己当作部落一员的志愿者不同。他们有旅游的、猎奇的，有来采访的记者、来拍摄纪录片的各大媒体，有人文学者、艺术家等等，还有想利用部落民实现商业目标的，甚至想利用这批廉价劳动力的。在这些外部人群中间，的确不乏怀着好意和同情者，例如打算采访宣传原始部落，意在呼吁社会关注的记者。可是，大量的外部刺激，使得原来的部落文明在迅速变质和解体。对于这样的解体是一件好事还是坏事，至今还是争论久远的不同学术流派的课题。

在这样的过程中，大部分瓦欧达尼部落，也逐渐从和外部世界的交往中学到很多东西。一开始，他们眼中的外人都和入侵的野兽一样，是必须攻击的目标，"Waodani"（另一英译为"Waorani"），是他们对自己的称呼，在他们的语言里，意思是"人"。而外面来的人，一律被他们称为是"Cowode"，也就是"野蛮人"的意思，在他们的眼里和野兽的地位差不多。在接触了传教志愿者之后，他们改变了对"Cowode"的印象，认为外部世界的人都是天使般的好人。而当他们接触更多外来者的时候，他们又一次倒过来修正自己的印象。

这样的学习过程，其实是他们和外部世界融合的过程。在原来的世界里，瓦欧达尼人是相对选择单一、相对单纯的。和外部世界的频繁接触之后，瓦欧达尼人之间严重分化，拉开了非常大的距离。仍然有少数的瓦欧达尼部落民，维持原来深山老林游猎和杀戮他人也自相残杀的石器时期的生活。1987年还有两名试图和他们沟通的志愿者被杀害。这两人都是厄瓜多尔人，一名修女和一名传教士。另外，游客被杀也偶有所闻。

部落民世代与外界隔绝，他们对许多疾病没有免疫力。据说从来自欧洲的外来者那里，带来了小儿麻痹症的病源，导致在瓦欧达尼部落的一次小儿麻痹症大流行。同样道理，他们对外部文明也缺乏免疫力。对逼近的外部文明，他们常常没有判断和择优拒劣的能力。大多数瓦欧达尼部落在最近二十几年里，令环保人士诧异地欢迎石油公司的到来，因为他们可以因此获得许多丛林生活原来没有的好处，例如石油管线形成的通道，成为他们外出的道路，扩展了他们狩猎的范围；修建机场等设施，带来了石油公司的金钱和物质补偿，还有年轻部落民的工作机会。但也有一部分部落民，则在环保人士的教育帮助下，开始成立自己的组织，选出自己的代表，呼吁人们对亚马逊流域环境问题的关注。达玉玛，那个第一个走出丛林，为自己的部落引入外部文化的瓦欧达尼女人，和另一名部落妇女，曾分别带着呼吁书前往美国首都华盛顿，要求美国政府关注美国石油公司在亚马逊流域开采石油，因而破坏环境的情况。与其说这是他们坚持保护自己原有文化的努力，还不如说，他们是在文化演变上更加向前跨进了一步，因为他们引进了来自外部世界的"政治"。而在引入"政治"的时候，甚至也同时引入了另一种层面的争斗，甚至"政治腐败"。瓦欧达尼因而变得十分复杂起来。这也是环保人士所没有料到的。

这是在我们看得见的眼前，生生演出的一场五百年来文明碰撞史的浓缩版本。

很久以前，我曾经有过和类似的游猎部落民长时间共同生活的经验。根据我自己的经验，我们既不能完全用我们的价值观去想象他们的感受，也不能以绝对文化多元的思路去美化他们本身的状态和对外部世界的反应。那是一个极难把握的分寸。

特殊地域文化的保存，是一个艰难课题。封闭文化只要向外部文明露出一道哪怕只能射入一丝光线的缝隙，就不可能完全维持原状了，要保护留存这样的文化，也只可能是部分保留。既然谈及选择性改变，那么选择的标准是什么，是部落文化的标准，还是外部文化的标准？更何况就连外部文化都不是单一标准。还有，如何真正了解部落民的感受，他们究竟是希望更多停留在原始状态，还是希望享受你我正在享受的现代文明？"保护"这个概念本身，就是外部文明的概念。退一万步说，即使特殊区域文化的"去"、"存"

选择，都已经有了确定无疑的答案，实际操作中又如何控制实现？回答这些问题，都需要时间。可惜的是，外部世界是一个"自我"膨胀的地方。面对异于自身的文化，"一味的傲慢"和"一厢情愿的理想化"，都源于人类对世界和自身认识的局限。可惜，我们看到的思维方式和行动，常常是在两极之间跳跃，而身边又是现代化疾风般推动的脚步声，容不得推敲和思考。演变是如此复杂，每个人都可能以其现代生活的方式参与其中，即使是对独特文化消亡表示惋惜和批评的人，最终可能都在为一个文明的消失做着间接的推动。

亚马逊丛林走过一群群自信的匆匆过客，他们常常成为主宰部落民命运的主角。而真正愿意奉献其一生来了解和帮助丛林原住民的志愿者们，往往是和丛林部落一起，在历史的宿命中成为悲剧的一部分。

一个独特文明，能逃避因文明碰撞而被改变的宿命吗？

祖母的祷告词

——一个乡村邻居的故事

不论在哪里，乡村总是土气的。这让一些从城里搬来的人，总有点落荒的郁闷。最近我才知道，我家附近住着挺不错的一个自由撰稿人玛丽·马修女士。聊起乡村来，她挺自在，还睁大天真的眼睛问我，写作除了清静，还需要什么？聊起乡邻，"可别小看四邻，"她说，"有故事的人多着呢。"她给我讲了一个州法官的故事，她说，他的一生要写成小说，得有一千页那么厚厚一本。一听名字，我就叫起来，詹姆斯·贺兰斯·伍德？我知道他啊，我读过他的书。可我不知道他曾经就是我的邻居。

一

詹姆斯是个典型的南方乡下孩子。他出生在我们的邻县班克斯，就在我现在住家的地方略北一点，我每星期都要去那里买菜的。有一次我买菜的时候突发奇想，想顺路去那里一个小镇看看，结果，看到的那个荒凉啊！记得最豪华的房子是一栋废弃的旅馆，走在嘎吱嘎吱的木头回廊上，看到院子被古树遮蔽，要说这里发生过任何神秘惊悚的故事，我都会深信不疑。我最后捧了一包土特产巧克力糖花生豆回来，一边吃我一边想，这可是2006年，一百年前还不知是什么光景呢。詹姆斯就出生在1911年，差不多九十年前。

百年前，全天下的乡下故事都是一样的。詹姆斯五岁的时候，二十九岁的妈妈难产去世，哥哥九岁，妹妹才三岁。詹姆斯总是能够记得妈妈的模样——他心中最美丽的女孩，妹妹继承了母亲的面容。父亲有个小理发店，不久，他卖掉小店，搬到了离我家南边半小时车程的小城雅典。三个孩子留在祖父母身边，祖父母自己有十一个孩子了，还是毫不犹豫收下了这三个小东西。詹姆斯是个祖母带大的孩子，他帮着家里干活，跟着祖母上教堂。他记得祖母对他说，你将来对每个女孩都要像对自己的妹妹一样。说这话的时候，祖母看着眼前的可爱男孩，一定想到他会长大，成为一个女孩的"宿命"。詹姆斯说，人生最重要的哲学和智慧，都是祖母给的，"就看你记得不记得了"。

那个时候县城学校只有两个教室，詹姆斯常常逃学去钓鱼。毕业后，他在技术学校学习了一段，又工作了一段，同时读着西部小说，幻想着闯荡人生。最后他的决定是隐瞒自己只有十五岁的年龄，进入海军陆战队开始自己的冒险生涯。他先是来到一个海岛，一心想扛枪，却得到一支军号。接下来，有点像冒险了，他被派到尼加拉瓜，在蚊子海岸驻扎，还神气地当过尼加拉瓜首都的美国使馆警卫。当时，适逢单独完成大西洋不着陆飞行的传奇人物林白到访，詹姆斯隔着玻璃门，惊奇地欣赏欢迎宴会上女士们的晚礼服，还有满桌亮闪闪的银餐具。

离开学校，詹姆斯才发现自己是个喜欢读书也能够读好书的人。他开始常常去上夜校，也开始考虑自己未来的职业，犹豫着是做牧师、医生还是律师。去尼加拉瓜之前，詹姆斯曾经被派驻加州服役，有一段时期他的职责就是在监狱和法庭之间押送犯人。二十世纪初的美国，严刑峻法十分普遍，詹姆斯是个心软的人，看到许多囚徒只不过是犯了一点轻罪就受到严厉处罚，实在为他们抱屈。法庭戏是美国电影的传统，詹姆斯也很入迷，一部《壮志千秋》（Cimarron），他就看了三遍。

祖母一定没有想到，那个逃学钓鱼、回家对她撒谎的顽皮孩子，长大懂事了。詹姆斯十九岁退伍回家，重新进高中读书，走南闯北的他，不得不混在小孩堆里，好在不久他就进了大学。灵活的学制给了他机会，他必须养活自己还要交上学费，所以有时白天工作晚上上夜课，有时晚上在饭店带位，白天去上学，断断续续，他居然最终修完法律课程，还得到了博士学位。

詹姆斯还没来得及套上法衣，就在第二次世界大战的战火硝烟中穿上军装，加入著名的陆军铁血营（Big Red One），奔赴欧洲战场了。当年在海军陆战队经历过的一次次军事演习，瞬间变成真枪实弹、血肉横飞的真实战场。詹姆斯在震惊之中，耳边响起的还是祖母的话："孩子，假如你一脚踏进自己掌控不了的事情，把它交给上帝。"于是，那个南方乡下孩子、我的邻居詹姆斯跪下祈祷："主啊，我是你的儿子，你可以在任何需要的时候把我带走。可是，假如你还不需要我，请给我履行职责的勇气和做对事情的智慧。"他说此后再没有为自己是否会被打死而操心。他从一个掩体到另一个掩体，从一场战斗到另一场战斗，从法国打到比利时，再打进德国。就在那里，他不幸成为战俘，直到五个月后被盟军解救。

这让我想起一个德国朋友的父亲。他出生在巴伐利亚的律师世家，自己也是个踌躇满志的法律学院高才生，也在毕业的时候被征入伍，参加了纳粹军队，参与了号称"沙漠之狐"的隆美尔将军领导下的北非战役。最后，他被美军俘虏，经历一段战俘生活，在战后回到家乡，回到他的律师生涯。老人来美国的时候，我们还曾一起共进晚餐。同桌有他在美国的女儿，还有他的犹太女婿和亲家。

琢磨着曾在战场上举枪对阵的律师们，我想，众人的理智加在一起敌不过一个疯子，看来是不争的历史事实。

二

战争结束了。

第二次世界大战中美国青年从军比率非常高，千千万万个美国青年越过大西洋，走进欧洲。他们大多来自乡村，很多人永远躺在了那里。然而，每一个回来的人，都已经不复是原来的自己。今天人们看"二战"对美国的影响，是从大局去看：它成为经济大国，它走出孤立主义、在世界格局中开始扮演举足轻重的角色。美国乡下人看到的是：回来的年轻人，有了过去所没有的眼神，以前欧洲人眼中那个不值一提的乡巴佬儿美国在发生微妙的变化。严格地说，一群乡巴佬儿从遥远乡村跨海冲过来，拼死帮着一起救下了高贵的欧洲，回去的时候，他们没有变成贵族，却变得目光沉稳、视野开阔。他们成为新美国的父亲。

可是并非一切都在变，这是乡下人的好处，内心有些东西是恒定的，那就是祖母传下来的祈祷词。直到今天，我的邻人们站在上帝面前还是同样那句话：请给我履行职责的勇气和做对事情的智慧（Please just give me the guts to do my job and the wisdom to do it right）。仔细想想，面对复杂的世界和自己的软弱，你要有勇气"去做"，而且有智慧"做对"，这是人在无助时最需要上帝帮一把手的事情了。

1946年，詹姆斯回到佐治亚州，他在距离家乡一个小时车程的州府亚特兰大，开始自己的律师生涯。十年后的1956年，他还是决定回到乡村。很多年前我翻看过他的书，他回家那段我还记得，因为他提到的都是附近熟悉的地方。那段话也蛮有意思，他说当时不少人都觉得他疯了，放弃州府好好的前程，难道去康默思（Commerce，就是我常去买菜的小镇）开小店啊。詹姆斯说，不错，我是个乡下出来的男孩，可是，那干草种子很早就从我的头发里飞走了。我绕过了半个地球，知道除了我在佐治亚州出生的小镇和康默思，世界上还有其他地方。我也喜欢那些地方，我在巴黎喝过香槟，在巴拿马用战友的军靴喝过啤酒；我也知道除了杰西潘尼（J. C. Penney，美国著名连锁店），还有别的地方也能买到西装；鸡尾酒会也比浸信会教堂（美国南方最普遍的教会）每年的烤鸡餐会多一点刺激。可是，我走在乡村野外，让红土染上我的皮靴，闻着南方烤饼的香气，我就像是重生了一样。那是我唯一觉得能挂了帽子就感觉回家了的地方。詹姆斯回到杰克逊县，那正是我来这里的第一个住处，也和我现在的住处相邻。

詹姆斯回乡间不久，就出了一桩谋杀案。他被派作德拉克谋杀案的公派律师。在美国，法律规定，刑事案件的每一个被告都有权拥有一个律师，假如你请不起私人律师事务所的律师，政府就必须为你提供一个免费律师。在接手工作之后，詹姆斯马上能够感觉到一种不正常的气息，工作很难顺利展开。

一个名叫福斯特的当地人被指证为杀人嫌犯。他在事发第二天被地方警察带到死者家中，让死者的妻子指认，她还详细讲述了嫌犯攻击的细节。而专业的做法应该是让嫌犯排列在一行人中间，指认应该是一个选择过程。在审理过程中，除了死者妻子的指认，还有一个有力证人，那是关在嫌犯囚室隔壁的一个犯人，他作证说，他亲耳听到嫌犯自述自己杀了人。在法庭上，嫌犯要求为自己辩护，他显然认为自己很容易得到清白。他说自己那天晚上在另一个地方遇到三个人对他抢劫，有目击者出来作证，证明他根本不可能在案发时刻出现在受害者德拉克的住宅附近。这是一些刑事案在法庭上很容易出现的现象，控辩双方似乎都有充足人证，却指向完全相反的结论。显然，在这样的情况下，就看陪审团相信谁的话了。不论结果如何，判决都会有争议，有争议是必然的。

尽管如此，被告辩护方还是相当有信心。可是，1956年8月18日，当陪审团回到法庭宣布他们的判定结果时，被告福斯特和他的法律顾问全愣住了，福斯特被陪审团确认罪名成立。法官本奈特立即宣布，判处被告死刑，第二年9月17日执行。按说，结案了，作为公派律师的职责也就此结束了。詹姆斯当场要求法庭批准继续维持他公派律师的身份，他要以个人努力继续追踪此案。法官照办了。

回到乡间第一仗，詹姆斯好像就败下阵来。

三

接下来的故事，是一场与时间赛跑的生命竞赛。他的助手霍尔德决定和他一起做下去。

詹姆斯得以维持的律师身份，使得他师出有名。可是结案之后，调查经费必须自己掏了。虽然在杰克逊县也有一些民众认为，福斯特没有得到公正的审判，就发起捐款支持詹姆斯的调查，可是和实际需要的支出相比，还是杯水车薪。

这时候，有新证据显示，伊利诺伊州开罗市的前警官，外号"石头"的罗斯查德，涉嫌这个谋杀案。开罗市的一些警察和法律人士，和詹姆斯通力合作，试图证明罗斯查德有罪。虽然由于不断上诉，死刑执行期在延后，可是延后还是有限的。由于提供的新证据一开始还不够充分，1957年10月11日，佐治亚州最高法院否决了重开此案的申请。1958年3月3日，联邦最高法院也否决了同样的申请。司法程序眼看着走到了头。1958年6月3日，福斯特再次被定下执行死刑的日期，那时，佐治亚州的死刑还是使用电椅的。

就在这最后关头，詹姆斯领导的调查出现了惊人转机。他们取得有力证据，证明罗斯查德在南卡罗来纳州犯下两宗抢劫案。当时罗斯查德已经搬到肯塔基州，他们追到肯塔基逮捕了他，押回南卡罗来纳州。他认罪并且被判五年徒刑。詹姆斯接着获得罗斯查德当时在谋杀现场的证据，还找到人证，证明罗斯查德说起自己杀了人，并且知道一个无罪的人成了替罪羔羊。1958年7月4日，在各种证据前，罗斯查德终于就杰克逊县的谋杀案认罪。四天后，他被押回现场，重演了犯罪经过。作为认罪的交换条件，他被减轻处罚，判为终身监禁。

福斯特一案终于获得重审机会。十二名陪审员没有离开陪审席，就立即作出无罪判定。福斯特终于获得自由。整整两年时间，詹姆斯投入个人力量查出真相，几近破产。詹姆斯后来出书，讲述了这个案子的曲折故事。读了以后，我松口气想，故事总算有个完美结局，而主角也颇具英雄色彩。

可惜，真实人生比英雄小说要复杂得多。

詹姆斯后来写过另外一本书，讲述他此后在邻近的富兰克林县承办的另一个谋杀案。他担任辩护律师，根据证据，同样确信嫌犯无罪，通过他的努力，最终使得陪审团判定嫌犯罪名不成立，当庭释放。可是，和德拉克谋杀案不同的是，真凶始终没有找到。詹姆斯告诉我的作家邻居，富兰克林县到现在还有人认为，是他放走了杀人犯。那么，詹姆斯听了是怎么想的呢？女作家说，她也问过这个问题，詹姆斯回答说："证据，唯有证据。"

那正是他写德拉克案故事一书的书名，这也是在美国人人熟知的司法基本原则。我忽然明白了，他没有别的选择，作为律师，他只能遵循司法原则。他必须"有勇气去做事，有智慧做对的事情"。

这确实需要勇气。即使是德拉克谋杀案，也远不是一个我想象中的完美结局。詹姆斯在书里提到过，他刚刚开始调查的时候，就能感觉到，杰克逊县长久以来形成了一个上层某些官员的小圈子，警察们并不真正关心公正，也不关心被告是否冤屈，他们似乎只想快速结案。论动机，也许是图省事，也许只是想早早有个"破案"的成果出来。可是，这种小圈子也可能发展成危险邪恶的利益小集团。事情的后续故事是个悲剧，似乎为了印证他不祥的预感，出了一件对他来说是惊天动地的大事。

　　始终跟随着詹姆斯调查的助手霍尔德，后来被杰克逊县的行政委员会任命为县公诉人。可是，他上任一年之后，被一颗安放在他汽车中的炸弹当场炸死。这个案子始终没有被侦破。詹姆斯说，他一直坚信，这是一起政治谋杀。

　　这让我想起朋友告诉我的故事。他说，就在离我家半小时车程的雅典，他的一个律师朋友，因为追查一名法官涉嫌重罪的孙子，突然被警察带走，说是从他家里查出毒品，定罪后不久在监狱中急病去世，只有四十多岁。他也相信是政治栽赃和谋杀。他也和詹姆斯一样提到，地方政权这一层，永远是危险的，因为一代代的稳定居住，很容易形成一些政治世家，渐渐继承经营出一些稳固的小圈子。由于美国的民主制度、司法制度和新闻监督，对可能的上层犯罪集团有相当有效的限制，可是民众永远不可掉以轻心。

　　在助手霍尔德被谋杀后，詹姆斯没有退缩，就像多年前在欧洲战场上，他又一次念了祖母留下的祷告词，他立誓和犯罪作战，以自己的努力建立司法公正。他随后在邻近的几个县当过公诉人，包括距离我现在居住的地方三英里的麦迪逊县老法院。他随后还担任过州司法部长库克的助理，1973年，詹姆斯终于被选为州法官，州法院就位于杰克逊县的首府杰弗逊。他回乡后的第一个案子德拉克谋杀案，就是在这个小城开审的，霍尔德也牺牲在那里。詹姆斯穿上法袍，秉公执法，在那里一直当了二十五年州法官，直到1987年退休。

　　玛丽说，她和退休后的詹姆斯聊起来的时候，这位老法官说，今天的犯罪率高和毒品泛滥有关，再说，年轻人总是容易被成人的行为吸引，看着犯罪电影，就会有样学样。他说，自己一生中，周围常常

麦迪逊县老法院

出现毒品，年轻时在海军陆战队驻军古巴，到处是大麻，他碰也没有去碰。他回忆自己能度过种种危机，还是靠着祖母教给他的祈祷词。谈到乡间可能存在的地方利益集团，他认为要有所警惕，尤其不能削弱监督机制，不论是公诉、律师、司法还是新闻媒体，他们必须是独立的、相互制约的。他相信只要努力去做，正义终能战胜邪恶。

我驱车离开玛丽的家时想，永远不要以为，一个纸面上的完美制度，就能够解决一切问题。道高一尺，魔高一丈，哪怕美国的民主制度运行了两百多年，黑白无间道的存在，永远是可能的。因为利益和欲望，对一些人来说，是永远不会消失的诱惑。也永远需要有一些人，像詹姆斯一样，坚信自己能够得到智慧，辨别什么是"对的事情"，然后鼓起勇气做下去。

神秘的石阵

　　谁都知道，在英格兰有一个地标建筑—— 一个成千古之谜的石阵。

　　在公元前1800年至公元前1400年，在英格兰索尔兹伯里以北十五公里的地方，分三个阶段，持续四百年，人们筑起了一个圆形石阵。把巨大的石块竖立起来，在两块巨石上面架上石的横梁，也就是楣石。这些石块，大的长达9.14米，最重的达五十吨。在将近四千年前，人们用什么工具，如何采石、运输和搭建了这个石阵，成为一个谜。而更大的谜是，石阵是两个同心圆，今天，我们只知道，在夏至那天，石阵入口和日出大致成一条直线，可是面对日出，我们仍然不知道，他们为什么要费这么大的力气来建造这个石阵？人们猜想，那是一个宗教意味的构筑，可是，是什么宗教？在表达什么？我们永远也无法知道了。

　　要是我说，就在我们身边，也有一个神秘的石阵地标，一定没有人相信。

英格兰巨石阵

　　很早就听说，我家附近有一个神秘的石阵，可是一直都没有去看看。一个冬日的早晨，我开着玩笑说，"远方的景致最诱人，家门口的风景不值钱"，我常常去到遥远的地方寻访，却总是对自己说，邻近的风景很容易看到，哪天捎带着就看了。结果，反而忽略了身边的景色。这次我得特地去，于是马上穿戴出门，造访一个身边的小镇。这个小镇，叫作艾尔伯顿。

艾尔伯顿

　　艾尔伯顿很近，离我家才一个多小时的车程，可是它有点偏僻，我在这里住了十几年，居然就没有来玩过。假如套用中国的规制，艾尔伯顿就是艾尔伯特县的县城。它像很多美国小镇一样，中心地带是个小广场。找到这个广场，就可以踏踏实实坐下来，算是"到了"。坐在这个广场上，忽然想到，这些小县城的规划设计，往往和中国的县城是"反"的。

我们熟悉的中国老县城，常常先有一个围绕着护城河的封闭城墙，今天没有找到城墙的，多半也是因为城墙被拆掉了，而不是从来就没有。那是一个固若金汤的围城。进入城门，走到城墙之内，才是进城的感觉。而像艾尔伯顿这样的美国小县城，是从中心向外围发散的。我们开车进去，第一次总是不知道什么时候算是进城。一般，在"应该"是城墙的地方，会有一块牌子，告诉你已经进入某城的领域。可是，那里可能荒无人烟，只是慢慢开始出现逐级降低车速的牌子，最后，突然出现这样一个小广场，这就是"到了"。

欧洲的城市广场，总是以主教堂为核心，美国小县城的核心是什么呢？一般来说，总是立法的议会和作为法律象征的法院。周围延伸出去的是那个松散的民间社会。

小小的一个艾尔伯特县，它的历史却是北美历史的缩影。这里原来是印第安人的土地，地极广而人极稀。1773年6月1日，当时还是英国殖民地的佐治亚，它的英国总督莱特（James Wright），与当地印第安人的切诺基部落和克里克部落的首领谈判，购买了这里的两百万英亩（相当于一千二百五十万中国亩）的土地，其中一部分是作为印第安人偿还英国商人的贷款。在印第安人的观念中，那只是些闲置无用的荒山密林。这样，在接下来的独立战争时期，佐治亚用这些土地，建立了威尔克斯县。这就是北美殖民史上有名的"新购地案"。

不久，美国革命就开始了，在长达八年的独立战争中，这个地方成为激烈冲突的战场。站在英国殖民政府一方的托利党人和主张独立的美国爱国者，还有印第安人，打作一团。就在此地的宽河边，还出了一个美国革命的著名女英雄南茜·哈特。那是典型的美国概念的英雄，她只是一个母亲，住在她的小木屋里，不巧的是小木屋就坐落在战场前沿。她广为传颂的英雄事迹就是几次独自智勇双全地击退了入侵她家里的托利党人。

美国独立以后，军队解散了，可是新建立的国家穷得叮当响，国家还欠着退伍兵们的大笔军饷发不出来。补偿的办法之一，就是分地。"新购地案"买来的大片土地还闲置在那里，就开始分给独立战争中的退伍军人，造成了这里的一个移民高潮。大量的家庭从邻近的卡罗来纳州和弗吉尼亚州迁徙过来。

1790年12月，根据佐治亚议会的立法，这块人口暴增的土地，从威尔克斯县划出来。从此，艾尔伯特有了自治县的建制。这个新县的名字，是纪念美国独立战争的一个军人萨米尔·艾尔伯特将军，当时，他还刚刚从佐治亚州州长的位置上卸任。

1788年，在美国首任总统华盛顿的时代，这里开始通邮。一个叫作吉尔的邮递员，每星期三次，骑着他的马，从邻近叫作莱克辛顿的小镇邮局带来邮件。艾尔伯特的老旅馆是这里信件的收发站，旅馆不大，却有个响亮的名字，叫"环球旅舍"。这邮路就穿过我的面前，当然那时候还没有这个小广场，这里只是丘陵之间小小的一方平地。

对一个法治社会来说，建制后最重要的部门就是法院。1791年1月20日，建制的立法刚刚下来四十天，艾尔伯特县高级法院就第一次开庭。短短四十天的时间，当然盖不起法院大楼来。这次开庭是借了一个民宅，那是一个庄园主卡特的家，卡特庄园的房子至今还在，距离这个小广场大致有五英里。法庭的场地虽然不正规，它的首席法官乔治·沃顿（George Walton）却赫赫有名，在这里谁都知道。他就是在美国《独立宣言》上签名，代表佐治亚向英国王室造反的领头人之一。

后来的法院大楼是1893年盖起来的，就盖在原来"环球旅舍"的原址上。那是一栋有钟楼的红砖建筑，形制是庄重而神气的复兴罗马风。就在它的周围，那些朴实而颇有味道的两三层建筑物开始环绕这里，小广场逐渐形成。现在的法院大楼是重建的，离开了这个广场，变成一个花岗石的大楼，但建筑形式完全是原来的翻版。

这是典型的美国式南方小广场，非常简朴也非常漂亮。说它"南方"，是因为它必有南方的标志——那广场中心的南军战士纪念碑。有关这个"南军战士"，还有一个好玩的故事。

我来到这里时，已经是初冬季节。那年是少有的暖冬，粗大的美国枫树居然还没有完全落叶。我在院子里种了许多东方的红枫和青枫，都是只能长到二十英尺左右的小乔木，而美国红枫和落日枫都是大乔木。所以，这广场上哪怕是残留的冬日红叶，都很出效果了。

两百年前，当这个偏僻小镇的人们给自己的小旅馆取名"环球旅舍"的时候，兴许还带着一点调侃和自嘲的意味。他们肯定没有想到，有朝一日，艾尔伯顿真的会在全球闻名，会接待来自全世界的客人。

闻名全球的小镇

移民来艾尔伯特落地生根。一开始这里的生活和家乡没有很大不同，有些小小的作坊，都围绕着农业转，例如制造马拉的小货车，还有小铁匠铺、磨坊等等。因为举目望去，周围种植的都是棉花、烟草、玉米和小麦，无边无际。

在十九世纪的前五十年，这里依仗着奴隶劳动，棉田的面积越来越大。这个县里甚至出现了佐治亚州的第一个百万富翁。接下来，就是著名的南北战争。艾尔伯特的男人们踊跃参加南军。最后，谢尔曼将军领着北军，在著名的"通向大海"之旅中，浩浩荡荡穿越整个佐治亚中部地区，一直前往塞凡那。为了在心理上击溃南方，一路烧毁房屋、庄稼和屠杀牲畜，给沿途民众的财产和经济带来沉重打击。所幸的是，艾尔伯特不在这条北军的进军路线上，谢尔曼的大军擦身而过，侥幸地没有受到破坏。

因此，当1865年南北战争结束、周围地区一片焦土的时候，艾尔伯特相对恢复得更快，也还是持续战前的老行当：种棉花。

在我驶向艾尔伯顿镇的路上，突然觉得有一种非常异样的感觉，就是路程虽然很近，可是很快就有了离家很远的异乡感觉。我发现，这是由于地貌的改变造成的。我们那里是丘陵地带，可坡度比较平缓，而进入艾尔伯特县，就是山区的地貌了。有些山坡甚至略有点山崖突兀的感觉。就是这点突兀，使得艾尔伯顿和我住的小镇，命运大不相同。

有一天艾尔伯特人发现，他们脚下的岩石，就是他们坚实的立足点。这里有着丰富的花岗岩。

1882年，艾尔伯特的第一个采石场开始生产。一开始，只是为当地人开采粗实的建筑用石，以及提供修铁路的碎石。五年后的1887年，有了第一个花岗岩商业公司。

这里的花岗岩是蓝灰色的。随着开采，花岗岩的产品也多起来，甚至用来做成石雕艺术品。在美国到处都有艾尔伯特花岗岩凿出的雕像和墓碑。然而第一个艾尔伯特花岗岩雕像是个南军战士，却不是我在小广场看到的这一个，这里还有个曲折的故事。

那个时候，南北战争结束不久，南方人出于非常复杂的心情，都在以各种方式纪念战死的南军乡亲，这里也不例外。艾尔伯特县和小镇的行政长官一起，出订金请当地的花岗岩公司做一个南军战士的雕像。这个公司把重任交给了一个叫亚瑟·柏特的本地艺术家。

1898年，这个十八英尺高的石雕像，就在我们面前的这个苏顿广场揭幕。遮盖着雕像的幕布一揭开，公众哗然——艾尔伯顿人不喜欢"他"。

当时，艾尔伯特还有一些活着的南军士兵。他们说，这个留着八字胡的胖雕像，穿的外套像是北军的军装，还戴着像是法国军队的平顶军帽，简直像个"扬基兵"，所以，他们给雕像起了个绰号，叫"达奇"。"扬基"，是南方人对纽约人、北方人的贬称，而"达奇"是英语"荷兰人"的变音。一是因为象征"北佬"家乡的纽约，最初是荷兰人建造起来的；二是南方人觉得，那两撇八字胡就是"北佬"的样子。"达奇"的失败，自然令承办的花岗岩公司灰头土脸。而那个始作俑者雕塑家亚瑟·柏特，揭幕仪式一结束，就搬离了艾尔伯顿，再也没有回来。

今天有人分析说，艾尔伯顿人不喜欢"达奇"，是因为这个艺术家从来也没有见过一个南军士兵，服装不对。可是，我想，这个艺术家选择以"拙"为表现手法，和艾尔伯特人对传统人像雕塑的期待，相距太远太远了。

"达奇"在广场上站了两年，艾尔伯顿人天天从他身边走过，越看越不顺眼。终于，他们忍无可忍，1900年8月14日，小镇冲出一帮"暴民"，在盛怒之下，把"达奇"拖下了基座。按照今天大家的说法，他们是把"达奇"给"私刑处理"了。最后，可怜的"达奇"，被埋在了这个广场之下。不久，基座上竖立起了一个传统的南军士兵雕像，也就是我们面前的这一个。这样的雕像，几乎在每一个南方小镇都有，精美的传统造型，却也没有什么特色。走多了地方，回想一下，会觉得这些雕像大同小异，就像是出自一人之手。

十九、二十世纪的世纪之交，艾尔伯特花岗岩突然大出风头。在亚特兰大的展销会上得到好评，还在圣路易世界交易会上，获得了金奖。这里的人一向不缺自信心，在1889年的当地报纸《艾尔伯顿之星》上，就把艾尔伯顿称为"花岗岩之都"。

真正使得这里粗粝的花岗岩，变成各色精美的产品，还是全靠了意大利的行家里手。雕凿花岗岩是意大利人的传统行业，不知怎么，艾尔伯特的名气就能传得那么远，在二十世纪的最初三十年，这个小镇开始有了大量的欧洲移民，尤其是德国和意大利的移民。来的不仅是工匠和技术人员，在第一次世界大战之后，还来了石雕艺术家。意大利，那可是米开朗基罗的故乡！令人啧啧称奇的是，花岗岩竟然还使得这里的人们，躲过了三十年代大萧条的打击，在全美国都为大萧条痛苦不堪的时候，艾尔伯顿照样开出新的采石场，忙得不亦乐乎。

现在，艾尔伯顿有四十五个采石场，有两百八十个花岗岩公司，产品销往全美五十个州，也销往世界各地。在艾尔伯顿的墙上，居民用大大的字自豪地写着："世界上做出最多纪念碑的城市"。

可是，艾尔伯顿小镇的中心还是只有这么点大，风格也还是那么朴实，并没有变得豪华，但一个矿业小镇，却颇有人文氛围。小镇风格的稳定，使我觉得不能小看了这个地方。小镇宠辱不惊，是一个内心有着某种"定力"的地方。它能守住某种恒定的价值和思考，没有暴发后不知天高地厚的模样。最近几年，艾尔伯顿遇到了新的挑战，挑战来自遥远的中国。花岗岩那么重的东西，居然漂洋过海而来，价格比这里还要便宜得多。小镇采石市场大受打击，是不是能熬出来，还没有人知道。我们只知道，他们一定会在星期日，去教堂为小镇的命运祈祷。

再回到那个"达奇"的故事。

这真是应了一句老话，谁笑到最后，谁笑得最好。当年承接"达奇"创作的小花岗岩公司，几十年之后发达起来，成了当地最大的企业，也是这个县最主要的"工作"来源。有一天，他们突然又想起和自己有关的古老故事，这个公司决定让"达奇"重见天日。

那些当年对"达奇"处以"私刑"，埋葬了他的民众，如今都已经离世。好在近百年过去，这个公司还保留着"达奇"埋葬地点的记录。1982年，在新一代艾尔伯顿人好奇的围观下，小镇挖出了他们的"达奇"。一身一脸，他糊满了佐治亚特有的红土。达奇被送到一个洗车站，冲刷清洗，才渐渐露出真面目。"达奇"的位置已经被后来的"士兵"占据，一个半世纪过去，也已经成了文物。老"达奇"被送往艾尔伯顿的花岗岩博物馆，在那里找到了自己的位置。

当我在博物馆看到它，总觉得这个拿着枪的"达奇"，分明是在那里微笑。

神秘的地标

艾尔伯顿人没有想到，他们一流品质的花岗岩，为小镇引来了美国的现代石阵。

二十七年前的1979年，艾尔伯顿出现了一个神秘的地标。

这是我来造访这里的主要目的之一，久闻其名，却一直没有亲眼见一见。逛完小镇，天色不早了。我从小镇的中心广场找到一个当地人，问了石阵的方向，还捎带问了一句，多远？答曰："三英里。"他还热情地说："你不会漏掉它的，就在路边，很显眼的。"

我把车上的计程器打到零，就向着北边出发了。

石阵的故事开始在1979年的6月底。一个星期五下午，有一个穿着讲究的人，走进了"艾尔伯特花岗岩精细加工公司"总裁范德雷的办公室。他声称自己代表外州的一群匿名者，要委托当地一家花岗岩公司，在艾尔伯顿小镇附近，竖立一个巨大的新石阵。他把自己叫作R. C. Christian，并且声明这是一个假名。Christian是基督徒的意思，他说，他这么称呼自己，是因为他自己就是一个基督徒。范德雷半信半疑地问他，为什么要把这个石阵建在佐治亚州呢？这位基督徒先生的回答是：艾尔伯特品质优良的花岗岩、当地温和的气候，都是原因。还有，他本人的祖母是一个佐治亚人。

这就是当地人对神秘的石阵建造者的全部了解了。

一出小镇的中心，马上就是一片荒凉。冬日的荒原，萧萧疏疏。开了三英里，没有看到任何特别的东西。又开了三英里，还是没有。我已经怀疑方向不对了，再坚持三英里，它终于出现了。在一个凄美的小山坡上，一个石阵，竖立在夕阳的辉映之中。

一共是六块巨石，有一块覆盖在五块竖立的巨石之上。每块竖石都高达十九英尺，也就是高度在两层楼以上，每块重达四万两千磅。总重量达一百一十九吨。石阵的安放也有天文历书的意义，据说在夜间透过中心立柱的斜孔，你总是能够找到北极星。

中间是一根巨大的石柱，周围的四块巨石如同巨大的书页，直

美国南方小镇的石阵

指四个不同方向，展开了八个页面。在这八个页面上，依照匿名石阵创立者的指示，用八种不同的语言，书写了同样内容的几段文字。当然，我第一眼就注意到这里有我熟悉的中文。另外，当然有英语，还有俄语、阿拉伯语、印地语、西班牙语，犹太人所用的希伯来语以及大多数非洲国家所使用的斯瓦西里语。

这和我们一般所看到的展示多语种的规律不同，除了英语之外，它没有展示欧洲的强势语言如法语、德语，而是尽量采用了不同文化的语言，哪怕那只是一些今天弱势文化的语种。我想，这样的语言选择本身就是一种"表达"。

我们非常好奇地读了上面的文字——那是建立这个石阵的人，向这个星球上的一代一代后人，说出他们今日的忧虑和永远的叮嘱。石碑上的中文是这样说的：

保持人类五亿以下和大自然永恒共存

明智地指导生育增进健康与变化

用一种活的新语言来团结人类

用沉着的理性来控制热情——信仰——传统——万物

用公正的法律与法庭来保障人民与国家

让所有的国家自治，在世界法庭中解决外界的纠纷

废止琐屑的法律及无用的官员

让私人的权利与社会的义务保持平衡

珍视真——美——爱，寻求与宇宙和谐

不要做地球上的毒瘤

给大自然留点余地

给大自然留点余地

　　在盖石的四面，用了四种更为古老的文字：古埃及的象形文字、古希腊文字、古巴比伦文字以及古梵文，书写了同一句话："让这些

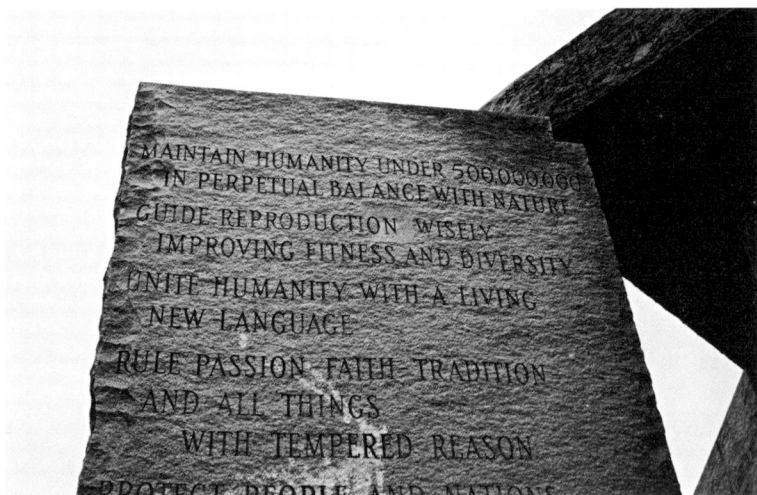

石碑上的文字

地标石导向一个理性的时代。"

"基督徒先生"说，他们这一小群人，为这个石阵讨论了几年。他们想用谨慎的语言，对未来所有不同民族、不同宗教、不同政治意识形态的人，作出一个道德诉求。一些研究者认为，这是总部在加州的一个基督教小教派"BROTHERHOOD OF THE ROSY CROSS"所为，因为石阵的表达和他们的诉求非常接近。可究竟是不是这样，至今仍然是一个谜。

当地有人不喜欢这样鬼鬼祟祟的"神秘石阵"，但大多数人认为：不管怎么说，"那是一个和平的表达"。

石阵建成之后，有许多不同文化和宗教的人，远道而来，因着各种不同的原因和诉求，在这里举行仪式。不论人们是否全部赞同石阵文字表达的观点，他们都把石阵看作一个"自由表达"的象征。

站在这个石阵面前，在高坡上，冬天的落日在变幻着天边云彩的色彩，如同上帝在变换着思绪，我突然想起那英国古老的石阵，他们没有在石块上刻下文字，可是，他们也是在作出自己的表达。

不管那些远古的人们要表达的是什么，他们艰难地竖起石阵，让今天的我们知道，在将近四千年前，人已经有了顽强的"表达"愿望，这种愿望是如此难以抑制，难以阻挡。

怎样打破"官官相护"的规律

　　2005年5月12日晚上，在美国首都华盛顿的一家饭店里，一男一女相约吃饭。女的叫劳丽·莫迪，是一个富有的慈善投资家。男的是一位六十来岁的黑人，他是来自路易斯安那州的联邦众议员威廉·杰弗逊，他的选区包括南方名城新奥尔良。这一男一女边吃饭边说着话，他们在谈某些公司到非洲国家投资的事情，可是说话方式很奇怪，有些话他们不说，而是写在小纸条上，递给对方看，对方看了也写在小纸条上传回来，活像间谍小说里的做法。杰弗逊众议员后来大概觉得如此神秘大可不必，笑起来说，咱们这样字条写来写去，好像联邦调查局盯住我们似的。此话不幸而言中，联邦调查局确实早就盯住了他。8月3日，联邦调查局的探员同时突袭了他在首都的住宅和他在新奥尔良的家、他的会计师的办公室，还有非洲某国副总统在美国的住宅，带走大量文件和证据，从而展开了这起轰动美国的反腐败案。

一起最普通不过的腐败案

和大多数众议员一样，杰弗逊不是一个富有的人。国会议员的工作是立法，手里也没有什么实权，但是议员和国内外的利益集团有广泛的联系，这是一个有影响力的职位。腐败的种子从2000年就发芽了。美国一家公司想到非洲去投资，为了游说外国政府取得对自己有利的条件，需要有分量的人物出面接触，这就找到了众议员杰弗逊。国会议员作为民选官员，为社会上民众或商家做这样的服务，利用自己的位置与名分和外国政府打交道，是应该的，也无可厚非。问题是，做了以后自己是不是不拿一点好处？清廉和腐败的分界就在这里。

杰弗逊当然知道自己是不可以拿好处的。可是变相的好处，本人不出面的好处能不能拿？他当然知道这也不可以，可是他实在经不起诱惑，觉得也许拐个弯儿就难查，一旦暴露了他也可以说和自己没有关系。他用的办法其实很笨，那就是以其妻子的名义注册一个公司，这家公司和来请他帮忙的公司"合作"，一起在非洲国家展开业务，名义上是收益分成，实际上就是收钱的一个口袋。说起来是他妻子在开展正常投资。

于是从2000年开始，他利用国会议员身份，向非洲某国家政府高官展开游说，涉及向外国首脑行贿。在打通道路后，他以自己五个女儿的名义，在非洲国家注册联合投资公司，和该国腐败官员联手，准备在非洲大干一场。

他做梦也没想到，这一切已在联邦调查局的监视之下。他请来的财神婆，就是和他一起吃饭的慈善投资家莫迪，一开始就对他的贪婪和胆大包天的违法行为极为愤怒，很早就和联邦调查局联系。惩治需要证据，众议员杰弗逊就在联邦调查局的密切监视下，一步步地展开他的发财美梦，也一步步地留下了证据。

2005年春，杰弗逊告诉莫迪，非洲某国政府已经答应让他们进入投资，包办该国的主要通讯干线，为此需要花钱摆平一些非洲官员。过了几个月，钱没有到位，该国官员说，他们打算转向和亚洲国家公司谈这项合作了。因为这个国家的腐败官员不仅要以后产出的利润，还要眼前的现金。7月30日早晨八点半，在华盛顿附近一家饭店的停车场，杰弗逊从莫迪的汽车里取走一个手提箱，里面是十万美元现金，打算用来贿赂非洲某国副总统。他不知道，十万美元现金的号码都被联邦调查局登记在案。两个钟头后，杰弗逊对莫迪说，我已经把"非洲艺术品"交给他了，他非常开心。

随后就发生了联邦调查局对杰弗逊住宅的突袭，此案公开，媒体开始广泛报道。这个涉及联邦众议员和外国政府首脑的腐败案，其中到底还有多少细节，在法庭公开审理以前，联邦调查局不会轻易透露，而杰弗逊坚称他没有做错什么事情，法庭将会还他一个清白。美国公众听到此类消息，表现得波澜不惊，他们在等待双方在法庭上的说辞和证据。

就在这时候，事情起了戏剧性的变化。

突袭国会找证据

从联邦调查局突袭开始，杰弗逊的助手一一落网。几个月后，也就是2006年1月和5月，杰弗逊这项"投资"的两个主要帮手先后向联邦法庭认罪，并且答应和联邦调查人员合作，提供证据以换取较轻的刑罚。他们后来分别被判处八年和七年监禁。

5月20日和21日，司法部调查人员突袭杰弗逊在国会的办公室，带走了大批文件包括电脑硬盘。司法部说，这是因为杰弗逊拒不合作，不肯交出司法部要求的文件，所以他们搜查他的办公室，以获取刑事罪案的证据。虽然搜查人员带着法官签署的搜查证，但是此举顿时引起一片哗然。问题的要害是，司法部是联邦的行政机构，而杰弗逊在国会的办公室是联邦的立法机构。行政和立法权力的分立，互不侵犯，是美国政府权力配置的金科玉律、不二法门。美国国会大楼虽然和其他联邦行政部门近在咫尺，但是如果没有国会的邀请和许可，上自总统下至士兵警察，不要说是来搜查议员的办公室，就是办理普通的公务也是不可以的。美国立国两百多年来，这是第一次，联邦警员以刑事调查名义搜查了国会大楼。

国会议员们的反应非常严肃，一方面震惊于司法部搜查开了先例，其严重性倒不是威胁了他们的安全，而在于破坏了行政部门不能碰立法部门的戒律。国会议员大多是法律专家，他们知道，此例不可轻开，因为这涉及政府立法机构和行政机构的恒定关系，这是一场宪法危机。相比之下，杰弗逊个人的腐败案，只是一件小事。国会反应强烈，要求总统下令司法部立即把从杰弗逊办公室拿走的东西还回来。司法部和联邦调查局面对国会的强烈反应，显然有点吃不消，他们当然不肯把好不容易到手的证据还回去。司法部长冈萨雷斯向媒体表示，要是总统下令让他还，他就立即辞职。布什总统夹在当中，左右不是，想出的一条缓兵之计是令司法部把抄来的东西封存四十五天，冷冻一段时间再说。

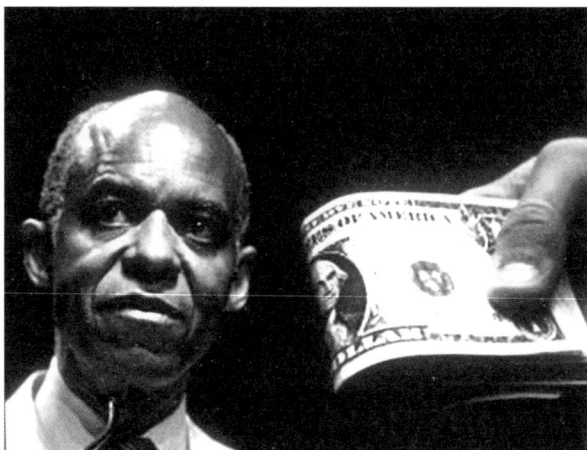

贪污腐败的众议员

　　同时，国会根据媒体已经公开的信息，开始自清门户。杰弗逊是民主党议员，6月15日，国会民主党党团决议把杰弗逊逐出众议员赋税委员会。三天后，众议员全体大会作出了同样决议。几乎同时，一个联邦法庭法官作出裁决，认定司法部对杰弗逊办公室的搜查是一种合法的正常刑事调查，因为国会议员并没有刑事罪案调查的豁免权。但是这一说法并没有说服国会，国会向上诉法庭上诉。

　　巧的是，2006年年底，两年一度的众议员改选时间也到了。杰弗逊回到自己在新奥尔良的选区，有十二个民主党候选人站出来和他竞争。尽管谁都知道他涉及腐败案件，正在受到联邦调查局调查，他仍然以百分之三十的选票和另一个民主党候选人卡特打了个平手，需要按律复选，两者取一。在复选中，杰弗逊以百分之五十七对百分之四十三的优势，又一次当选为联邦众议员。

　　2007年4月16日，位于首都的联邦上诉法院三位法官开始听取司法部突袭国会办公室是否违宪的辩论。一些专家向上诉法庭提供了书面意见。主张没有违宪的人认为，司法部搜查是在有了正当理由前提下的刑事调查作业，国会议员涉及刑事犯罪，也一样要受到调查，宪法没有给予议员以刑事调查的豁免。这是针对议员个人刑事犯罪活动的合法调查，和宪法规定的三权分立没有关系。认为这种突袭违宪的人认为，对议员的家和其他地方进行刑事搜查是一回事儿，对国会大楼的议员办公室进行搜查，是性质不同的另一回事儿。行政部门不能轻易对国会动手动脚，这不是说国会议员能处于法律之上，实际上他们并没有处于法律之上，这涉及宪法处心积虑地设计的三权分立和平衡。众议院议长、民主党的南希·佩洛西说，国会议员的办公室不是说绝对不能搜查，而是先要有一种规则，在什么样的情况下，如何才能搜查。

6月4日，联邦大陪审团正式对六十三岁的众议员杰弗逊提出敲诈、受贿、妨碍司法等十六项控罪。如果这些指控被定罪，他将面临最多二百三十五年的监禁。

8月3日，联邦上诉法庭作出裁决，十六个月前司法部对国会大楼杰弗逊办公室的搜查违反了宪法有关三权分立和平衡的原则，命令司法部将搜查得到的东西退回国会。此裁决，被称为涉及联邦政府立法、行政和司法三大分支的"教科书式的经典案例"。它是否会上诉到最高法院，最高法院将作出怎样的裁决，可能好戏还在后头。而杰弗逊本人的腐败案，正在进入法庭程序。

破除"官官相护"的规律

这一事件，让我们思考当代反腐败的要害问题：怎样破除官官相护的规律。

权力导致腐败，这在世界各地都一样。世界各地反腐败的方式却各有各的奥妙，其中最难的就是怎样破除"官官相护"。经验告诉我们，从反腐败之成功与否来说，反腐强度并不起决定作用。反腐强度到了一定程度，也会出现疲劳效应。

在制度层面上，反腐的效果经常取决于专门的反腐部门的决心、能力和效果，一是必须保证反腐部门的绝对不腐，二是让反腐部门有制胜优势，所谓给反腐部门以尚方宝剑。香港廉政公署就是这样的反腐部门。

可是，这种从上到下的反腐，只能在规模相对小的政府系统里才行之有效。在幅员广袤、人口众多、地区差别很大、人事和部门结构复杂的大国，依靠单一反腐机构，可能会出现道高一尺、魔高一丈、道魔相争、难分高下的局面。

美国人的思路是，他们根本就不相信有谁是绝对不可腐蚀的，所以不敢依靠单一反腐机构。他们的办法是用权力来制约权力，让权力在同一平面上分割开以后，互相监督、互相制约，造成一种公开的平衡。他们认为，只要这样的一种分立和制衡状态没有瓦解，那么"官官相护"就成不了气候，腐败就能得到控制，依靠日常的刑事调查和法庭也就能治得了。所以，在杰弗逊腐败案上，尽管联邦政府内几乎没有谁同情这位众议员，但是三大分支的明智之士都看到了维护权力制衡的重要性，不敢因反腐调查的一事之需而破坏这种平衡。因为对于反腐的长远来说，保障一个健康的制度，才是最要紧的。

"第一千个死刑犯"的前前后后

在美国，各大关注死刑的网站，都罗列了下面的名字："第1000人，肯尼思·博伊德（KENNETH BOYD），死刑执行日期：2005年12月2日，北卡罗来纳州；第1001人，夏·翰弗利斯（Shawn Humphries），死刑执行日期：2005年12月2日，南卡罗来纳州。"

计数是一件很奇怪的事情，它会产生一些意想不到的效果。比如说，人们习以为常的事情，会因为计数，在某个点停下来，作一番检讨和反省。美国的这第一千名死刑，就是这样。

一

将人处死是一回事儿，死刑法却是另一回事儿。人类很早就在处死同类，可是把它变成法律，却反映了社会在走向成熟，开始思考把刑罚规定为一个共同契约。

一般认为，公元前十八世纪巴比伦颁布的死刑法，是比较起来最早成熟的死刑法。它规定了有二十五种罪行可以被处死。在公元前七世纪的希腊雅典，曾经把死刑作为对所有犯罪的唯一处罚，就是再轻微的犯罪，也只有死路一条。接下来，公元前五世纪，罗马也有了它的死刑法，处死的手段各种各样，用今天的眼光来看，常常很残酷。今天人们认为是"残酷"的绞刑，在那个时候根本算不了什么，死刑通常是烧死、淹死、车裂、活活打死等等。必须提到的是，中世纪的宗教裁判所，在欧洲的各个国家促进了酷刑和死刑。

欧洲文化是美国文化的源头。美国原来是英国殖民地，英国的相关历史和法律，对美国的影响就更大一些。在十世纪，绞刑成为英国相当普遍的处死方式。在此后的岁月里，英国出过一个征服者威廉（William the Conqueror），他曾经宣布，在他的统治下，除了战争时期外，不得处死任何人。这大概是英国最早的废除死刑的努力吧。可是显然还不到火候。所以死刑很快恢复，其后仅在英王亨利八世时，就有大约七万两千人被处死。处死的方式也是五花八门，残酷在当时显然不是问题。

英国对死刑的检讨过程是很有意思的。英国在很早就实行了陪审团制度，这使得民众对严刑

征服者威廉

峻法有一个抵御的渠道。英国判处死刑曾经非常草率，在十八世纪，有二百二十二个罪名可以处死，比如说偷窃，或砍了一棵不该砍的树之类。最终，民众觉得这实在太过分。他们一时没有能力改变法律，就通过陪审团制度来表达不满。在一些大家认为不该处死的案子里，明明有充足证据证明嫌犯有罪，陪审员们就是宣判他无罪。因为一旦定罪就是死刑。这样的情况大量发生，其实是在动摇司法制度本身，这逼得英国在1823年到1837年之间，检讨和改革了他们的死刑法，将几乎一半的罪名，从死刑里划了出来。

英国的死刑法被开拓者们带到北美殖民地。英属北美殖民地的第一个死刑，是在1608年的弗吉尼亚，就是最近这次原本要成为第一千名死囚而被赦免的地方。当然，那个时候还没有美国。弗吉尼亚只是最早的英属殖民地，而不是一个州。这第一个死刑犯是位军官，他被处死的罪名是充当了西班牙的间谍。不管怎么说，这罪名本身还是够大的。可是到了1612年，在弗吉尼亚殖民地总督宣布的法律中，鸡毛蒜皮的轻微罪行，都在处死之列。也许，新殖民地维持秩序很困难，总督要站稳，只好祭出严刑峻法来吧。随着一个个殖民地的建立，死刑法律也在同时建立起来。

在美国革命之前的1767年，意大利人贝卡利亚（Cesare Beccaria）写了论文《论罪与罚》（On Crimes and Punishment）。他在文章中写到，政府应尽力为民众谋福利，他批评当时的司法腐败、酷刑以及秘密诉讼。他强调说，刑罚制度的限度，是达到安全有秩序的适当目标，超过限度就是暴政。他认为，刑事审判的效力来自刑罚的确定性，而不是残酷性。他第一个提出要废除死刑。他认为由国家来夺去一个人的生命，是不公正的。

意大利人贝卡利亚

　　贝卡利亚的论文逐渐传到北美，给了革命前的知识分子，包括美国建国先贤们很大的影响。第一个改革的尝试，也是发生在弗吉尼亚。当时的美国建国者之一托马斯·杰弗逊，在他的家乡做了第一个尝试。他在弗吉尼亚州议会提出一个修改死刑法律的提案，提出除了谋杀罪和叛国罪之外，都不得判处死刑。这个提案以一票之差失败。我们可以看到，杰弗逊只接受了贝卡利亚观点的一部分，他反对过分的死刑，却不是绝对的反死刑。

　　宾夕法尼亚州的费城，是《独立宣言》和《美国宪法》的签署地，也受到贝卡利亚的影响。在那里，《独立宣言》签署者本杰明·拉什博士（Dr. Benjamin Rush）认为：说死刑是一种"威慑力量"是没有道理的。他甚至认为，处死也是杀人，反而给犯罪行为一个坏的榜样。著名的美国建国者本杰明·富兰克林赞同他的观点。在美国，这个州是第一个立法把谋杀分出等级，比如，把蓄意谋杀和过失杀人分开。1794年，该州立法：除了一级谋杀罪，其余罪行一律不处死刑。

美国和其他国家很大的不同是，它在建国时只是一个联合体。因此，刑事犯罪基本是州一级法律在管。所以各个州的情况是不一样的。1846年，美国的密歇根州立法：除了叛国罪之外，所有罪行免于死刑。之后罗德岛和威斯康星州完全废除了死刑。可是大多数州还是维持死刑。

二十世纪初，美国有六个州在短暂废除死刑之后又陆续恢复。这是因为当时的犯罪学家有一系列研究著作，认为死刑是必要的社会工具，加上大萧条等原因，二十世纪三十年代，美国的死刑达到历史最高纪录，平均每年有一百六十七人被处死，四十年代的十年里，美国执行了一千二百八十九例死刑，五十年代下降到七百一十五例，从1960年到1976年的十六年中，下降到一百九十一例。在那个时候，美国人对死刑的支持率达到当时的历史最低水平，只有百分之四十二的人支持死刑。

根据美国的制度，废除死刑有两个层面，一个途径是各州自己立法决定，另一个是在联邦层面由最高法院在解释宪法的时候，把死刑解释为"违宪"。人们一向认为，美国宪法的第五、第八、第十四修正案，是解释为对死刑认可的。从二十世纪六十年代开始，这种解释开始出现松动。七十年代初，最高法院在释宪的时候，以五比四认定，死刑违背了宪法第八修正案"法院对罪犯不得以残酷和异乎寻常的方法来惩罚"。可是到1976年，最高法院又转而认定，假如"以适当的方式执行死刑"，就不能算作是"残酷和异乎寻常"的刑罚。

这样，在1976年恢复死刑前，美国在全国范围内有九年没有执行死刑。那第一千名被执行的死囚，就是从1976年恢复死刑之后，开始计算的。

二

美国最高法院解释宪法的过程和反复，很切实地反映了美国人对死刑的困惑，其实这种困惑也存在于其他各个国家。

从美国关于死刑的历史演变可以看到，对待死刑问题的演变，包括了许多层面：其中有什么罪行适合于死刑的问题，例如今天的亚洲地区人们对毒品和死刑关系的理解；有执行方式是否残酷的问题，也有是不是应该公开执行死刑的问题。

以美国为例，现在美国判处死刑者基本上都限定在一级谋杀罪的范围内。各州在死刑宣判时，必须保证陪审团知道还可以有无期徒刑等其他选择。对于死刑的执行过程尽可能做得人道。如密苏里州的死刑程序是这样的：行刑前四十八小时到七十二小时内，死刑犯从监房转到靠近死刑室的一个房间。在这段时间里，死刑犯可以享受较多的自由，包括不限次数和亲友、神职人员以及律师见面。可以自由地和外界通电话。死刑犯可以提出"最后的晚餐"的菜单，只要做得到，监狱必须尽量满足他的要求。"最后的晚餐"在下午五点半到六点之间。执行死刑在午夜十二点零一分。

对于行刑方式，也由于科学技术的发展，尽可能做到快速和没有痛苦。十九世纪末开始，美国试图寻找一种更人道的处死方式时，曾经一度认为触电可以加快死亡的速度，因而更人道。1888年，纽约州建造了第一个死刑电椅。1890年在电椅上处死了第一个罪犯。二十世纪二十年代，还研究过毒气处死。现在则基本上都是用注射毒液。过程一般先是手臂消毒，然后插入针筒，共三剂药水。第一剂相当于麻醉剂，让犯人失去知觉，第二剂是破坏呼吸系统，第三剂是停止心脏功能。整个过程大约五分钟。然后，由法医鉴定确认死亡。

从1834年开始，宾夕法尼亚是美国第一个立法不再在公众面前执行死刑的州。此后各州逐渐跟进，死刑执行只能有极少人在场。最近几年有的州通过立法，使该案被害者的家属有权观看杀害了他们亲人的罪犯被执行死刑。我在电视里看到过这样的专题片，客观地介绍一个案子，介绍死刑犯、被害人、家属，介绍死刑犯在长期关押中的思想演变，也介绍受害者家属们不同的心情。最后，其中一些家属选择去观看死刑。事后被害者的母亲接受采访，说她感到安慰。当然也有人选择不去。在这些不同态度上，我们可以看到人性的复杂。

死刑的一个很大问题是：有许多案子是有争议的。许多死囚犯直到执行死刑的时候，仍然坚持说自己是冤枉的。许多案子就像著名的辛普森案那样，可能没有目击证人，也没有凶器等直接证据。判决只能是陪审团根据呈堂的合法证据，衡量之后作出自己的判断。虽然美国的宪法修正案保障被告的权利，例如，被告有面对证人证据的权利，不能强迫被告自证其罪；在陪审团定案的时候，必须严格根据"超越合理怀疑的证据"；陪审团必须对判决取得一致意见，等等。但尽管如此，仍然不能绝对保证没有冤案。

美国的死刑犯在被陪审团判处死刑之后，根据1977年到2002年的调查，平均每个死刑犯要经历将近十年的上诉时间。美国社会认为，应该给予他们最大的机会，去纠正可能的错案。美国的杜克大学曾经有一项研究，研究结果指出，美国的死刑犯比一个判处二十年徒刑的囚犯，纳税人支付的费用要高两倍。其中很大的一部分开支，就是每个州都必须成立一个独立的、专为死刑犯辩护的律师团。他们的责任，是在死刑判决下来之后，协助死刑犯进行向上级法院的一级级上诉。平均每个死刑犯要消耗州政府216万美元的开支。

在一切程序走完之后，根据美国宪法，总统有赦免罪犯的权力，不必提供任何理由。各州的州宪法也有类似的规定，死刑犯可以要求州长赦免。前面说到的那位原本要成为第一千名执行死刑的弗吉尼亚犯人，就是根据州宪法，从州长那里获得了赦免。当然，虽然宪法没有要求提供赦免理由，可是赦免通常都是有一定理由的。

正因为如此，各州都规定：死刑犯在执行前还有完整的二十四小时可以提出上诉。所以直到最后一刻，死刑执行室都必须随时准备接受赦免的电话通知。

死刑还有一些其他层面的问题，例如智障人、未成年人等等的死刑问题。因此，美国最高法院不断在接受和处理不同的死刑案件的上诉，每一个案子都并不轻松。

三

对死刑的思考，最终是关系到人对社会秩序和生命的种种思考。可是也有一些技术层面的争论。

美国曾经有一些小的县，向州里提出停止死刑，只是因为考虑死刑犯的上诉过程实在太费钱，觉得负担不起。

一些人反对死刑，质疑社会是否"应该"将死刑作为一种对犯罪的威慑，也有一些人从"技术"出发，质疑死刑的"威慑能力"。曾经就这一点向全国警长做过调查，在三百多名随机抽样的警长中，有百分之六十七的警长不认为"死刑能够显著减少谋杀案"，百分之八十二的警长不相信谋杀者在杀人前会顾虑惩罚的后果。在调查列出的几种降低犯罪方法中，死刑被认为是最后一种。

一些人认定死刑是一种残酷的刑罚。可是，也有一些死刑犯认为，长期徒刑比死刑更为残酷，无期徒刑还不如死刑，一副死了就"一了百了"的样子。

由于美国死刑犯的上诉过程漫长，不少犯人在等待的十年当中，已经完全认罪、痛改前非，对这样的囚徒，是不是就应该赦免？这也有很大的争论。一些人倾向于悔过者既往不咎，一些人认为，罪行一旦犯下，没有任何事情能够改变这个事实，因为罪犯杀死的人已经不能复生。

还有一些人是从宗教的角度出发反对死刑的，认为人类社会不能"扮演上帝"的角色，只有上帝才有权力夺走一个人的生命，这是一种保守派的角度。可是也有越来越多的人，是从人权的角度来思考，认为死刑夺走一个人的生命是不人道的，这是自由派的角度。

美国南方是公认的保守地区，也是宗教气氛特别浓的地区，可是在这些地区，民众赞成死刑的比例却相当高，其原因是：美国南方的保守传统中非常重要的内容就是强调南方式的"法律与秩序"。因此，在美国南方曾经有很长时期维持严刑峻法，民众的观念中有很重要的一条，就是保障个人权利，你不能侵犯他人的人身和权利，你侵犯了别人，你必须付出代价。所以，在美国的许多南方人眼中，杀人偿命是天经地义的事情。他们一般不认同人道理由，而认为必须从受害者的角度来看这个问题。

美国现在有十二个州，加上首都华盛顿特区，没有死刑。虽然北方州中也有仍然保留死刑的，可是所有的南方州几乎都是赞同死刑的。

这些争执到现在还没有一致的结论。但从美国对死刑问题经历的思考和实践历程，可以看到，虽然对死刑的伦理判断和存废可以有长久的争论和反复，但是，对于死刑这样一个多层次的问题，可以在讨论的同时，一步步先改进起来。例如，先完善审理和上诉程序，以减少冤假错案，给被告以充分的权利和公平审判，改变公开行刑的做法，减少死刑执行时的痛苦，等等。

我们也许还不能在最困难的伦理问题上马上达成共识，可是，在面对死刑和司法制度改革的问题上，我们远不是没有事情可做。

阿米绪人的智慧

　　不久前，有报纸编辑来约稿，要求再写阿米绪故事，我才发现距我第一次向中国读者介绍阿米绪人，已经过去十几年，编辑和读者都已是一代新人了。于是再写了一篇，补充了内容和一些新的理解，但基本思路还是原来的：探讨美国社会怎样和阿米绪这样的少数宗教群体相处。阿米绪很特别，不仅主动把自己的生活停留在十八世纪，还出于宗教原因拒绝社会契约中的一部分公民义务，例如拒服兵役，甚至在第二次世界大战这样的国家危亡关头也并不改变；在和平时期，他们的教育传统和社会义务教育法律冲突，也不交社会保险部分的税款。有了这些状况，探究社会和他们之间的互动，自然就很有意思。

　　交稿后，编辑来信询问阿米绪的生活细节，他显然觉得好奇：一个自我封存在时间保险箱里的群体，有什么样的奇风异俗？这让我接着去想一些和阿米绪生活有关的话题。

俄亥俄州的阿米绪农庄

阿米绪是农人。我寻访过宾夕法尼亚州，那里是最早最出名的阿米绪定居点，论人口倒不是第一。阿米绪人口最多的是俄亥俄州，那里有大片农区。其实阿米绪人遍布美国，稍稍留心一点，就可能在身边不远处，发现默默地有一个阿米绪家庭农庄。我曾特地跑到宾夕法尼亚州去看阿米绪，却不知道自己住的佐治亚州就有，那是在离我家不远的法耶特维尔。我去过那个小城，还路过过好几次，因为不知道，就没有去找找那个阿米绪定居点。忽略眼前风景大概是常人通例，唯极少数有生活智慧的人，才能坐在本乡略带土气的小咖啡馆中也能品出滋味，而不必言必称巴黎。

阿米绪社区是保存在现代美国的十八世纪欧洲农庄，犹如一个活的民俗博物馆。他们被包围在现代生活之中，并不是与世隔绝，他们拒绝现代生活不是买不起电器，而是主动不要。他们不是把声光电化都看成魔鬼，但确实把充满声光电化的城市，差不多看成近乎魔鬼。那么，他们的想法是不是怪异？他们对待日常生活的态度、他们的世界观究竟是什么样的呢？

其实，换一个思维角度去看阿米绪的日常生活，一点儿特别的地方都没有。沿着历史往前走两步，你就无法单单把他们给挑出来。他们就像大家的高祖曾祖、爷爷和奶奶，那个时候，乡下农夫都过着同样的日子。说什么服饰简单、生活简朴，一两百年甚至几十年以远，普通农家不都是素面布衣、粗茶淡饭？阿米绪只是他们中间的一族。没有人对阿米绪的日常生活好奇。他们之所以脱颖而出，只是因为跟从了某个荷兰宗教思想家的改革，表现出信仰方面一种异乎寻常的韧性。

他们的基本思路应该说是基督教新教的一部分：人不必通过天主教会的教士，就可以直接和上帝对话。大概是天主教会的教士怕被砸掉饭碗，因政教合一掌握世俗与教会双重权力的"国家"，立即宣布封杀改革。当时一些教士以为任了神职，就有神的位置，自我恶性膨胀，大开杀戒。可要找出"异教徒"来惩治，很难从服饰外观上辨认，他们的穿着都是农家服装。但有一个很容易的方法：阿米绪把诚实当作基本信仰要求，因此他们不会为躲避迫害而否认自己的信仰，于是阿米绪在欧洲就损失惨重。更难以置信的是，同样受迫害的其他新教教派，一经掌权后也同样迫害与他们略有差异的阿米绪。今天阿米绪家庭有三本书是必备的，也是孩子们的基本教材，首先是《圣经》，还有一本叫作"殉难者之镜"，就是对当时欧洲阿米绪殉难者的记录，其中包括殉难者留下的书信。有一个农夫在上火刑架前留给妻子的信说："哦，我在世上最亲爱的人，再替我亲吻我的孩子们，告诉我的苏姗，那是她父亲的愿望，要她对上帝敬畏且服从母亲。"这话显示出这乡下人土气十足，但也一直让我觉得奇异：人们通常把乡下人的信仰看作是愚昧，真的深入进去才会发现，他们精神追求的深度远远超过许多自诩以精神生活为业的精英。

一位深入阿米绪的摄影师给我讲了这样的故事。他说自己以前和大家一样，总是认为阿米绪的日常生活始终是个异数。可是一个意外发现使他突然醒悟，阿米绪其实就是过去的我们。他的发现是，在一家阿米绪的后院里，静静躺着差不多百年前约翰·迪尔制造的铁铧犁。我们住在乡下，对约翰·迪尔的招牌就很熟悉，那是现在美国最著名的农具公司John Deere。迪尔和英语的"鹿"谐音，它的商标图案是在一色草绿的机器外壳上，有一只黄色奔鹿。约翰·迪尔现在已经生产最先进的大型农机具，这类先进机器使用卫星精确定位，能边作业边采集土壤信息，把土地资料输入电脑加以分析，在下一季耕作中根据采集的数据自动调整施肥和浇灌。这位摄影师看着这近百年前的农具，突然明白过来，自己的爷爷当时就应该和阿米绪人一样，共同用着同样约翰·迪尔的铁铧犁。

今日超级现代农具大公司的创始人约翰·迪尔是个铁匠，起家是在1837年。他的同伴回忆说，他总是清晨四点就在那里挥动铁锤，常常到夜晚十点还能听到他的铁锤声，他就是这么个人，固执地要把自己的设想用双手锤炼出来。他有着旺盛的创造力，享受创造的快乐，虽然在我们现代人眼中，那只能算是很原始的创造。那个时代，约翰·迪尔和使用他产品的阿米绪，以及被阿米绪称为English的美国农人，在生活上差别并不大。不同的是，别人每一步都跟上了约翰·迪尔的新产品，跟上了新产品的时代、跟上了和电有关的消费，也就是说，在人们不假思索与时俱进的时候，阿米绪人却停住了脚步。

精神上的分界点，并非发生在生活表面分道扬镳的那一刻。当世界还没有开始大规模蜕变，当时代把我们和阿米绪长期留在同一个朴素的自然状态中时，"我们"和"他们"，已经在精神上南辕北辙。我们生活在一个刚能满足需求的自然状态中是颇为痛苦无奈的。我们听说了城市繁华，就向往发展、渴望走出去。我们对急于进入五光十色的未知生活未知世界的焦虑，甚至消损了我们享受眼前快乐的能力。我们根本不相信人有可能拒绝现代享乐的刺激，我们不知道阿米绪人就在我们身边默默无声的思考中作出了不同选择。

阿米绪在宗教信仰上的变革起于文艺复兴时期，一个重要原因是出于对天主教上层教士被欲望掌控、沉湎于奢侈享受、背离信仰的反思。反思并不是阿米绪的专利，许多人甚至开始得更早，在实践上走得更远。历史上不断出现的一批批天主教修行团体就是如此。他们用禁锢自己的方式，把自己隔离在修道院内，或者留在艰苦生活中。例如起源于法国的苦修派，曾经是专注于苦修而不开口说话的。也有把自己对生活的要求降到最低，倾注一生于扶助贫病的，著名的特蕾莎修女只是其中的成名典范，而无声地如此修行的修女修士，不计其数。

这样的范例使我们对今天的阿米绪产生误解，以为阿米绪是在类似刻苦修行甚至自虐的状态中生活。这是个天大的误会。阿米绪和你我一样，也是内涵丰富的世俗生活的一部分。这也是阿米绪对我们特别有意义的地方。

我们对阿米绪的一个误解是，以为他们的生活是不变化的。其实并非如此，应该说，他们接受变化是"有度"的。阿米绪世界观的一个基本点，就是"索取有度"。他们起源于十六世纪，现在的生活状态大多停留在十八世纪，阿米绪的变化显得缓慢，是因为到一定的程度，他们就很少变化。他们使用的技术进步，只需能够达到满足富足生活的程度。假如技术也是一种商品，那么他们接受技术的观念和他们的购买观一致：他们买必需品，不买奢侈品，不是因为没钱买不起，而是为了精神上的自律而拒绝买。一个阿米绪人这样解释我们之间的不同："你们是物质主义者，你们'要'，只是因为你们'想要'；我们是实用主义者，假如是必需品，哪怕它是新的，我们也会采用。"这就牵涉到阿米绪对"必需"和"富足"的理解，对他们来说，就是"能够以自己的双手，达到丰衣足食，能够

阿米绪人的马拉农机

维护健康、扶幼养老"。阿米绪出名的勤劳，也普遍富足。

　　这种按照"必需"而适度发展的观念，带来了阿米绪的地区差别。不同地区维持生活的条件不同，也就造成他们接受技术改变的程度不同。一个典型例子是，阿米绪是出了名不用拖拉机的，可是早在1937年，堪萨斯州的阿米绪人却已经开始使用拖拉机和收割机，原因是堪萨斯州出产小麦，收获小麦恰在最热季节，马拉收割机的马匹，无法承受酷热下的工作，所以对这一区域的阿米绪来说，机动收割机就是一种必需品，否则影响他们的生存。但是，在凉爽季节，他们还是弃置拖拉机而仍然使用马匹。他们在享受了拖拉机的快捷之后，仍然有能力节制自己。同样，少数阿米绪因为"必需"

阿米绪人至今仍用马车

而开始使用电冰箱，但不放弃向大自然取冰的传统方式。他们冬天在结冰的湖中切下整整齐齐的巨大冰块，用马爬犁拖回冰窖，储存到夏季使用，冰箱只是迫不得已的补充。所以，每走一小步，他们都会很认真讨论，考察这一步是不是因"必需"而迈出。

　　节制的能力源于他们的宗教信仰，美国前身是北美英属殖民地，是以基督教新教开始的，至今基督教还是大多美国人的信仰。阿米绪是基督教的一支，那么，是什么造成了阿米绪和所谓English的差别呢？差别就是信仰在生活中认真执行的程度。阿米绪恪守的最基本信条是：谦卑、诚实、勤劳、不奢侈，强调说到做到。因此，声光电化本身并不是魔鬼，超过必需而滥用资源和新技术才是罪恶，

阿米绪儿童

罪恶不在技术本身，罪恶是背离了自己的信仰原则。因此，恶性膨胀、刺激欲望、无节制发展的城市，在阿米绪人眼中成为罪恶之源。这样去看，我们就能够理解阿米绪对技术有条件的拒斥并非愚昧，而是在常情常理之中。

现代人眼中的阿米绪常常是可怜的，他们没有我们的现代享受。其实，与我们同龄的美国孩子都有过类似阿米绪儿童的童年：小伙伴们在户外玩耍奔跑做游戏，也做父母的小帮手，荡着秋千滑着滑梯，体验树林田野在阳光雨露微风初雪之下的四季变化。平时生活简朴，所以一个个传统节日阖家团聚的晚宴会引出格外的企盼。阿米绪的宗教更多地维护家庭温暖，在一个有着祖辈和父母温暖的家中，童年是快乐的。阿米绪的男女青年一起在田野里劳动，动手盖自己的房屋。蔬菜来自自家的菜园，阿米绪的主妇们在收获季节，以传统方式保存多余蔬菜，以供给淡季的冬天。阿米绪最重要的生活原则之一，是包括孩子在内的每一个人，都承担一份家庭责任，家庭和社区的建设，都是互助合作的结果。深入阿米绪社区的摄影师发现，总体来说他们是幽默而快乐的，因为他们的物质和精神都是富足的。

技术发展的高速，在今天的电脑和网络技术中最为典型。电脑的运行速度不断以几何级数增长，同步的是互为刺激的消费和市场，两者的基础都是我们自己也以几何级数增长的现代欲望。我常常想，天下再好的事情，如若以几何级数增长，大概都是危险的。不经意间，短短一生中，我们的生活和观念已经几度质变，那是历史上从来未曾有过的。我们被自己创造出来的技术推着走，焦虑、抑郁成为通病，传统家庭在迅速瓦解，我们精神上失去了支撑点，在现代潮流冲击下，我们无以站住脚跟，最终随波逐流。没有必要刻意美化阿米绪生活，"人所具有的我都具有"，他们有人的全部弱点和缺陷，他们也有生老病死、痛苦烦恼。他们只是以另外一种方式来看待和应对。他们放弃了我们所拥有的、已经没有能力再放弃的一切，我们却放弃了他们所拥有的、他们不愿意放弃的一切。于是，我们和阿米绪之间，渐渐有了不同的喜怒哀乐。

美国有各种各样自发团体社会试验，例如共产主义乌托邦小社区等等，修道院也是其中之一。他们大多是试图改变生活、改变社会而凑在一起的成人，实验有成有败，却很少是恒定的自然社区，也就是说，他们是某种理想主义者的集合。阿米绪的特殊意

阿米绪人自己动手盖房屋

义，在于他们是一个几百年来缓慢发展的自然社区，他们不是志同道合者的短暂聚合，而是社会蛋糕中切出来的一块，经历绵长发展。当我们加速毒化了河流、空气与食物，正在耗尽能源，使环境危机已经影响人类生存的时候，我们回过头来看阿米绪人，惊讶地发现作出不同选择竟然是可能的，他们的观念不仅不落后，甚至相当超前。他们默默实践我们今天大声疾呼的环保意识，已经实践了五百年。在我们飞速异化而脱离大自然的时候，他们仍然留在那里，和自然和谐共存，他们是自然生态中合理的一环，他们保存了在大自然中生存的技术细节。他们并不贫困，一切基于一个节制的信念。在二十世纪三十年代美国经济大萧条时，有一位记者问一个阿米绪人，你认为大萧条对你的生活有怎样的影响？阿米绪人的回答是一个问题："什么是大萧条？"

阿米绪五百年来在现代化冲击下的存在和缓慢发展，让我们看到，不同程度的有节制的富足社会，不仅是人类通过反思后可能产生的观念，也是有可能实践的生活。我们所缺乏的，是阿米绪内心的定力。阿米绪仍在提醒我们被遗忘的传统智慧。他们的信仰落实在生活中，其实和我们的祖父祖母、父亲母亲留给我们的基本教诲重合。我们往往觉得传统智慧已经过时，不仅遗忘并且抛弃，而阿米绪人一生都在努力实践，并且一代一代往下传递。

我一直以为，生活智慧只能是少数人的天赋，现在我明白，它也可以是一种坚韧的文化传承。

自律与诚信

阿米绪的保护者

讲着阿米绪故事，就很难不想到贵格教派（Quaker）。贵格也称作公谊会或教友派（Religious Society of Friends），和清教徒、阿米绪一样，也是一个新教教派。今天阿米绪能在北美发展，全仗贵格接纳。说来也对，假如没有外部宽容，阿米绪自己再有定力也难存活。可是在政教合一的十七世纪，接纳首先并不是体现在政府的行政接纳，而是一个强势宗教派别对异教的接纳。

我和大多来北美的移民一样，最初和"贵格"相遇，是从一个老牌圆筒麦片开始，它印着个笑呵呵的老人头像和"贵格麦片"（Quaker Oats）字样，这麦片进了家门就没断过。真正令我对"贵格"刮目相看，是很多年前准备写美国种族相处的历史故事。当时我在乡村图书馆借来一本书，其中有一段贵格集会的会议记录，看了心情很不平静。

贵格牌麦片商标上的头像

　　这份记录诞生在 1688 年，那时贵格在宾夕法尼亚安定下来只有七年。那是在德裔贵格会友建立的"德国镇"，移民们在每周一次的宗教聚会上讨论说："他们是黑人，但是我们不能想象，只是因为这个原因，我们就能有更大的权力令他们为奴，就像我们对其他白人，也没有这种特权。俗话说，己所不欲，勿施于人。我们对不同辈分、不同血统和不同肤色的人，都应该一视同仁。"这不仅是在反奴隶制，还在反对歧视、提出接受异类的平等和宽容，这是向前迈出的更为困难的一步，很多现代人还不能做到。

　　如马萨诸塞州的清教徒，能够认识奴隶制度的罪恶，到达北美不久就立下禁令，禁止从非洲劫持黑人为奴，违者处死刑。可他们虽然自己在欧洲饱受宗教迫害，来到北美后对异教徒仍然无法宽容。贵格在马萨诸塞州就饱受清教徒迫害：书被烧，教徒被吊死。1681 年贵格领袖之一威廉·潘恩向英国国王要下宾夕法尼亚建立殖民地，第二年潘恩在伦敦宣布他的施政纲领，不仅在总督之外有一个强有力的拥有立法权的议会，还明确提出实行宗教自由。从此，宾夕法尼亚开始实践宗教宽容的"神圣试验"，也成了阿米绪在北美的第一块乐土。

北美是新大陆，却并非从零开始，其成就多半可追到源头英国，"贵格思路"也不例外。

贵格的源头

Quaker一词英语意思是"震颤者"，据说源自它的一名早期领袖称"听到上帝的话震颤"而得名。贵格的创始人是一个十七世纪的英国人乔治·福克斯。

福克斯天生的特性可能就适合做宗教领袖，他内向、投入、严肃、善思考，又生长在一个宗教气氛极为浓厚的环境中，在那个时代，七七八八出现了一大批各类所谓新教教派，看来并非偶然。原因是几百年下来，教会借神意、外战压倒内省，重仪式超过重内容的趋势越演越烈，许多基督徒感到不满。我们今天看到，即便是天主教这样的古老教会，也逐渐在内部改革，慢慢变化和扭转方向。当时这些新教教派的出现，也是一些教徒对原来的教会失望继而绝望，遂提出各种不同的对人神关系的思考，贵格就是其中激进的一支。

福克斯和很多圣徒、宗教领袖的经历类似，都有过一段在信仰世界中认为是与神对话，而在世俗世界认为是精神失常的时期。说福克斯的教派激进，是他在"反形式主义"方面相当矫枉过正：不称呼尊称头衔，不起誓；礼拜不叫礼拜，要叫作会议（meeting）；教堂要叫作会所会堂（meeting house），今天在北美也还是这样，福克

任何人都可以传教演讲

斯一开始还坚持要把教堂叫作"带尖顶的房子"。福克斯反对洗礼和圣餐，认为神在每个人心中，人可以直接与神对话，任何人无须训练就可向他人传教，不分男女。

福克斯要求教徒如兄弟般友爱，严格按照基督的精神去实践，过平淡生活，外延扩大到演讲不要花里胡哨，简洁明了即可。据说现代西方政治家的演说风格，就是受了贵格的影响。福克斯认为，基督上十字架，昭示人类的就是和平主义，不抵抗、非暴力。在这一点上，他的观点和阿米绪一致，所以他们都被称为是和平教会，后来人们以为非暴力是甘地的发明，只是一个误解。贵格要求人追求正直、诚实、完善，也从平等推出宗教自由。

贵格派一出来就受到英国国教的迫害。但是公平地说，也有一些冲突是必然的。贵格许多自己订的规矩，确实和英国的法律有冲突。至少，为求平等而在法庭上不以尊称称呼法官，上法庭和作证拒绝起誓，都有藐视法庭之嫌。宾夕法尼亚的兰开斯特是今日最著名的阿米绪聚集地，兰开斯特这个地名即来自英国，福克斯曾几度在英国的兰开斯特郡被捕入狱。

可是读这些故事总是有一些奇特的感觉，感觉那里的传统与其他地方不同。比如说，一次福克斯被抓起来送到伦敦的"护国公"克伦威尔那里，克伦威尔就会有兴致坐下来，听听这位异见领袖讲述贵格和传统宗教的不同，听着听着，颇为感动，虽然他并不赞同，也并没有完全停止对贵格教徒的起诉，可克伦威尔还是把福克斯给放了，还说，我们要是能这么常聊聊，兴许就能缩小差距。此后福克斯又被查理二世抓起来过，关在英国兰开斯特。福克斯在监狱里洋洋洒洒给国王写信提出种种建议，虽然国王并未采纳，至少有一条是照做了，就是放掉了一大批在克伦威尔时期被捕的贵格教徒。有这样的故事发生，宽容就有产生的土壤。

贵格和作为农夫的阿米绪不同，成员有大量的绅士和商人，也就是知识精英，因此在教育问题上他们的看法和阿米绪就有很大不同。贵格在北美自己创办了许多学校和大学。他们从一开始在保护自己宗教自由的同时，就有政治理论的思考，并且懂得推动立法来保护自己。如宾夕法尼亚的创建者威廉·潘恩，就把英国逮捕非国教教徒的行为都归作是对"与自由和财产相联系的古代根本法"的攻击，他宣称，任何人都不应该因为纯粹的宗教信仰问题而被剥夺自由和财产。他的理论基础是，英国对自然法的确认，是他们最根本的遗产。潘恩宣称，他赞同对英国历史的如此看法：即"大宪章"并非个人权利的起源，个人权利是自然存在的，"大宪章"只不过是"追认"了"原本就存在的自由"。

基于这样的思考和努力，英国终于在1689年推出了《宗教宽容法》(*The Act of Toleration*)，允许贵格等新教徒维持自己的信仰，虽

威廉·潘恩

然在出任公职上仍有限制，也没有包容天主教徒和统一教。可是，在十七世纪，就能够确立"宽容"为法律原则，已经非同寻常。同时，宽容也表现在异端一方，他们不谋求取代国教，而寻求和平共处。他们虽然不能任公职，却转而把他们对道德、责任的宗教热情注入社会其他领域。在十七世纪，当选为皇家学会会员的英国贵格信徒和国教信徒人数差不多，在十八世纪前者是后者的四倍，在十九世纪是三十倍。在北美，宾夕法尼亚是十七世纪英国在那里建立的最后一块殖民地，却是发展最迅速的地方，这与潘恩的贵格思路分不开。建立美国之后，很多人认为，美国原则包含了很多贵格原则。

提升自己是改变社会的起点

而贵格思路中对社会的要求是从他们对个人品质的要求中延伸

出来的。其实，这是个很自然的常识，良好社会来源于这个社会的个人对自己有一定的品质要求。随着时代变化，贵格也在不断变化中。他们不像阿米绪那样坚持古朴的服装，我们在麦片罐上看到的典型的早期贵格服装，在现代美国已经看不到了，这使得他们融入人流中，而不是像阿米绪那样，因古朴反而突兀，虽然贵格对服装还是保留着力求朴素的观念和要求。贵格仍然坚守自己从信仰出发的基本准则：简朴、诚实、平等、和平。贵格对这样的品质内修格外格认真。

贵格信众很出名的特点是"不起誓"。而在法庭作证必须对《圣经》起誓"只说真话"，这是美国作为一个基督教国家的传统，可是为了强调社会宽容，对于无神论者和如贵格教徒这样的"不起誓者"，法庭上容许以"确认"（affirm）取代"宣誓"（swear），甚至连总统宣誓都可以以"确认"替代。非常有意思的是，贵格不起誓不是给说谎留后路，而是对诚实的细究。我们谁也没有如贵格那样去认真想过，起誓可能是一个划分起誓前后两种状态的标志。贵格的认真就是寻根刨底，不给自己留下不诚实的借口和余地。他们认为：如果起誓在法庭上作证讲的都是真话，那是否等于说，其他时间、日常生活中就可能或者可以说谎？他们拒绝在法庭上起誓说真话，是为了确认自己在任何时候都必须说真话。

这一类看似非常简单的事情，贵格信徒认为不依仗信仰难以做到。和平主义是一个更为突出的例证。对贵格、阿米绪这样的和平教会来说，和平是信仰对个人的品质要求，所以是从自己为出发点和思考立足点的。对他们来说，非暴力就是绝对不使用暴力，必须具体落实到自己绝无暴力行为，进而要求自己不以暴力抵御伤害，

贵格信众

也不以暴力救助他人。由此，他们推出反对一切战争就是顺理成章的，他们假设自己和亲友的生命受到威胁时都不违背信仰动用暴力也是顺理成章的。这样的个人和平宣言就落在一个很坚实的基础上。而世俗世界的反战以及和平主义，往往是泛泛的有关战争观点的政治表态，从来没有细想过，临到自己面对生命威胁时，这宣言还是否作数。和平教会的和平宣言是拿自己的生命垫底，自然就比较硬气。从十七世纪在英国开始，贵格就以反对以国家名义发动战争而著名。

　　由于贵格和阿米绪不同，他们更为积极参与外部社会活动，因此在促进"良心反战者"可以免服兵役的官司中，贵格是司法挑战的主力，而阿米绪更像是受益者。如果说阿米绪的生活态度是洁身自好，贵格则是积极进取。阿米绪的和平主义，止于自己的非暴力、不当兵。而贵格在第一次世界大战的1917年，做了大量对平民的救助工作。在第二次世界大战期间，他们帮助纳粹德国的难民出逃，给交战双方国家的平民以人道救援。因此在1947年，英美两大贵格慈善组织英国教友会（Friend Service Council）、美国教友会（American Friends Service Committee）共同获得诺贝尔和平奖。现在，他们更进一步参与进行敌对国家的调解，以及预防暴力冲突的工作。

贵格启示

读贵格的历史，就像读阿米绪一样，会感受一种人类精神活动的奇妙。

人的天性中其实有放纵、自私、趋利的倾向，极端的时候会侵犯伤害他人，会引出暴力甚至战争。人也有虚荣、自我放大的倾向，投入社会政治的目的有时会夹杂追求个人价值的实现以及对荣耀的追求。可是，人类也有另一面，寻求谦卑中的反省，试图认识和了解自己的弱点，试着给自己一个刹车装置。在信仰世界中，改变世界的第一步，是提升自我、完善家庭。自己内修为良善之辈，扩大至推动社会向善行走，己所欲，施予人。社会是由个人组合而成的。

英语有很有趣的一面，例如把我们华人文化中颇为正面的"有雄心"、"劲头十足"和略有贬义的"野心勃勃"，一起叫作"ambitious"；也把中文中正面的"积极进取"、"敢作敢为"和负面的"放肆"、"具挑衅性"、"侵略性"一并合为"aggressive"。你仔细体味，发现它们差不多像是一回事儿，差别只在分寸上。控制分寸的是一条无形的界限，一脚走过，如覆水难收。阿米绪建设自己的社区生活，贵格进而试图改变外部社会，你可以说，他们都是积极进取的，但他们始终把握那条无形界限，把自己约束在界限的此岸。精神活动中自觉内敛的这一面的确引人入胜。

对比之下，一个缺乏自律的社会，也就容易找到病根，知道它缺的究竟是什么。

走向安全之路

一

美国煤矿业和其他地方一样，也是始于最原始的技术，所以一开始就被看作是最危险的工作。早期煤矿还没有产生政府严格立法和监管业主的概念。工业革命时期，各行各业通行劳工市场观念。这种观念就是：苦、累、危险和相应的工资明摆在那里，不论出于什么原因，你要去做，就是你自己的选择，你为自己的选择负责。资方对于安全的考量和采取的措施，是从核算成本的角度出发的。安全措施提高成本，事故则会造成经济损失。所以，这是劳资双方在根据自己的利益自然调节。有很长时期，政府不应该干预企业是观念上的共识。

但是，人们逐渐看到，依靠市场调节工人的安全工作环境，是远远不够的，尤其是一些高度危险的工作，对工人伤害太大。就矿

煤矿工人

业来说，从1880年到1910年，煤矿爆炸和各种事故，就导致了几千人的死亡。

真正关心矿工生命安全、能对矿工工作环境的不安全细节有深切体会的，必定是矿工们自己。因此，矿工是否有权有组织地表达自己的声音，是改进安全生产的一个至关重要的因素。在这种情况下，为保护自身利益，美国很早就开始组织起各种矿工工会。可是，不仅个人的力量是微弱的，小的工会组织在日趋庞大的资方面前，也还是弱小的。于是，1890年美国的矿工组织出现了一个划时代的变化，各个小工会联合起来，在俄亥俄州哥伦比亚市，成立了美国联合煤矿工会（UMWA）。

联合煤矿工会是几个小工会的联合体，第一批组织者主要是从英国、苏格兰来的移民。他们从一开始就制定了工会宪章，确立要跨越对不同种族、宗教和地域的歧视、偏见。这些歧视、偏见在当时的美国普遍存在。他们提出，职业风险带来的收益，资方应该和工人公平分享，"要运用一切有尊严的方式维护劳资和平，尽量通过仲裁和说服的方式消除分歧，使得罢工失去必要性"。

联合煤矿工会领导了一系列的运动来达到自己的目标，包括1898年的八小时工作制，1933年的集体谈判权，1946年的健康与退休福利，1969年的健康与安全保护。从工会成立一开始，他们就开始从技术、立法两个方面，推动"生命，健康和四肢"的保护计划。由于职业肺病危害严重，为了保护矿工健康，这个工会在研究矽肺和尘肺病领域极富成果。

在庞大的组织中，矿工不再是无助的个人。担任美国联合煤矿工会主席四十年的约翰·路易斯（John Lewis），曾经这样说："从讲台到公共论坛，我在各种场合为你们申辩。我不是用颤抖的低音乞讨施舍，我是用强大军队指挥官的雷鸣般的声音，要求自由人应有的权利。"

联合煤矿工会迅速发展，到二十世纪三十年代已经发展到五十万会员。1964年，总统约翰逊给路易斯颁发了美国公民的最高奖：总统自由奖章。

二

处在工业社会早期的国家，国家介入管制企业的工作环境安全，是一种观念的突破。美国工会组织呼吁国家立法来保护矿工安全，起了很大作用。

在美国煤矿业的历史上，最悲惨的是1907年，有三千二百四十二名矿工工伤死亡。仅西弗吉尼亚州摩侬加煤矿的一次爆炸，就造成三百五十八人死亡。不仅是煤矿，其他矿业也是危险的，1917年美国蒙大拿州的一次矿山爆炸，造成了一百六十三人的死亡。

1907年的矿难高峰——西弗吉尼亚州的煤矿爆炸，终于使得联邦国会下决心，开始着手立法干预企业的工作环境，确立矿山法规，以保障矿工的安全。

危险的井下作业

　　矿业的安全立法，在一百年前的美国还是突破性的新事物。在讨论立法的三年中，恶性事故仍然在发生。1909年11月13日中午，伊利诺伊州梅镇煤矿不慎引发井底大火，有二百五十九名矿工和十二名救援人员遇难。直至三年后的1910年，国会终于通过立法，联邦设立了内务部矿山局，专门负责减少煤矿业的事故。1910年的立法，开创了联邦国会针对矿业展开一系列立法和管理的先河。减少矿难的艰巨努力从此开始。

　　1968年，又是在西弗吉尼亚，法明顿煤矿爆炸事故七十八人遇难。这一事件震惊全国。约翰逊总统向国会递交"联邦煤矿健康和安全法"提案，决心大幅度地加强联邦政府对煤矿安全和矿工健康的管理和执法。1969年，煤矿联合工会代表煤矿工人到国会作证，促使了该法案在扩充以后通过，由尼克松总统签署生效。

　　根据这一法案，全国所有地下煤矿，每年必须接受联邦机构四次检查，露天煤矿每年两次检查，违规者将遭受罚款和刑事起诉。所有煤矿一律被视之为存在危险气体，必须接受检查和监测。联邦检察员获得授权，在紧急情况下有权当场关闭矿场。矿工们有权随时要求联邦机构派员检查矿场状况。矿工们认为，最重要的一点，是国会第一次明确指令消除人为的职业病。煤矿的各项标准都大幅提高，确立了关于矿工健康的标准，保障矿工因黑肺致病致残的福利。

1972年爱达荷州阳光银矿火灾事故，尽管从各州赶来几百名救援人员，在地下矿井内的一百七十三名工人，因缺乏紧急状态下的逃生训练，九十一人死于大火引起的浓烟。这一事故引出涉及矿工训练和灾难防护措施的立法。1973年建立了联邦矿山执法和安全管理局，专门负责矿工们的安全工作环境和逃生训练。1977年，此机构从内务部转交劳动部，名为矿山安全和健康管理局。卡特总统任内大力强化了有关法律的执法，包括事故伤亡者的抚恤和补偿都得到保证。

努力还是有很显著的效果。从最早的平均每年矿难死亡将近一千五百人，到政府开始立法干预后，二十世纪五十年代，减少到平均每年死亡四百五十一人，七十年代减少到平均每年死亡一百四十一人，在九十年代，美国煤矿平均每年死亡四十五人。其他矿业的矿难，从二十世纪三十年代的每年死亡二百三十三人，减

逃生训练

少到九十年代的五十一人。用工作小时来统计死亡率：在1970年，煤矿死亡率是每一百万个工作小时死亡一人，1999年是将近三百万个工作小时死亡一人。

三

虽然美国的矿工安全有了大幅改善，可是矿工为安全的奋斗一刻也没有停止。井下工作涉及无数细小的因素，是一种非常脆弱的状况，只要一点疏忽，就可能酿成大祸。近年西弗吉尼亚州赛哥煤矿就发生过造成十二人死亡的重大矿难，震惊全国。官方调查仍在进行中，媒体已经披露了大量安全漏洞。因此，美国政府对采矿安全的监督，现在升始进入细节关照的阶段。

美国煤矿安全问题有一个特别的地方，就是多年来，由于矿难人数的下降，黑肺病成为美国煤矿工人死亡的最主要原因。矿难容易吸引社会的注意，可是矿工们自己知道，黑肺病造成的死亡远远超过突发矿难的人数，现在每年因黑肺病死亡的矿工，仍有一千人以上。虽然有关控制职业病的立法已经三十多年，黑肺病的伤害和死亡也大幅下降，而且黑肺病的灾害消除有一个滞后效应，可是没有人敢对此掉以轻心。因此改善煤矿的空气质量是今天美国联合煤矿工会在不断地努力的一个重点。

安全措施方面，首先要有具体的法律法规。工会和政府管理机构经常发生不同意见，在这个时候，通常会寻求独立的司法仲裁。例如联合煤矿工会曾因为布什政府的劳动部长赵小兰管辖的矿山安全和健康管理局，改变了一些规定，没有遵从空气质量的法规，将

煤矿工人的工作环境

其告上法庭。管理局辩解说，他们作出改变，是因为原来的规定可能和法庭的另一项相关裁决冲突。华盛顿特区的联邦上诉法庭裁定，管理局对改变规定没有作出足够的解释，要他们重新审核。

如果是牵涉改变立法的案件，工会也会诉诸国会。犹他州西部能源矿业公司，是美国最大的几家煤矿公司之一。公司总经理对矿山安全向健康管理局提出一项替代的保护规定，被管理局考虑采纳。这项改变是规定工人戴防尘头盔，以替代原来规定的通风设备和水除尘。这样，矿区的煤尘自然会增加。

矿工们将他们的反对意见递交国会。一名民主党参议员和一名共和党参议员共同负责他们的投诉。一名议员的发言人批评说：管理局的"整个计划，就是要工人戴上他们不愿意的火星大战头盔"。去年夏天，经过听证会，参议院通过一项拨款修正案，要求管理局重新修订除尘规则，并且要求使用一项新技术，让矿工能够连续从仪表上读出空气中的煤尘状况。

这些争执、规定，都只是一些细细碎碎的具体细节，而每一点改动，都可能涉及矿工的生命。这些规定还在不断地修改。例如近年的这次矿难，至今为止调查披露的事实令人扼腕叹息。这些受难矿工受过安全训练，根据安全课本的指示，他们在遇到突发事故之后，应在原地不动，搭一个掩蔽所等候救援。这些他们都照做了。可是这次的情况不同，道路并没有被堵塞，假如依靠可以使用一小时的氧气罩摸着往外走，他们可能活下来。等候救援反而失去了宝贵的时间。但安全指示似乎也没错，因为爆炸后的矿井可能随处塌方，走动有危险。

矿工安全问题牵涉非常复杂的研究、立法、执法、争论和仲裁，这些过程都不能离开矿工的参与。但这样一个复杂的系统运作，作为个人的矿工根本无力应付，在这里美国联合煤矿工会起了不可替代的作用。美国人认为，在采矿安全问题上，劳、资和政府三方，是一个相互制约的关系，也是一个需要良性互动的合作关系。这一关系处理平衡了，矿业就会向安全的方向走，反之就会变得不安全。

从历史中驶来的橘黄色校车

　　我家住在农区。前几年，发现沿我家小牧场的公路边，突然竖起一个菱形交通牌，警示："前方为校车停靠站。"原来是邻家小男孩到了上学年龄，他家在高坡紧下方，有那么一点视野障碍。为了校车和上车的小男孩不被刹车不及的车子撞到，根据法律必须竖这样一块警示牌。警示牌只为他——那个小不点儿男孩。这里不习惯在墙上刷宣传大标语，孩子们的安全是依照枯燥的法律细节保障。美国每天有一半的中小学生将近两千六百万孩子，乘坐四十八万辆校车行驶在城市和乡村。这被称为是美国最安全特种车的橘黄色校车，历经漫漫长途，一路从历史中驶来。

　　美国最早的校车制造，可追溯到"韦恩制造"。这家工厂建立在1837年，到十九世纪中叶，已经以建造"校车"闻名。最初的校车基本是在乡间行驶。美国农家常常不以村为聚落，就是一个个农家各自围绕大片田地，都是散户。学校远，交通不便，就有校车的需求。一开始，也就是在马车架子上安个遮风挡雨的帆布棚，座位沿着车厢围作一圈，开窗只是把遮挡窗洞的小帆布卷起来。后来，改成蛮像样的车厢了。当时车速慢，乡间交通也稀疏，交通安全根本不是什么首要大事。

　　二十世纪初，随着公路延伸、汽车发展，马拉校车的车厢被装上汽车底盘，成了卡车式校车。1910年，美国有三十个州有了专门的校车，也就推进了校车生产业。1913年，福特汽车公司在加州的分厂开始建造自己设计的校车，当时的价格是每辆七百美元。1920年，校车有了玻璃车窗，但并不普遍。渐渐地，校车开始进城。1930年，老牌校车商"韦恩制造"推出了第一个全钢车型，也有其他厂商跟进。1932年的全钢超级客车型校车，已经很像我们在五十年代乘坐的公共汽车了，有七十六个座位。当时美国校车还在发展初期，这是各商家单纯的商业行为。制造厂家们以吸引顾客为目标，各自制定车型规格，开出厂门的校车自然就是五花八门。

　　谁也没注意到，这时有个三十多岁的年轻人，一直在默默关注和研究大家熟视无睹的校车。他就是乡村教育专家希尔博士（Frank W. Cyr）。希尔博士对各州校车都做了广泛调查，他发现美国孩子乘坐的校车类型足以充分满足大家的想象力，什么样子都有：虽然已是二十世纪三十年代了，可还有少数十九世纪的马拉校车在用；在堪萨斯地区农村，甚至还有用拉小麦的马车送学生的。校车颜色更是什么色儿的都有，有的校车以红白蓝的国旗三色作装饰，显然只考虑爱国主义教育了，根本没想到车身颜色与安全相关。希尔博士也征集校车生产商的意见，发现厂商也在抱怨，校车缺乏统一标准，影响批量化的大规模生产，也就难以降低成本。更令人不安的是，当时发生了几起严重的校车交通事故。这使他看到，时代不同了，马车时代并不突出的行车安全问题，在汽车公路时代会变得越来越严峻。

美国是一个所谓先发国家，先发国家的难处在于没有别国的经验可以借鉴，总是"问题先行"，然后必须自己去琢磨和找出解决之道。

希尔博士的努力获得了洛克菲勒基金会的支持，由基金会资助来自四十八个州的交通专家和官员、校车制造商、涂料商等等，聚集到希尔博士教书的哥伦比亚大学师范学院开会。那是1939年，一个关注乡村教育、才三十九岁的普通学者，就这样发起和组织了美国第一个堪称划时代的校车标准化会议。

在会议上，首次为美国校车制定了四十四条标准，例如车体的长、宽、高等尺寸，橘黄色涂料的配方标准等。会议制定的大多标准，都在以后的岁月中逐渐被新标准替代了，但是美国校车的橘黄颜色，历经时间考验一直留到今天。希尔博士因此被美国人称为"橘黄色校车之父"。此后希尔博士持续关注校车安全，1942年他还主持过一个联邦会议，制定战时的校车运送标准。

关键是，校车安全从此成为一个突出议题。1989年4月，在当年开会地点，希尔博士参加了纪念首届校车研讨会五十周年的午餐会，他回顾说，当年制定标准的唯一考量就是安全。以校车的橘黄色为例，当时反复考虑，就是要找出特殊醒目的色彩，使得哪怕在晨曦和暮色中，校车都能被清楚地辨别出来，并且后来又规定，不容许其他车辆使用同样颜色。1939年首次校车标准会议以后，美国陆续召开过十二次类似的全国会议，更新校车安全标准，也制定了为残疾学生服务的校车设施，一次次给州和联邦的校车安全立法提供依据。

橘黄色校车

　　由于美国是一个联邦制的"合众国"，传统思路就是各州具体问题由各州自己立法应对。联邦立法非常谨慎。传统的美国中央政府总是生怕对各州有过度干预和越权干涉之嫌。所以美国的校车规范，是二十世纪四十年代从各州立法开始的。1939年会议制定的标准，一是因为合理被厂商自动采纳，二是给各州立法提供参考。它只是一个学术会议，并无强制作用，例如校车的橘黄色，虽然很快被三十五个州立法接受，但是明尼苏达州就一直采用自己的金橘色，直到1974年联邦立法才接受全国统一的橘黄色配方，不过，1939年会议确实对推动立法起了一个关键作用。

　　"二战"后适逢"婴儿潮"，城市大幅扩张、学生人数大增，城市校车数量也随之剧增。从"二战"战场上下来的艾森豪威尔将军，有感于战争中运输的重要，开始推动在美国发展高速公路。西方发达国家都相继经历了这个过程。1958年在联合国主持下，欧洲经济委员会开始整合欧洲的汽车规范和安全规则。美国并没有引入欧洲规范，而是试图制定自己的安全规则。

美国州际公路网的建立和公路现代化，是在二十世纪六十年代开始飞速发展的，不论车速还是交通流量，都和战前不可同日而语。当然，交通事故随之剧增。公众开始强烈要求政府对交通安全有所作为，当时出版了维权律师伦夫·奈德写的一本书：《有速度就不安全》，以及国家科学院的一本报告《意外死亡和伤残——被忽略的现代社会病》，把公众呼声推向高潮。1966年，美国国会举行了一系列有关交通安全的听证会，通过了第一部联邦层面的《国家交通和机动车安全法》，校车安全当然也随之改进；国会更在1974年通过了联邦的《校车安全修正案》，把以前各州对校车的一些重要规定纳入了联邦法，也就进一步提升了全国校车的特殊安全级别。例如1946年在弗吉尼亚州开始使用的校车特殊警示灯、紧急疏散门、在五十年代就在各州广泛使用的左侧停车标志摇臂——就是在校车停车上下学生时，车身左侧伸展摇臂，出示停车标志，挡住逆向车流，确保整条路的双向交通都全部停驶。当然，还有关于加固车身等等的细节立法。

说到立法，我以前写过一点体会，就是法律其实有"真诚法律"和"虚假法律"之分。具体区别就在于是否"认真执法"这一点。对于成熟的法治国家，它的立国之本，就是国家上上下下、大大小小的诸多问题，都要依靠法律解决，从实用出发，必须特别重视执法一环。而一些法治不够成熟的地区，执法跟不上或者不重视，法律很可能在事实上形同虚设。美国对如何执法也有一些制度上的保障。比如说，上级命令一个下级违法行事，如五十座的校车，要司机违法多加几个学生，司机怎么办？按法律规定，即便是职务行为、即便司机是在执行上级命令，假如出事上法庭，检察官只要能证明：下级明知是违法行为还在执行，那么作为执行者，也必须和下命令的上级一起接受法律制裁。那么又如何证明雇员是否明知故犯呢？这也是由制度在保障，每个雇员在上岗之前，都要签字认定：自己已经了解相关法律。签字的文本，将存档作为"知法"的证据。这样，先行排除了许多不必要的、规范之外的人为事故。问题简单了：只需加强"规范"。

校车安全改进分为两部分，一是"软件"，即驾驶员的人为因素，例如驾驶员需要特殊驾照，有一系列特殊安全训练，也有摄像头这样的硬件监督驾驶员行为；学校、家长必须反复对孩子进行校车上的行为教育，使得孩子不在车上有随意离开座位等违规行为。二是实实在在的硬件改进，这部分旷日持久、非常枯燥，包括大规模调查、车身冲撞等技术试验，包括取得数据、分析、下结论、改进，周而复始。

公路交通是一个危途，彻底避免交通事故几乎是不可能的。首先，司机是人，人都会有错，哪怕校车司机训练再好，也只能说是降低事故率，更何况还有非校车司机出错撞上校车的可能。撞上来的，还可能是不可抗拒的体量超大型货车。美国在1970年正式建立的"国家公路安全交通管理局"认识到，既然人为事故不可能完全避免，就必须在"耐撞力"上下功夫。2002年4月，该管理局对国会提交了《校车安全：耐撞力研究》的长篇报告，仔细分析了1990年至2000年之间的校车事故原因、冲撞双方车型研究、安全带分析、伤亡分析等等，提交了对遭受正面、侧面冲撞的测试记载和数据等，为国会立法作参考。美国校车车体的每一个细节、连接点，都经历

悍马车撞不过校车

了一次次立法的不断加固加强。结果，就是悍马车撞上去也只能造成校车极轻微损伤。

2006年美国成立了校车理事会，再次汇集各校车制造厂、各州和国家学童交运协会、政府相关官员等各方意见，向国会发出一致声音。他们不断对校车提出新的改善标准，走在联邦和州立法的前头。美国人理解，并非改进校车就能保证和维持事故死亡率为零。但是多年来法律的逐步规范，已经使得事故明显下降，1990年至2000年，运送学生的校车（借用校车用作他途不在内）每年事故死亡平均为8.5人，其中司机死亡为2.6人，就是说在2000年之前十年中，平均每年有5.9名学生因校车事故死亡。2006年美联社公布过校车理事会的一个调查：美国校车运输安全已经远高于其他任何形式的运输，例如飞机、铁路和私家车。一个孩子坐在校车里，比坐在

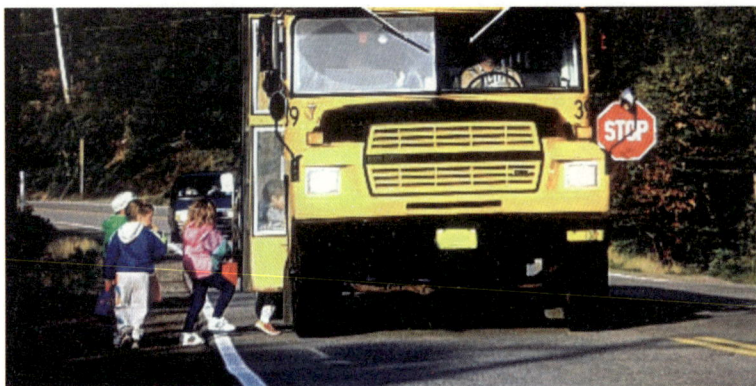
校车张开摇臂等孩子上车

父母驾驶的汽车中更安全十三倍；比坐在一个近二十岁年轻人驾驶的汽车中，更安全四十四倍。校车理事会在2006年分析了2001年至2003年的儿童急诊室数据，发现那三年校车在每年运送一百亿人次和运行四十三亿英里的密度下，几乎没有什么严重事故。

那是我在乡村经常遇到也最喜欢看到的景象：橘黄色校车缓缓停下，摇臂展开"停行"的标志，整条道路静止下来。车门打开，下来一个背书包的小孩，他带上迎上来的小狗，很放松很自信地横跨过专为他留出安全通道的公路。路对面，通常是一栋简朴的白色农舍，老橡树下，等候的母亲把跑来的孩子轻轻拥入怀中。

真切感受到国家为了孩子的安全在坚持不懈地努力，而且成效显著，就是真正有效的国民凝聚力。

辛普森说——假如我真的干了

——美国司法如何面对这样的"坦白"

    不久前，美国一家著名娱乐小报刊登消息说，前橄榄球明星辛普森在计划写书《假如当年我干了》，"假想当年自己实施谋杀"。辛普森是十几年前一场重大谋杀案的被告，他在刑事审判中被判无罪，在其后的民事案件中败诉。辛普森刑事审判是当时震动世界的世纪大审判，发布这样的消息料想会引起轰动，可是美国各大媒体都一言不发。娱乐小报消息可能特别机警灵通，也可能是道听途说，辛普森的律师则出来否认。一般来说，主流媒体重视新闻的可靠性，在没有证实之前，不会轻举妄动。

    突然，几天后所有美国的主流媒体都在报道辛普森即将出书的计划。辛普森还将就此事接受FOX电视台的采访。这一次，是真的"狼来了"，引起的轰动可想而知。和当年审判一样，轰动的原因是事件本身在挑战美国人对司法制度的信心。

辛普森刑事审判的关键

刑事审理的第一个关键是：法庭上对立的控、辩双方不是嫌疑人和受害方。较量的两造中，一方是政府行政部门的司法检察官，另一方是嫌疑人。在检方后面，有来自税收的庞大的政府财力和人力，包括调查、取证、律师和检察官，这些资源相比个人力量，几乎是无限的。作为球星的嫌疑人辛普森是罕见的富人，但即使如此，他也在这场官司中倾家荡产。因此，在刑事审判的较量中，是政府力量和个人抗衡，力量的对比非常悬殊。刑事审理的第二个关键是：判决的后果是严重的，涉及嫌疑人的自由甚至生命。

因此，司法程序对刑事审理的过程要求很严。例如判定罪名成立需要十二名陪审员一致投票认定。判定的依据必须是检方提出"超越合理怀疑"的证据。

在整个庭审过程中，法官只是起一个球场裁判的作用，维护司法程序的公正。在无罪假定下，检辩双方的律师是平等的。双方呈

审判时辛普森试戴
作为现场物证的手套

出自己的证据，最后让陪审团依照法律对证据的要求，作出罪名是否成立的判决。

辛普森一案没有直接证据，也没有目击者。检方提供的关键警官证人，被辩方证明在法庭的誓言之下有谎言，誓言之下的谎言就是伪证。虽然他的伪证与案件没有直接关联，可是关键证人的信誉崩溃，同时证人被证明有严重歧视黑人的言论，被辩方指为对辛普森有栽赃的动机。在这样的情况下，陪审团依照法律的规定，无法一致认定辛普森有罪。可是，对辛普森涉案的怀疑依然没有消除，这是人们无法在判决之后心平气和接受审判结果的原因。

辛普森民事审判的关键

民事审理和刑事审理有本质不同。民事审理的第一个关键是：控、辩两造是平等的个人，是嫌疑人和受害方，没有政府力量的介入。他们对抗的力量是平衡的。民事审理的第二个关键是：判决只是涉及金钱的赔偿，与生命、自由无关。因此在司法程序设置的要求上，也和刑事审理完全不同。对证据的要求是平衡。在陪审团表决的时候，刑事审理要求全票通过，民事只要求多数通过。刑事和民事审理的罪名也是不一样的。在刑事起诉中辛普森被控一级谋杀罪，在民事起诉中罪名是对前妻妮可和高德曼的死亡负有责任。

在这样不同的司法程序和要求下，同一案件在刑事审理和民事审理中判出不同结果来，是完全可能的。记得在辛普森民事判决之后，一些中国媒体的报道是"辛普森的民事判决推翻了刑事判决"，其实，在美国司法上这完全是性质不同的两码事儿。

辛普森的新书

　　辛普森的新书在娱乐小报捅出消息之后，可想而知主流媒体记者都在设法核实，却很久没有动静，可见其保密的程度。连长久为辛普森服务的私人律师都在昨天声称，自己完全是被蒙在鼓里。这个新闻的耸动原因之一，当然是它涉及社会道德。美国的法庭可以在一些案件中下令，已经定罪的罪犯不得利用自己案件的故事牟利。辛普森显然不在此列，但辛普森也无法因此牟取暴利。在民事案被定罪之后，辛普森按照法律规定，主要保留的是他在佛罗里达的私宅和退休金。其他财产几乎都被没收拍卖了。可是按照法律规定，他被拍卖的财产必须先支付他的律师费用，因此受害人家属虽然被判可以取得赔偿，却还没有拿到什么钱。所以辛普森出书假如有收入，他自己其实是拿不到手的。

　　事发之后，许多社会名流包括出版协会的负责人，都出来表示谴责，认为这种无视受害人感受的做法，无疑是令人厌恶和不道德的。辛普森曾经担任过体育主持人的电视台也宣布，这样的访谈节目对他们来说是不合适的。然而这都还不是关键所在。

　　辛普森宣称他的书对自己涉案谋杀，只是一个假设。他的律师也再三表示，书中涉及谋杀的部分，事先讲好了是"虚假"（fiction）的。当年自始至终跟踪报道辛普森案的记者出来说，我太了解辛普森了，他会不断地辩称，那是假的。而也有人看法不同：出版者是一家小公司，公司负责人宣称，是辛普森自己找上门来要写这本书，她认为书中内容就是真实的"自白"。

　　关键在于，辛普森把美国人都知道的一个制度安排，再次推到

"假如我真的干了"

大家面前：假如辛普森承认自己是在自白，法律对他也已经没有办法了。除非他承认自己还杀了其他人，才能够重开审判。这是美国宪法第五修正案规定的，同一案件不得令被告处于"双重追诉"的原则。就是对同一罪案，检察官不能重复两次起诉。

尽管大家都抽象地认可这个制度设置的合理性，可是具体到一个如此轰动的谋杀案，具体到特定的受害者，假如经过法庭审判无罪开释的嫌疑人突然跳出来说，我就是罪犯，你们拿我怎么办。而根据禁止双重追诉的司法原则，法律就必须放过他。这对任何人都是一个巨大冲击。可是即便如此，美国人也不会因此真的失去对司法的信心。为什么呢？

世界不是完美的

原因在于，任何社会的司法制度都不可能是完美的，这是常识。一个纸面上再完美的制度设置，面对复杂世界都有它的无奈，任何追求都必须支付代价。这也是对于任何一种制度安排，人们都有争论空间的原因。在这个"不可双重追诉"的原则下，一定会有坏人逍遥法外的事情。可是如若不是这样，并非就能使社会不付代价，而是可能带来更大的灾难。如果被告权利得不到保护，政府掌握过多权力，握有大权的政府就可能利用司法迫害民众。面对辛普森，即使他如今坦白杀人，美国刑事司法制度也拿他无可奈何，这种制度设置的根本原因是，宁可放过坏人，也不愿冤枉无辜者。

"好贼教堂"的故事

前一阵，我有个做囚徒妻子的朋友去西南某省探监，给丈夫带去了一本《圣经》，结果被管理人员认为"囚徒不宜"退了回来。这让我想起最近听说的一个故事。

故事发生在纽约州的克林顿，这个克林顿不是前总统，而是一个县的地名。克林顿有个叫丹尼莫拉的小镇。可一提丹尼莫拉，当地人说的却是盖在那里的监狱，监狱今天有大名：克林顿矫正所，但在大家嘴里，它就是丹尼莫拉。

丹尼莫拉曾是纽约州的最大监狱，以防范极严闻名，曾被大家戏称是纽约的西伯利亚。纽约市很热闹，纽约州很荒凉，克林顿在纽约州的最北端，一直无声无息。可是这两年，一部九分钟的小影片，让它突然出了名。因为影片介绍了丹尼莫拉监狱大墙内的大教堂：好贼教堂。

论模样，就是放在欧洲，好贼教堂也一点不惭愧。它宽十六米，

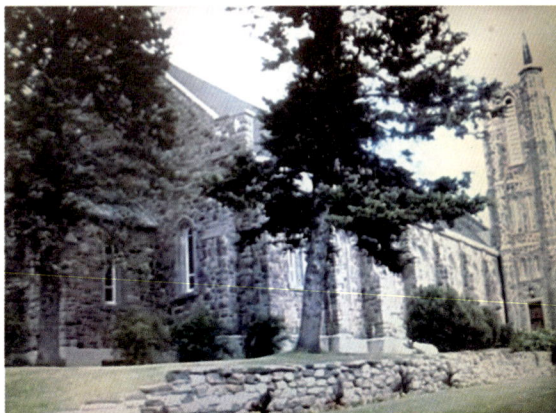
好贼教堂

长四十米，有个高达三十二米的尖顶，全部石块砌筑。外观古典浑厚，室内古朴精致，天成的艺术，一点不造作。好贼教堂有七十多年历史，在年轻的美国就算古董。教堂供奉着一个特殊圣人。天主教讲"封圣"，封圣规矩是"封死不封活"。唯有他是活着就受封且是唯一由基督亲封的圣人。他就是圣迪斯马斯，一个囚徒、一个贼。

在美国旅行，常会看到教堂前面的坡地上，竖立着三个并行十字架，我曾经很奇怪：为什么是三个？原来《圣经》记载，当基督受难，钉在十字架上，除了基督，左右还有两个十字架，钉着两个贼。

他们被钉上十字架后，《圣经》记述道："这时，其中一个悬挂的罪人对着基督发怒：'你不是救世主吗？那么，救我们、救你自己啊。'可是，另一个罪人却回斥了他：'你难道不敬畏神吗？我们受了公平审判，我们的判决和罪行相符，可是这个人，他并没有犯罪啊。'然后他对基督说，'到了你的国度，记住我。'基督回答说：'阿门，让我告诉你，今天，你将和我一起去天堂。'"于是迪斯马斯变成了"圣迪斯马斯"。可是俗世总是有偏向的，在人们眼里，圣迪斯马斯多少还是一个贼。所以一样是圣人，你可以在人的国土找到无数圣保罗、圣约瑟夫教堂，很难找到圣迪斯马斯教堂。在美国也一样。直到1937年安布鲁斯·海兰德牧师来到丹尼莫拉。

丹尼莫拉在1844年建立监狱，是因为附近的矿山需要囚徒开矿。虽然1877年矿山关闭，却仍有越来越多的囚徒来到这里转行做工。监狱为此扩大和改建，筑起高达十八米的水泥围墙，结结实实，到今天还纹丝不动。监狱改变人，很多囚徒在关押中精神失常。因此在1899年，丹尼莫拉里面就盖了一个精神病院，集中关押疯了的囚徒。1929年丹尼莫拉发生暴动，引发了纽约州监狱条件的改良。可改良还是很有限。几年后，来这里为囚徒们做弥撒的海兰德牧师，看着简陋小厅，深感自己还应该为改变囚徒的内心困境再做点什么。他有了一个梦想，想着要盖一个能和囚徒们心灵相通的教堂，他想到了那个囚徒圣人。

他计划盖一座独立建筑的教堂，而不是监狱建筑物附带的厅堂，全美国监狱里还没有这样的先例。刚刚提出计划，海兰德牧师就遇

"圣迪斯马斯"

好贼教堂的大门

到了障碍：纽约州政教分离协会表示坚决反对。结果纸上的教堂先演化成了一场官司。

好在法庭最终裁决，建监狱里的好贼教堂，是保障囚徒们宗教自由的宪法权利，并不违反政教分离原则。接下来，牧师几乎是用尽一切办法乞求募款，也从倒塌的旧谷仓旧房舍取得旧木料。在募捐中，最有名的捐款人是绰号"好运者"的路西亚诺，就是被公认是"现代有组织犯罪之父"的那个意大利西西里人。他慷慨伸出援手，捐建了全部红橡木的长椅，因为他也是在丹尼莫拉度过十年的前囚徒。人工倒是不愁，囚徒们以前所未有的热情，投入到教堂建造中。他们以前知道：教堂是神和圣人的舍宇，而今天却看到，这里即将供奉的圣人，竟是他们之中的一个。

建筑装饰、彩色玻璃镶嵌画等的艺术指导，是个叫作卡麦罗·索拉西的囚徒，他来自纽约市，进监狱是因为伪造文书。《圣经》故事镶嵌画里的一个女人，是他凭记忆画出的自己留在城里的恋人。几年后法官重新审查他的案子，释放了他，恋人终于成了他的妻子。其余镶嵌画中的圣人面容，多半是他找来囚徒做了模特儿。囚徒们在圣人面容中，也看到了他们自己。在雕塑"好贼"塑像的时候，他们要求十字架上的塑像面容，一定要注入他们感受的苦痛。

1941年，教堂正式投入使用，为不同宗教的囚徒服务。每个周末，囚徒们来到这里。他们穿越大门，进入教堂，虽仍在高墙之内，却仿佛瞬间走出了牢门。看到十字架上的好贼，有人获得信心：或许在生命最后一刻，他们也可能和圣迪斯马斯一样得到救赎。

好贼教堂里的玻璃画

1991年，好贼教堂被列入国家文物保护名单。可是，正因为这个供奉特殊圣人的特殊教堂，在一个特殊的地方，并不对监狱之外开放，因此还是很少有人知道有个好贼教堂。

也许是"上帝的安排"，北卡罗来纳州有个叫拉德的编辑，多年前认识了一个丹尼莫拉村的姑娘，听说这个故事后留下了深刻印象。娶回姑娘的二十七年以后，拉德又想到妻子家乡的监狱教堂故事，他觉得"圣迪斯马斯前无奖赏，后无支撑，孑然一身，遗世独立，实在很酷"。他决定，要给好贼教堂拍个小小纪录片。

可是教堂属于州监狱管理局，他花了不少力气和时间，才获得拍摄和放映的许可。他说，和当年海兰德牧师的那场官司比，他遇到的阻力实在不算什么。影片放映后感动无数人，提醒了大家，在那个被遗忘的角落里，还活着许多人。

再回到朋友的丈夫，想起他的《圣经》故事。我想，他可不可以读《圣经》，就像好贼教堂是不是可以造一样，应该不是一个人或一群人随意的决定，而是一件需要以法律为依据作出判断的事情。有没有法律为依据，影响到的一定不只是囚徒。

"金色克里姆特"的归宿

一

2006年7月7日，一个新闻轰动了世界艺术拍卖市场。奥地利著名油画家古斯塔夫·克里姆特（Gustav Klimt）在一百年前的一幅肖像画，拍出了世界艺术史的最高价，一亿三千五百万美元。比此前拍卖纪录最高峰的毕加索的《吹笛子的男孩》一亿零五百万美元，价格高了将近三分之一。

克里姆特出生于1862年，三十五岁时艺术趋于成熟，于1897年创建了"维也纳分离派"，开始反学院派的创作道路。他的风格格外强调装饰效果，与"新艺术运动"、"青年风格"派有些接近。他开始转变画风的时候，作品被认为是惊世骇俗而不能被客户所接受。后来他采用彩色平面装饰纹样来突出他所描绘的主题，当这些纹饰开始变成弥漫的金色，深陷其中而略微变形的人物，变得神秘

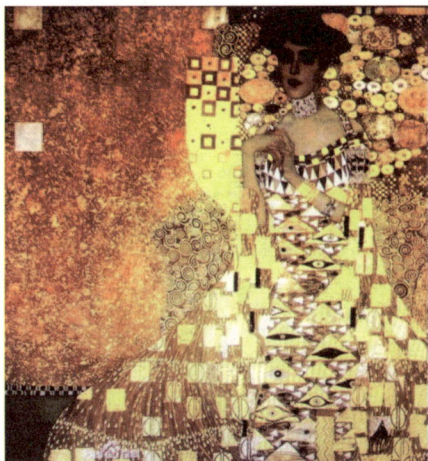

《阿德勒·布洛赫-鲍尔夫人肖像》

而迷茫，令他大获成功。克里姆特留下的《吻》和几幅人物肖像，一直陈列在奥地利画廊。奥地利画廊就是奥地利的国家美术馆。这几张画简直可以说是奥地利艺术的象征，变成奥地利国家的一种标志了。

名画《阿德勒·布洛赫-鲍尔夫人肖像》的上拍，在几年前奥地利人根本无法想象，他们视作国宝的艺术品怎么会走向拍卖场？这后面有一个曲折而不寻常的故事。

肖像画上的妇人叫阿德勒，是第二次世界大战前奥地利糖业大王费尔迪南·布洛赫-鲍尔（Ferdinand Bloch-Bauer）的妻子。富有的费尔迪南本人其实是捷克斯洛伐克籍的犹太人。1907年，他重金邀请正处于创作盛期的克里姆特，给妻子画了几幅肖像。费尔迪南买下其中两幅，还同时买下了克里姆特的四幅风景画。在维也纳，费尔迪南的住所就像是一座博物馆，而请克里姆特画肖像，验证了主人的艺术收藏眼光。

阿德勒·布洛赫-鲍尔夫人

　　1925年，阿德勒突然去世。在去世前两年的1923年，她曾经留下遗嘱，提到了自己钟爱的克里姆特画作："我要求（ichbitte，德语'要求、恳求'）我的丈夫在他去世之后，把克里姆特画的两张我的肖像和四张风景画留给奥地利画廊。"妻子死后，费尔迪南宣布，对于这些画，他会按照妻子的遗嘱去做。他在家里布置了一间纪念屋，里面总是摆满鲜花。此外，屋里只有妻子的肖像，这幅画以金色为主色调，被称为"金色克里姆特"。

　　1936年，在奥地利画廊的请求下，费尔迪南先捐了一张克里姆特风景画给他们。不久，欧洲局势骤变，不论是费尔迪南的犹太人大企业家身份，还是他一贯的政治观点，都会成为纳粹的追捕目标。1938年，他扔下在奥地利的一切财产，匆匆逃离，先去了自己在捷克斯洛伐克拥有的一个城堡，在纳粹再次逼近的时候，他逃往瑞士。直到1945年，费尔迪南在流亡中去世。

　　费尔迪南和妻子没有留下孩子，只有几个侄辈很亲近。在他最后的两份遗嘱中，前一份是宣布废除在此之前的遗嘱的全部内容，后一份是把自己所有的财产留给三个侄辈。这时，他几乎已经失去了一切。

二

第二次世界大战结束时，盟军没收了许多被纳粹掠夺的犹太人艺术品，集中在慕尼黑。这些艺术品来自曾被纳粹占领的欧洲各国，其鉴定和归还过程非常复杂。盟军不接受原主人个人的归还申请，而是交给战后各国政府，由他们负责归还自己的国民。战争结束后，作为轴心国一员的奥地利纳粹政府当然垮台了，可是战后政府在对待归还犹太人财产上，仍然态度苛刻。这种被犹太人感受为"敌意"的原因可能十分复杂，它和历史上的欧洲反犹传统有关，富裕的犹太人引人嫉妒，也是一个重要原因。当时的奥地利总统在归还犹太人财产问题上态度相当傲慢，他认为"总的来说，不能让我们整个民族为犹太人的损失负什么责任"。这位总统也是个学者，还曾经是阿德勒的朋友。

费尔迪南流亡后，失去了在奥地利的糖业公司，他的瑞士银行股票被纳粹拿走，他的家被占用，成了奥地利的铁道部。为掠夺费尔迪南庞大的艺术收藏，纳粹特地派了一个专家小组到他家里。费尔迪南收藏中著名的四百件一套的瓷器被拍卖，艺术品中的精品被送到维也纳博物馆，一些被送给希特勒和格林。纳粹的律师也乘机留下几件作为个人收藏。还有一部分准备留给希特勒筹备中的博物馆。

费尔迪南遗嘱的继承人是三兄妹，玛丽亚·阿尔特曼（Maria Altmann）和她的哥哥罗伯特（Robert）、姐姐路易丝（Luise）。他们在"二战"期间都历经磨难。1937年，二十一岁的玛丽亚成婚时，费尔迪南把妻子的钻石首饰送给了这个侄女。婚礼后仅仅几个月，费尔迪南就被迫流亡。玛丽亚的新婚丈夫被关入了达豪集中营，纳粹抓他是为了侵吞财产。在交出产业之后，玛丽亚的丈夫从达豪集中营出来，他们仍然被软禁。费尔迪南送给玛丽亚的首饰也被盖世太保拿走，其中的钻石项链被当作礼物送给了纳粹头子格林的夫人。最后，玛丽亚和丈夫冒险逃离，辗转来到美国。1945年费尔迪南去世的时候，他们已经是美国公民。罗伯特和另外两个弟弟一起逃到加拿大。路易丝逃到南斯拉夫，她的丈夫却在战后被当作"资产阶级分子"枪毙。劫后余生，兄妹三人都已经流亡国外，就委托在奥地利的律师朋友黎奈克（Gustav Rinesch）帮忙，看看能不能追回一些财产。

黎奈克律师开始艰难的追索过程。他从纳粹分子手里追回了一件克里姆特风景画，又和维也纳市政府打交道。市政府同意说另一幅克里姆特风景画"应该"归还，可是却要向原主索要市价。这幅画其实在纳粹期间就已经交奥地利画廊收藏，画廊则坚称，根据阿德勒1923年的遗嘱，这画早就是捐赠品了，根本谈不上归还。阿德勒遗嘱和法律文件都在画廊手里，黎奈克律师根本看不到。当时他一点不知道，奥地利画廊主任加扎罗里（Karl Garzarolli）其实完全清楚画廊是非法占有。1948年3月8日，加扎罗里私下写信给纳粹时期的他的前任主任，明确表示，"布洛赫－鲍尔收藏"中的克里姆特画作，找不到任何合法的捐赠文件，所以他自己的处境变得"极为尴尬"。

加扎罗里也清楚知道，劫后余生的犹太人非常弱，根本无力保护自己的正当权利，因此，加扎罗里并不想归还非法占有的画作。1948年4月2日，他写信给奥地利国家纪念馆办公室的负责人德慕斯（Otto Demus），对"布洛赫－鲍尔收藏"中的其他克里姆特画作表示关注。德慕斯第二天就给黎奈克律师打电话说，假如费尔迪南的继承人坚持他们对"克里姆特画作"的拥有权而不"捐献"出来的话，他们家的其他东西都休想得到出口许可。在这样的压力下，黎奈克律师答应妥协，做这种"捐献交换出口"的交易。在文件中黎奈克律师写道："我依赖于你对公正的判断。"在做这个交易之前，黎奈克律师并没有特地就"捐献"征求国外继承人的意见。考虑到当时犹太人的处境和"国家"的强硬，黎奈克律师的做法是可以理解的。捐出"克里姆特画作收藏"之后，他们的财物仍然被扣，只能继续不断"捐献"艺术收藏，直到1949年，他们还在苦苦为索回私产而挣扎。不仅是艺术品，费尔迪南留下的巨大糖业工厂，奥地利只给六十万美元补偿，外加条件是继承人捐出已经成为奥地利铁道部的费尔迪南豪华私宅。

这样的情况并不是只发生在这一家人身上。当时的犹太人幸存者大多流亡在国外。奥地利政府就利用了盟军转交给他们的权利和一些出口法规，扣住属于犹太人的个人财产，并且以国家的名义，要求犹太人捐出大量艺术品，以换取将其他私人财产"出口"带往居住国的许可。这样的情况也发生在欧洲其他国家，费尔迪南在捷克斯洛伐克的私产就全数都被扣下。历经种族屠杀和完全没有法治的时期，犹太人的生存状态降到了最低点，能捡回一条命就已经很幸运。战后索回私产的经验，让他们再次体会了被歧视和遭受掠夺的感受。可是，作为私人面对强大的国家和政府，都只能忍气吞声，让它过去了。

三

就这样，整整五十年过去了。

1998年早春，纽约现代美术馆喜气洋洋，他们租展了来自奥地利国家支持的基金会的两张埃贡·席勒（Egon Schiele）的作品。真是很巧，埃贡·席勒的画风最初就是受了克里姆特的影响，埃贡·席勒和克里姆特见面的那年，就是费尔迪南请克里姆特为妻子阿德勒画肖像的1907年，当时才华横溢的埃贡·席勒还是个十七岁的少年。非常难能可贵的是，埃贡·席勒马上挣脱了克里姆特的影响，开拓了自己的独立风格。可惜他只活了短短的二十八岁，在1918年就去世了，在奥地利堪称画界传奇。

说句老实话，我非常喜欢埃贡·席勒，却并不那么喜欢克里姆特。也许是因为年轻，埃贡·席勒即便是描绘死亡，都充满生气，而克里姆特哪怕是铺满了金灿灿的艳丽色彩，依然让我闻到里面透出的死亡气息。当然，克里姆特能够如此艺术性地传达感受，自然是非天才莫属。

由于欧洲的排犹和"二战"中的迫害屠杀，致使生活在美国的犹太人甚至比以色列人口还多。埃贡·席勒画作的展出，使得当年纳粹对艺术品的掠夺和奥地利政府战后处理犹太人艺术收藏的劣迹，沸沸扬扬地被人们旧事重提。五十年过去了，奥地利政府当然也早就改朝换代、更换新人。奥地利文化教育部长盖勒（Elisabeth

Gehrer）是一个女士。她显然对这段历史不明就里，不知道里面还可能有什么猫儿腻。为了平息人们对奥地利国家形象的非议，她大大方方地宣布将公开历史档案，容许公众查询，以证明奥地利国家拥有的艺术收藏中，已经没有非法掠夺侵占的东西了。

一位奥地利作家兼记者切宁（Hubertus Czernin），利用公开的旧档案作研究，写成系列文章，把下令公布档案的盖勒部长吓了一大跳。他的文章揭露，奥地利国家博物馆系统，战后控制纳粹掠夺的犹太人收藏的遗留，特别是主要的三大家族收藏，其中包括"布洛赫－鲍尔收藏"，从中大为获益。他特别指出，著名的《阿德勒·布洛赫－鲍尔夫人肖像》在博物馆的宣传品中，一向说是1936年接受的捐赠，其实文件显示，博物馆是在1941年接受这张画，依据的是希特勒的律师写的一封信，信的署名是"阿道夫·希特勒"。

盖勒部长的回应是，停止开放旧档案，但是任命一个叫巴切尔（Ernst Bacher）的官员带领一个专家委员会进行调查。他们的调查报告基本肯定了切宁的研究，国家博物馆侵占了大量犹太人私产。报告指出，所谓的战后"捐献"，是受到政府部门的胁迫，对"布洛赫－鲍尔收藏"的说明是虚假的。

1998年9月，盖勒部长提出新的立法提案：博物馆内凡是因战后以禁止出口胁迫原主捐赠的艺术品，一律归还原主。同年12月奥地利国会全票通过立法，并且由总统签署通过。同时，由另一条立法决定建立一个委员会负责具体甄别和操作，委员会由盖勒手下的一个官员乌朗（Rudolf Wran）负责。法令签署一个月后的1999年1月，政府准许切宁对博物馆的"布洛赫－鲍尔收藏"文件做拷贝，他把拷贝交给了玛丽亚的律师。这时"金色克里姆特"的继承人第一次知道，当初政府对他们的委托人提到的阿德勒遗嘱不是事实。同年2月，应归还另一个家族的几百件艺术品也被确定下来。应国会要求，盖勒部长在报告中确认，克里姆特画作也属于受胁迫捐赠之列。奥地利媒体开始报道：克里姆特画作要归还了。

奥地利的这一系列动作，使人感觉，似乎奥地利这个"二战"中的纳粹国家，终于翻过这一页，可以开始新的篇章了。

四

可是，历史在这里又拐了一个弯。

看上去，似乎拖了半个世纪的"布洛赫－鲍尔收藏"，终于可以物归原主了，却又出现了节外生枝的情节。不仅反映了奥地利政府对国宝的不舍，更牵扯到奥地利政治思潮的一段逆流。

一个世纪过去，现代美术不仅被广泛接受，转折时期的早期现代艺术大师经典作品，也成为拍卖市场的宠儿。这不仅仅是钱的问题。"布洛赫－鲍尔收藏"中的克里姆特画作，是克里姆特作品的核心之一，奥地利画廊是维也纳最重要的博物馆，这些画作是他们的招牌，是镇馆之宝，几乎是奥地利国家的标志。因此，委员会以乌朗为首的几个人，仍然试图阻挡这批克里姆特画作归还私人。

这里的关键是对1923年阿德勒遗嘱的判定。假如遗嘱具备法律强制的效力，那么在她的丈夫费尔迪南去世的时候，不论他是否愿意，他都必须按照阿德勒遗嘱捐出克里姆特画作，也就是说捐赠在1923年遗嘱中已经确定，只是捐赠时间定在费尔迪南去世的那一刻。假如阿德勒遗嘱不具备法律强制的效力，那么这只是阿德勒对丈夫表达的一个请求，他可以答应，也可以不答应。即使曾经表示答应，也可以中途改主意。假如判定是前者，那么继承人就失去权利，这些画也不再属于根据新立法要重新甄别的范围，因为捐赠在战前就被确定，谈不上"战后强制捐献"了。

可是，由于画作本身并不是阿德勒的财产，而是她的丈夫费尔迪南的财产，因此，这个判断在法律上应该说并不是非常困惑的事情。费尔迪南继承人的律师勋伯格（E. Randol Schoenberg）认为，从法律上来说，1923年阿德勒遗嘱只是一个请求而已。可是乌朗拒绝和他讨论案情，拒绝他对事实的一些书面解释成为委员会成员阅读的文件，也拒绝律师在委员会投票之前陈述。在拖到1999年6月表决的时候，乌朗还在委员会做了一些手脚和误导，最终投票的结果是：不归还那五张著名的克里姆特画作，只归还十六张克里姆特素描和十九套瓷器。这些也都是五十年前为了换取其他物品出口而被迫"捐献"的。

投票明显不公正，受到奥地利政府行政机构的操纵。一名委员会成员伊莎贝尔（Ilsebill Barta-Fliedl）在年底辞职抗议。她发表声明说，委员会从一开始对归还犹太人艺术收藏就缺乏诚意，尤其是对"布洛赫－鲍尔收藏"的投票，更是预设立场的结果。

看到投票结果，律师勋伯格非常震惊，他寄希望于提出这个新法案的女部长盖勒能够主持公道，他在给盖勒的信中指出，委员会在决策过程中严重违反了程序公正的原则，他请求对阿德勒遗嘱进行司法仲裁。这一次，意外地遭到盖勒部长的拒绝。盖勒回信中建议：你们不服，可以去法院告。打听下来，奥地利的民事法庭要求预先缴纳巨额诉讼费用，费用是诉讼标的价值的一个百分比，水涨船高。由于争议的是名画，在申请部分减免后，诉讼费仍然高达三十五万美元。三位继承人都不富裕，玛丽亚当时已经八十四岁，还在以服装设计师的身份工作。四十万美元差不多是三位继承人的全部积蓄。再说，假如输了官司，他们还必须另外缴纳对方的五十万美元诉讼费。就在这个时候，政府部门宣布，在计算价值的时候，还必须把判定归还而没有争议的素描和瓷器的价钱全都算进去。这时他们才意识到，此刻的奥地利政府，根本不想物归原主。

他们渐渐看到，奥地利社会和政坛正在出现战后第一次极右派回潮。10月份就要大选，盖勒所属的右翼政党还落在民调的第三位，不是因为"太右"，而是"还不够右"。民调排名在他们前面的极右派自由党头头，公然发表赞赏当年纳粹党卫军军官的言论，并且宣称当年的所谓犹太人死亡营，只不过是"刑事犯的监狱"罢了。在这样的潮流下，关心自己政治前程的盖勒也加入了否认"浩劫"历史的行列。此时她再站出来帮助犹太继承人，显然很不合时宜。这样的大背景下，费尔迪南的继承人在奥地利无法寻求公正就是很必然的结果了。

早在1955年5月15日，奥地利政府曾经签署了一个国际条约，其中第二十六条的意思是：自1938年3月13日以来，有许多被侵占的私人财产归还没有执行，奥地利政府同意这些财产必须归还。这个条约显然是特指德奥纳粹时期的侵占。1938年3月12日，是德军进入奥地利的日子，从此德奥宣布合并。

根据这样的国际条约，奥地利政府应该归还纳粹时期任何被侵占的私产。玛丽亚流亡美国之后入籍，作为美国公民已经六十年，律师勋伯格认为，在奥地利这样的政治大气候下，唯一的出路是根据奥地利签署的国际条约，通过美国政府为自己公民寻求公正的干预来解决，他说，假如不是这样，"这些错误将永远不会被纠正"。

1959年5月15日，驻奥地利美国大使就该条约二十六条照会奥地利，明确表态：在条约范围内，对那些现在还不知道的、未来可能出现的个人追溯归还私产案件，保留追溯的权利。"布洛赫－鲍尔收藏"一案，应该涵盖在其中。

五

在世纪之交，这个原本发生在欧洲的故事，由于费尔迪南的侄女、他的法定继承人玛丽亚的缘故，成为进入美国加州联邦地区法庭的一个案子，被告是奥地利政府和奥地利画廊。原告玛丽亚要求归还财产，奥地利政府提出"主权豁免"的动议，要求美国联邦法庭驳回诉讼，也就是说，奥地利政府即使是违法侵占，美国法庭也未必有审理这个案子的司法管辖权。

美国联邦加州地区法庭的判定，否决了奥地利政府的豁免要求。奥地利政府提起上诉，美国联邦上诉法庭支持了地区法庭的裁决。奥地利政府随之向美国联邦最高法院提起上诉，理由还是"主权豁免"，这就是"奥地利共和国等诉阿尔特曼案"（Republic of Austria et al. v. Altmann）。最高法院确认的基本事实是，有争议的五幅克里姆特画作是费尔迪南的财产，在他生前没有写下任何文件捐赠给奥地利画廊，他的最后遗嘱是把全部财产留给原告玛丽亚等三兄妹。2004年7月7日，最高法院根据奥地利政府违反国际法等一系列理由，以六比三的裁决，否定了奥地利政府在此案中的豁免权，支持玛丽亚拥有提起诉讼、要求归还被非法侵占私产的权利。

此后，三位继承人的律师和奥地利政府进行了长时间的对话，最终同意由奥地利的一个仲裁法庭来作出裁决。双方聘请的历史学家和法律专家查阅了大量资料并作为证人出庭作证。2006年1月17日，仲裁法庭的三位法官作出一致裁决，宣布奥地利应该将五幅克里姆特画作归还费尔迪南的三位继承人。此裁决对于奥地利来说，是将失去自己的国宝，是一个极为震动的新闻，而更受到震动的是全世界的犹太人社区。他们没有想到，他们遭受纳粹掠夺，一次次感受到失去正义的绝望，居然在七十年以后，他们中间还可能有人取得成功。奥地利政府宣布，将继续归还价值两亿八千万美元被纳粹掠夺的属于犹太人的艺术品。

这一轮的法律挣扎，整整经历了漫长的七年。五幅克里姆特画作从奥地利画廊装箱，离开故土飞越大西洋，抵达加利福尼亚，归还它们所有者的法定继承人玛丽亚。此时她已经九十岁了。这五幅克里姆特画作随即在洛杉矶展出，艺术界为之轰动。在裁决半年以

费尔迪南的继承人
玛丽亚·阿尔特曼

后的2006年7月，才有了《阿德勒·布洛赫－鲍尔夫人肖像》创世界纪录的拍卖。

人们自然会想到，对于奥地利共和国的公众来说，他们失去了自己的国宝。那次天价拍卖本身没有附带条件，所以也有可能，被某人买去后藏之高阁秘不示人，那么公众就再也没有机会看到大师的艺术。也完全可能，在将来的某一天，这张画会被再度拍卖。我不断地反复想这个问题：是不是这个结果对三位继承人是公平的，而对于公众尤其对奥地利国家和公众来说，却是一个不幸的结局？

回看历史，奥地利国家确实有过合法拥有这些大师级艺术收藏的机会。费尔迪南·布洛赫－鲍尔，在获悉妻子留下遗言，请求他在去世后捐赠他收藏的六张克里姆特画作时，表示自己愿意遵照妻子遗嘱去做。阿德勒的遗言、费尔迪南的承诺，都不是什么很罕见的事情，这是很多富人、收藏家过去在做将来也会做的事情。没有迹象表明，费尔迪南对妻子的承诺不是真诚的、不打算履行。这六张画中，在他生前就已经提前捐出了一张。

可是，国家和社会积极收藏艺术品、鼓励和劝说私人捐赠是一回事儿，政府出面掠夺或者鼓励纵容掠夺私人财产，那是另外一回事儿。在"二战"前，奥地利已经是一个现代国家，一系列现代法治社会的规则都已经建立起来。而奥地利政府却以对自己国民的大规模掠夺和抢劫来"建立"国家的艺术收藏。这张《阿德勒·布洛赫－鲍尔夫人肖像》被纳粹掠夺之后，是以希特勒签名的文件送入奥地利国家画廊的。此时的国家博物馆由大量对自己国民屠杀侵占的艺术品组成，竟然无意纠正这种错误。如果站在那里欣赏艺术的奥地利人，对同胞的遭遇完全无动于衷，对正义和公正没有感觉，那么哪怕坐拥"国宝"，他们的民族自豪感又在哪里？

读过茨威格回忆录的人，都会记得纳粹兴起之前，那个让全世界入迷的维也纳，它曾经是二十万犹太人的家。现在，那里只有七千个犹太人。

在这个漫长曲折的故事中，人们看到：此案虽然牵扯美国的三个法庭，可是，正如一位研究"浩劫、大屠杀和人权专题"并在此案中出庭作证的美国专家所指出，这次最值得受到敬重和赞扬的是奥地利仲裁法庭。在他们的审理过程中，媒体每天在跟踪报道，法官们受到来自奥地利政府和公众的巨大压力，可是他们始终坚持法律原则，最后一致作出了公正的裁决。他们帮助奥地利翻开了历史新的一页，再次以他们的裁决向奥地利和世人宣布，公平和公正是一个法治社会的基础，是一个有创造力的健康社会的基础。哪怕时光过了七十年，哪怕是一个孱弱的九十高龄老人，只要正义站在她一边，强大的政府也必须低头认输。公平、公正是文明社会的第一原则。

画家古斯塔夫·克里姆特

最后我想说，这次拍卖是公平的。在拍卖中，国家其实始终有强势国力带来的优先权。一亿三千五百万美元对于个人来说，自然是一个天价，对于国家来说，并不是。没有在这次拍卖中合法获取和保留自己的国宝，这是奥地利自己的选择。

"金色克里姆特"的买主是纽约

的化妆品巨头劳德（Ronald S. Lauder），他宣布这张画将永久在位于纽约第五大道的博物馆展出（the Neue Galerie）。九十岁的玛丽亚说，当年阿德勒一直希望这张大师的画最终能够向公众展出，对今天这样的结果她感到欣慰。

站在这张画前，为伸张正义整整奋斗了九年的律师勋伯格说："有一件事我们一直想做的，就是说出玛丽亚和她的家人的故事，说出犹太人在浩劫中的遭遇。现在，通过挂在墙上的这张画，这个故事被说出来了，它还会一遍又一遍地被人讲述。"

值得反省的“版画事件”

事情简单经过

美国麻省理工学院（MIT）的道尔教授和日裔美籍的川茂教授主持“视觉文化”课题，该大学网站为介绍他们的工作，在主页上建立了一个“链接”。链接本身是一个图像标志。读者通过点击，即可进入“视觉文化”的网页查看图像。其中一部分图像，是描绘甲午战争中日军屠杀中国军民的木版画。

有媒体报道，“4月24日开始，该校中国学生对这项充满歧视和血腥的图片堂而皇之登上学校网站首页表示不解和愤怒。华裔学生利用电子邮件陆续向网页管理部门、专案负责人和校方抗议，并有人在网络上呼吁发起抗议游行”。发起抗议的麻省理工学院的中国学者学生，在给校长的信里说：“这些图片没有附加解释，或提供相关的历史背景，我们对此非常震惊。”一位中国学生把其中几幅版画公布在网上，认为这是在羞辱中国人。

4月26日下午，道尔教授、川茂教授和麻省理工学院首席执行官克雷先生和中国学生举行了一个沟通的会议。在会上，中国学生表达了对这个网站的愤怒，两位教授在表示深深歉意的基础上，解释了他们学术研究和公布历史资料的意义。首席执行官克雷先生说："大学要兼容并包，如果这些材料在MIT都不能讲授的话，世界上就没有别的地方可以讲授了。"但他们的解释却不能平息中国学生的愤怒。

美国和国内的报纸上开始广泛报道这一事件。随后，麻省理工学院网站上有关道尔教授的"视觉文化"专题链接，统统链接了麻省理工学院首席执行官克雷先生作出的正式声明，就日本版画"对中国朋友们造成的伤害表达深切的歉意"。道尔教授和川茂教授也发表声明表达"深切的歉意和真诚的道歉"。两份声明都有中英文版本，引起争议的日本版画也从网站暂时撤除。

一些中国学生和麻省理工学院的中国校友，再向校方提出一系列要求，包括改写解说词，取消有关的学术活动，甚至解雇两位教授等等。

5月4日，麻省理工学院校长苏珊·霍克菲尔德（Susan Hockfield）发表声明，表示支持两位教授的学术工作，拒绝外界对该校学术自由的干扰。随后麻省理工学院网站的"视觉文化"专题全面恢复。

对错可以依据常识作判断

这次引起争议的是甲午中日战争前后日本国内的一些版画。这些版画中确有日本军队"屠杀中国军人和平民的画面"。但部分中国学生抗议"这些图片没有附加解释，或提供相关的历史背景"之说，却并不符合事实。与这些历史图片同时公布的有道尔教授大段的研究综述、评论和背景说明。例如，对那幅最典型的有争议图画"清兵斩首之图"，道尔教授针对图上的日文解释，分析说：

这个题材，和地上被砍下的人头，形成了一幅极为可怕的景象……即使在一个多世纪后的今天，这种辱蔑仍然令人震惊。哪怕仅仅从种族偏见这个角度看，它对中国人的鄙视程度也不在当时欧美的反亚种族主义的任何材料之下——对日本人来说，这简直像是西化的必要一步：采用白人的意象，但把自己排除在外。这个毒种在1894—1895年间的暴行里就已种下，当四十年后天皇的士兵再次对中国发动战争时，它将爆发为全面暴行。

道尔教授在公布研究历史资料的时候，是支持日军屠杀中国人还是反对和谴责？真相非常简单，凭常识即可判断：道尔教授事实上是站在一个现代学者的人道立场上谴责日本的历史暴行，是在帮助中国人民找出日军暴行思想根源的历史证据。找出这些历史资料、公布和作出评论，是作为深受日本军国主义伤害的中国人后代的学者，应该早早去做的工作。眼前的事实是，我们没有去做。

中美文化的隔阂

有人会说，假如麻省理工学院的网站没有错，两位教授和学校首席执行官一开始为什么要道歉？必须承认，中美之间在这样问题的理解上，是有文化隔阂的。美国人在认为自己没有错的时候，确实也会道歉。

在他们看来，道歉分为两种，一种是为自己的错误道歉，一种是为他人感受的痛苦而道歉。在这个具体事例中，两位教授否认自己的行为是"羞辱中国人"，但是美国人习惯认为，感情上是否受到伤害，往往要根据被伤害者的感觉来判断。假如他们公布的版画，有人看了之后宣称感觉难过、痛苦，他们就会表示歉意。例如在"二战"以后，犹太人在集中营最初的惨状都是由美国和其他国家的记者记录和公布的。看到那些痛苦的画面，一些犹太人也会说，虽然公布这些历史资料是在替我们伸张正义，可是看到这些画面，想到自己死于浩劫的亲人，我们仍然感到万分痛苦。在这样的情况下，公布材料的人也会对这些犹太人说一声抱歉。这种歉意其实只是他们对自己的一种道德要求，要求自己必须处处善待他人。

关键是，在道歉的同时，公布资料者不会因此而停止重要历史资料的公布。而犹太人在表示痛苦的同时，也会理解对方。无法想象犹太人会因此对揭露真相者发出谴责。因此，麻省理工学院校方认为，两位教授公布日本历史图片并没有错，可是既然有人看了材料表示痛苦，他们因此表示抱歉。而这些中国学生认为，公布材料本身就是"辱华"，是错的。他们要求的道歉是对事情本身道歉。他们把对方的道歉认定是对"辱华错误"的承认，觉得这是一个胜利，所以才会提出进一步要求，这是事件越演越烈的一个重要原因。

学术自由问题，还是简单判断能力问题

在恢复网站的时候，麻省理工学院校长苏珊在声明中说："网页

美国麻省理工学院

将包括原来所有的材料，以及我们根据学校各方深思熟虑的意见而添加的背景和导览说明。令人遗憾的是，在过去一周我们收到来自世界各地的意见当中，有的对项目作者加以辱骂或威胁；有的则要求将网页永久撤销或是要求学校对道尔教授和川茂教授采取惩罚措施。"她同时还说："在此，我们重申将不遗余力地支持两位教授的工作，支持学术自由的原则。虽然这一网页上的一些文本和画面令观者痛苦，但对我们的同事及其工作的无端攻击，则与我们关于大学的根本信念背道而驰。这一根本信念是，大学应该投身于开放的研究以及自由的思想交流。作为学者和教育家，我们有义务以一种尊重不同意见的方式去探索那些复杂而有争议的思想。"

　　学术活动受到威胁的说法并不过分，川茂教授收到约两千封仇恨邮件和死亡威胁。可是对事件的评判落在学术自由层面，还不能触及这一事件的问题所在。学术自由的意思是：哪怕一个学者站在你的反面，例如站在学术角度为日本的侵略辩护，你可以用事实证明他观点的错误，却不能干涉他研究的自由。

但在这一事件中，受到威胁的并非是持对立观点的学者，这两名教授是站在同情中国人民的立场上却被判断为是"辱华"因而受到威胁的。只能说，这一事件首先涉及的不是那些学生不能容忍对立观点，也不仅仅是学术自由问题，而是缺乏最基本的是非判断能力的问题。

脆弱的感情和直面历史

MIT网站按照原样恢复时，只是在每一个图片前加了一句中英日三种语言的说明，说明这些历史图片是未经改动的原始资料，可能对读者产生刺激。它的意思和放映电影前的说明一样，就是感情上受不了的请不要看。

对于"感情伤害"的说法，其实在很大的范围内存在着文化的差异。在国内的时候，"严重伤害了中国人民的感情"是一句常能听到的抗议词，我们听时觉得理所当然。出国后才发现，原来有许多国家是几乎不用这样的抗议表达的。美国没有一天不被别人骂，什么骂法都有，可是美国人几乎从来不作"伤害了感情"这样的抗议，他们只会在自认必要的时候，辩解某个说法不符合事实。对他们来说，面对别人的批评乃至辱骂，澄清事实是重要的，却不会要求别人照顾自己的感情。对他们来说，频频声称自己"感情受伤害"是一种弱者的反应。声称自己感情脆弱，并不可取，尤其在面对历史真相的时候。如果习惯于纵容和姑息自己拥有脆弱的神经和脆弱的感情，以至于到了不敢面对真相，在这样的文化氛围中教育和成长起来的一代年轻人，会变得褊狭，也使得我们民族习惯回避惨痛的历史和教训。假如说，这些学生最初的动因是要维护民族尊严的话，那么他们的行为本身造成的后果，恰恰事与愿违。

中美是两个大国，又存在着巨大的差异。长久以来，两国人民之间的一些对立和冲突，很多来自他们相互的隔离和陌生。每一个有机会接触和跨越这两种文化的人，都应该尽自己的微薄之力，做一些消除误会、增进两国民众之间相互了解的事情，而不是相反。版画事件最终会走入历史，消失得了无痕迹。今天在这里回顾反省，是希望它不成为一次次类似的、加深两国之间民众误会事件的重复。

那个李松松

　　我也画画，当然认为，要想用文字完整地传达艺术创作，实在是件荒唐的事情。

　　可这么说起来，用文字描述一个地方、一个人物，岂不是也一样无力。那么文字能干什么？我这里想说的其实是，文字和自己描述的对象是疏离的，一篇文字是一个新成品。你描述着一幅画家的画，不能说你的文字传了了绘画，可也不能说，它就不在表达那个画家的画。文字自成自己。你写李松松、写他的画。可他的画、他对画对艺术的思考是一回事儿，你的文字再现又是另一回事儿。李松松的画有意思，但写李松松的文字可能有意思也可能没意思。不管李松松的画是怎么回事儿，我对自己文字的要求是它必须有意思，必须能独立存在，所以写起来我可能就管不了太多李松松的画了，可说我写着他却和他绝对没关系，那也不能这么说。

　　上面这段话，是我看李松松的历史照片油画系列，再看艾未未、冯博一对他的创作《访谈录》的一点体会，一个转换版。二位访者迂回逼近，要李松松说出他画这套画"表达了什么"，一逼到这条界限边，李松松就死活不肯后退了，绕来绕去的意思就是：画是画，我就是在画，我把笔按在调色板上，我就管不了原来那张照片了。

李松松出生于1973年。他三岁那年，是所有中国人的一个人生分界点。身临其境的李松松的体验应该是反向的，在1976年一定稀里糊涂，只是恍恍惚惚知道大人们的情绪在大起大落；而当时间拉开，他上了美院附中、上了中央美院，他距离现场越来越远，却越来越清晰地看清了场景，还有场景里那个自己的处境。这不是李松松一个人，那代人有一小群人是这样，散落各处，不会是全部，很多人顾眼下，那本不是个主张历史感的地方。

画画是一件很奇怪的事情，什么都可以画。李松松毕业后在家闲着，他画了《北京酥糖》，那是个小时候的糖盒。画面左半边是几乎写实的盒盖，右半边是泛着金属光泽的空盒，反射的自己，虚幻、面目不清。他开始解构对象的旅程。先是遇到一张风景照片，很风景，只是角落上几个人不知在干什么，李松松看个明白，居然在挖战壕。他画了自己的理解，构图、色彩、似乎纯风景画的考虑，取名：挖。他又拿到一本旧画报，被一张旧照片触动，他画了《广场》，1976年，北京，那个改变中国命运的追悼会。那个场面，以后恐怕不会再有。满满的构图中，只是黑色头颅低垂和白色衬衣的重复背影。推出去的中心透视、照片中原来那个焦点，却被他眼光犀利地舍去。他终于画了自己三岁时错过的那个参与，那个决定命运的变化。为什么选了它，为什么？他说，就是因为那照片在他眼中很棒。历史照片系列，他一发不可收拾地画了几年。

李松松的油画《广场》

　　《访谈录》中的两个访者还在追问：为什么连着几年，你选择了同一时期的历史照片：江青在上、人群在下，一起挥动"语录"；江青和尼克松在观看样板戏之前，对视而笑；孩子举着鲜花的例行欢迎；样板团演出后和首长合影；一批任最高领导的老人们在举杯，"但愿人长久"；人民大会堂会议中的主席台；大型会议的全景，作品的名字是"谁"等等。这些场景来自"文革"旧照，前面提到的那张《广场》是那个时间段的终结。这些场景，有的已被历史淘汰，有的留在人们的生活中。它们被李松松——抽象出来，变成画。

　　为什么？李松松少言寡语，回避了"为什么"的提问。李松松只同意，他对历史时间段的选择，是想知道自己出生、长大的环境是"怎么回事儿"。他知道那是大家的一个共同命运。可是他马上警觉地让自己站在他的底线之前，他似乎在竭力避开一个反向圈套，不是指访者的追问，而是他的追寻。

　　李松松们之前，中国画家是被要求的。在那个《广场》日之前，画家被要求作直观直白的观念表达，而且被指定按照同一方向同一模式同一指定意志表达。在他三岁之前，那个也想说"画就是画"、那个试图躲避规定、那个做了表达却被认为表达不到位、那个提前画了李松松系列的画家，定有性命之虞。那就是困扰李松松的问题："怎么回事儿？"现在，他夹在那些《广场》的前一代和远离《广场》的新一代之间。他前面有谁？他面前是谁？谁安排着命运的未来走向？画家是谁？他自己——是谁？

以画为工具，再作一次反向的表达吗？他有能力。不想以自己最熟悉的创造力传递他对历史的困扰吗？可是，他在三岁那年懵懂跨越了那条性命攸关的界线，在获得绘画意志自由的瞬间，他又要落入新的表达陷阱吗？画又要再次沦为表达工具而远离画家本质吗？他有历史感，他有感悟平凡的能力，一切都可以转换为无可名状的艺术想象。他强调"画"。他强调一旦拿起画笔，他就进入画家的艺术逻辑本身。纵然是历史，那也是现代的艺术解构。他强调绘画的解构体验，他在局部中深入的快感。李松松的画布几乎总是厚重地堆着颜料，粉，却没有粉掉；自有该压住的色块来压住分量。画面被色块切割，错位。颜料湿着，勾勒的粗黑线就上去了，原来的色彩滚入，勾勒得断断续续。画面不再是原来的具象，每一个局部放大都经看，色彩、笔触，它似乎解构得不知所云，却不会错过视觉冲击下、重新阅读后的李松松力度。

在历史解构中，他告别前代人，离开那个历史夹缝，进入他迷恋的独特世界。在眼花缭乱的纷呈景象中，我们会马上认出，还会记住。那是他的，他的画。

那个李松松。

大师作品背后的 "羞涩笑容"

　　蔚蓝的地中海上，有一个叫作伊维萨（Ibiza）的绿色小岛，属西班牙。五十年前，伊维萨这个名字在欧洲的一些艺术家圈子里悄悄流传——那是令人向往的世外桃源。它秀丽可爱、小巧玲珑、物价低廉、气候宜人，吸引了世界各地一些富于幻想的人来到此地，成了一个 "小联合国"。这里既有一些租房长住的艺术家、作家，也有几个拥有别墅却每年只来短暂度假的富翁。1961 年的炎炎夏日，有一个五十多岁叫作艾米尔·德·霍瑞（Elmyr de Hory）的绅士，也登上了这个小岛，租下一栋房住了下来。

　　小岛不大，谁都认识谁。新来乍到的艾米尔，自然成为众矢之的。可是他却始终是一个猜不透的谜。唯一能够确定的是，艾米尔是一个匈牙利人。他初来的三年租屋而居，此后却突然在岛上的一堵悬崖上，建造了命名拉法雷（La Falaie）的白色豪华别墅。冬天艾米尔总是外出旅行，夏天就和岛上的一些艺术家朋友在咖啡馆闲聊。

伊维萨岛

他闲适的生活、优雅的风度，微笑起来显出一点害羞的表情，当然还有"拉法雷"，这一切使得大家对他身份的猜度，总是停留在匈牙利事变之后流亡的王室家族成员这个范围，"没准儿，他就是个王子"。

艾米尔从来不谈自己的过去，只说自己是个"艺术品收藏者"。碎嘴的人们又开始议论艾米尔是否真懂艺术，是不是也会"抹两笔"。有传言说他曾经是个肖像画家，可是谁也不信。后来有人活灵活现地说，在某个清晨，遥遥地看到他在别墅露台上，观察织网的渔民，画着水彩画。引来咖啡馆里一阵哄笑。另一个有关艾米尔的谣传，说他的收入是来自于出售家族的艺术收藏，印象派、后印象派等等应有尽有，"那是战后从匈牙利私运出来的"。谣传的根据是，两个巴黎的著名画商，费尔南多（Fernand Legros）和瑞尔（Real

Lessard），时不时地光临小岛造访艾米尔，想来总是有什么交易。费尔南多出生在埃及但入了美国籍。瑞尔比费尔南多至少小了十来岁，是个法国裔的加拿大人。他们是熟客，来了总是住进艾米尔的拉法雷客房。

1967年年初，一个轰动美国和欧洲的新闻，瞬间传遍了伊维萨。那是历史上最大一宗仿冒艺术大师作品的诈骗案，涉及的金额近乎天文数字。小岛被惊动，不仅因为新闻本身的耸动性，还在于它的涉案人。卖假画的画商，竟是伊维萨岛上人人都认识的老熟人，费尔南多和瑞尔——艾米尔的传世珍宝的经纪人。不久，又一个谣传在小岛私下流传，说是这两个画商卖的假画，都是艾米尔的伪作。后来，艾米尔的一个亲近朋友终于把这个谣传告诉了他本人。他拍拍艾米尔的肩膀安慰说，我告诉他们了，别人都可以瞎说，我绝不会相信，我了解你，你根本就没有这个本事。艾米尔像过去一样微笑着，只是简单说了声"谢谢"。

几个月后，4月的一个深夜，费尔南多突然带了两个保镖，来到了伊维萨。当时艾米尔不在岛上，拉法雷别墅空锁着。费尔南多不仅砸锁开门进去，还当众宣布，拉法雷本来就是费尔南多的财产。艾米尔从伊维萨消失，再度开始了他的流亡生活。

这个神秘的艾米尔是谁？

1906年，艾米尔出生于匈牙利一个非常富裕的家庭，他的外公是著名的犹太银行家，曾经为奥匈帝国的皇室服务。他的父亲在两次世界大战之间，曾经出任匈牙利驻土耳其和两个南美国家的大使。母亲对他从小就并不亲近，他由来自好几个国家的保姆带大，但他常常随同父亲旅行。在十六岁的时候父母离异，他仍然享受着舒适的生活，不过家庭的变故使他更渴望独立。十八岁时，从小就有艺术天分的艾米尔终于得到母亲许可离开布达佩斯，先后去慕尼黑和巴黎学习绘画艺术。

艾米尔终于有机会师从大师。他用功，那是出于天性，他就是喜欢画。1926年，二十岁的时候，他的一张画入选巴黎秋季沙龙，那是年轻艺术家最辉煌的一刻，他的画和弗拉芒克（Maurice de Vlaminck）的画挂在同一间展厅里。他在巴黎的蒙巴纳斯（Montparnasse）一直住到1932年。人们今天崇拜的马蒂斯、毕加索等整整一代大师，对艾米尔来说，只是他常常看到和交往的一些性格鲜明的前辈同行而已。二十世纪二十年代，是蒙巴纳斯的黄金时代，也是幸运的艾米尔在艺术大师群中做着大师梦的日子。

艾米尔的另一份幸运是：他不愁钱。每逢他突发奇想，要跟朋友远游，只需给布达佩斯发个电报，告诉家里钱寄到什么地方即可。他享受着自己的青春年华，后来他回忆自己的人生开端时，发现其实从一开始，他的梦想就只是一种自娱，而不是一个野心勃勃的奋斗目标。他不是一个"奋斗型"的人。他看到自己性格软弱、随和，内心如荒岛一般与外界隔绝。别人眼中的他只是那泛在水面的、闪着亮光的泡泡而已。

这个泡泡很快就破了。战争改变了一切。艾米尔从来和政治无缘，可是他丰富多彩的法国经历、和英国知识分子朋友的交往，对于纳粹来说，无疑就是危险人物的标志。他在匈牙利作为政治犯被关入集中营，出来不到一年又被抓到德国，在一次审讯中被盖世太保打断了一条腿。他侥幸逃回匈牙利，躲到战争结束。战后布达佩斯的街头，到处都是苏联红军。父母都死了，家族的一切财产，包括瑞士银行存款，都被德国人充公。1945年9月，他终于再次来到巴黎，他的老师还在，朋友们还在，巴黎正在恢复过去的日子，可是艾米尔已经一文不名。他住进最廉价的公寓，第一次进入了巴黎贫穷艺术家的行列。假如不是一个意外，他就不会是"那个艾米尔"了。

那是1946年4月的一个下午，他的一个有点钱的朋友来看他。突然，她指着一张没有签名没有加框的画问道："这是毕加索，是不是？"他狡谲地笑笑："你怎么知道这是毕加索？"她对毕加索有点研究，再说她知道艾米尔在战前和毕加索很熟，毕加索的画又有很多没有签名。她判断，那是毕加索"希腊时期"的绘画，而且，这是一张"好的毕加索"。她加了一句："你卖不卖？"穷困的艾米尔轻轻叹了口气：为什么不呢？就这样，他得到了两个月的生活费。三个月后，这位朋友来电话，邀请他去巴黎最好的饭店，还不好意思地告诉他，她在伦敦偶然地把这张"毕加索"卖了四倍的价钱。艾米尔愣在了电话旁，那张小小的女孩的线描头像，从此改变了他的一生。那确实不是"毕加索"，那是"艾米尔"。当他用光了那笔钱的时候，他再一次对自己说：为什么不呢？

人在突破一条道德戒律的时候，需要外界的推动，也需要为自己寻找理由，要突破对外界的恐惧，也要突破自己的负罪感。推动艾米尔突破最初恐惧的原因很简单：他饿，而他又是一个软弱的人，他狠狠心对自己说，牢里也不能不管饭。同时，这样的犯罪方式，又提供了一条可以解脱自己的心理通道：他毕竟是依靠自己的才能在创作。可是第一次行骗，还是令他胆战心惊。结果却是出奇的顺利。他用三张"毕加索"换回了四百美元。整整七年，他第一次手里再次有了一笔巨款。这一年他四十岁。

行骗并不是艾米尔的所长，他的才能还是在绘画上。艾米尔的伪作从来不是对大师的临摹，他是在创作。他用功地研究他们的作品，然后顺着别人的思路作出奇特的"创作"。好在，这些现代大师们都是多产的，市面上流通着他们的大量习作、草稿，有些画得并不"好"。艾米尔这才有可能乘隙而入。可是，一想到"销售"——也就是撒谎，要经历等候检验的煎熬，他还是非常胆怯。于是，他找了一个叫作雅克的朋友，达成一人画一人卖的合作。起初非常成功，可是渐渐地雅克经不起诱惑，开始在售价上欺骗艾米尔，合作关系就此破裂。艾米尔这个时候办妥了他的法国护照，年轻时的花钱习惯也迅速复苏。很快他就又显得手头拮据。有雅克的成功在前，艾米尔鼓起勇气，再度尝试自己推销。

他来到瑞典的斯德哥尔摩画廊，谎称要出售自己的家族收藏。"毕加索"们被留下供专家检验，他自己在旅馆等候。三天里，他多次紧张得差点逃离。三天以后，他收到一张六千美元的支票。这是他第一次做成这么大的一笔买卖。他觉得画廊会找毕加索的经纪人鉴定，也许早晚要露馅。手里有了钱，就没有当初敢于吃牢饭的勇气了。他必须立即离开斯德哥尔摩，想到法国的警察可能轻易地顺藤摸瓜找上门，他又不敢回法国。恐惧中他慌不择路，买了一张去巴西的机票。好在他揣着一笔巨款，那可是1947年时的六千美元。

就这样，欧洲人艾米尔第一次踏上了美洲大陆。这时，艾米尔短暂冒充大师的经历，只是一场他想完全忘掉的噩梦。他自信是个有天分的画家，过去的一年，只是贫困中的权宜之计。他现在有了钱，当然要"回到自己"。在巴西，他替达官贵人们画肖像。当护照还剩三个月有效期的时候，他决定去美国看看。他从来没有到过那里，对美国充满好奇。

刚到美国，他很兴奋，这是一片充满机会的土地。不久，1948年，他的画就打进纽约五十七街的高级画廊，和包括杜飞、莫奈等大师的画一起展出。可是他的画展并不成功，他只卖出一张画，还不够他印目录的开销。当然，这在画界很寻常，达利（Salvadro Dali）那么有名，他在同一个画廊的展出，竟连一张画都没有卖出去。直到今天，美国画家的口头语还是：你永远没法知道市场。然而，艾米尔花钱如流水，他很快面临选择，是坚持做"自己"，还是重操旧业。前者的道路依然艰难，他想了想，觉得自己已经不是年轻人，没有这份勒紧裤带的罗曼蒂克心情了。于是，艾米尔走进一家旧书店，专门挑了一些二十世纪二十年代的大开本欧洲老摄影集。他回到住处，小心翼翼地撕下后面发黄的空白纸张，然后在古董纸上创作"大师作品"。在美国的画廊，他又得到了出卖"家族收藏"的一千美元。

如此便一发不可收拾。从南到北，艾米尔开始了他的美国历险。他的仿作非常成功。艾米尔从小融化在血液里的欧洲风度和谈吐教养也帮了很大忙，他几乎就是美国人心目中欧洲上流社会的象征。这样的人，掏出几张"家传名作"来，是一件再正常不过的事情了。一切似乎都很顺利，他大概有些大意了。于是有一天，他在洛杉矶踢到一块硬石头。

那是在比佛利山庄的画廊里，艾米尔打开了他丰盛的"家族收藏"。画廊的主人是弗兰克·皮尔斯（Frank Perls）。他立刻被吸引住了。那是三张早期的雷诺阿、两张经典时期的毕加索、几张1937年的马蒂斯和一张莫迪里阿尼。他非常喜欢那两张毕加索。这些都是

伪造的莫迪里阿尼作品

单线素描，他一张张看过去，很是兴奋。可是，就在他看那张莫迪里阿尼的时候，他犀利的目光一下子捕捉到了什么。他迅速回到前面重新审视，突然间他明白了：那简直是一场革命，这些画出自同一只手！

同时拿出仿几个人的伪作，尤其是单线素描，那是很危险的。画家的手势里会有某个自己意识不到的习惯，假如它们同时在"不同画家"的画作中出现，这就叫"破绽"。皮尔斯礼貌地打听了艾米尔的地址，然后他把画夹扔到艾米尔面前的桌子上，指着大门说：我给你两秒钟离开这个街区，二十四小时离开这个城市，否则，我有你的地址，我会报警。艾米尔脸色苍白，有些颤抖。他强制自己镇定，离开了。皮尔斯没有报警。

艾米尔其实始终在"做自己"还是"伪冒别人"之间挣扎。1952年，他来到新奥尔良市。他一边在旅馆造伪，一边为新奥尔良老市政厅保存的一批美国历史名画作修复。这个工作使他挣了五千美元，还因此得到了该市荣誉市民的称号。那个时候，艾米尔的法国护照已经过期，他也没有在美国的合法身份。所以，他大概是美国历史上唯一一个"黑"了身份的流亡荣誉市民。不久后的一个夜晚，他再次痛下决心：洗手不干了。艾米尔把自己关在屋子里画了六个月，最后拿出了一大摞署着"艾米尔"名字的作品。在他出售伪作的时候，为了避嫌疑，他总不提自己是个画家。现在，他理直气壮地来到画廊，自豪地这样开始："我是一个画家。"

几乎成为规律，艾米尔自己的画作卖得时好时坏，而最后，总是会走下坡。又一次"开禁"是在1953年，房租逾期未付，他差点儿要被房东赶出去。最后，他钻进屋子待了一个小时，出来时，画夹里多了一张"莫迪里阿尼自画像"。他到画廊兜了一圈，再回到房东面前，口袋里又有了二百美元现金。不久，他从一个画商那里得到"消息"，最近市面上又"新发现"了一张"莫迪里阿尼自画像"，价格已经翻到四千美元。就在这个时候，艾米尔署自己名字的作品，忽然被一个小画廊的主人看中。这名画商现金短缺，就把自己一辆差不多八成新的银灰色林肯轿车给了艾米尔，换他余下的全部作品。这是一个好兆头，他是不是应该再接再厉，继续一个画家的奋斗？可是，坐在舒适的林肯车里，艾米尔再也不想回到他的破公寓和穷艺术家的日子里去了。他去了迈阿密。

也许是那张"莫迪里阿尼自画像"对他的刺激，也许是艾米尔又一次当穷画家的经历，也许只是那辆林肯车，总之，这次他的确摆出了大干一场的气势，那是以前从来没有过的。他再也不跑画廊，开始理直气壮地向全美国的博物馆、著名画廊等等，发出一封封内容差不多的信："亲爱的先生，我收藏了一张马蒂斯作品，钢笔画，1920—1925年之间，假如您有兴趣，我将寄一张照片给您。"艾米尔开始姜太公钓鱼。

他得到的第一个回应，是圣路易市的城市历史博物馆。接着，他和全美各大城市的博物馆及著名画廊建立了联系。他把他的"收藏"卖到了纽约、费城、圣路易、芝加哥、西雅图、巴尔的摩、华

艾米尔在伪造名家的画作

盛顿、波士顿、克里夫兰、底特律、达拉斯以及旧金山等等，卖到
这些城市的现代美术馆和一流画廊，开始了他的全盛时期。艾米尔
的仿作已经炉火纯青，大客户们几乎不再提出疑问。仿作也已经不
再限于素描，还有了油画。后者不论在材料和绘画技术上，模仿造
旧都要困难得多。而他模仿的对象，几乎涵盖了所有重要的欧洲现
代大师。艾米尔最得意的一笔买卖，是他竟卖了一张"马蒂斯"给
哈佛大学的佛格艺术博物馆。那是一个女人的肖像，坐在有着花瓶
的餐桌前，近乎完美。佛格在美国是最好的艺术学院，这个博物
馆的水平当然也非同寻常。事实也确实如此，当时的女馆长艾格
尼丝·摩根（Agnes Mongan）虽然做主买下了这张"马蒂斯"，却放
着没有马上展出。一段时间以后，直觉使她感到越来越不对。于是，
她开始收集和研究由艾米尔出售的"马蒂斯"们的照片。最后博物
馆决定，永远不展出那张来自艾米尔的"马蒂斯"。可是买进的这张
"名画"已经是博物馆只得吞下去的一颗苦果了。

对于艾米尔，这是一个业绩过于辉煌的时期，"好得几乎不可能经久"。终于，在1956年，艾米尔遇到了真正的麻烦。他有一个老客户，是芝加哥主街画廊（Main Street Galleries）的主人弗克纳（Joseph W. Faulkner），画廊位于市区最热闹的北密歇根大道上。弗克纳是个谨慎的画商，他在买进艾米尔的"收藏"之前，都会先把照片给芝加哥的艺术博物馆（The Art Institute of Chicago）鉴定，每次他得到的答复，都是"真迹"。所以他很放心地进货，买了不少"艾米尔"回来。直到有一天，他的画廊要在纽约作一个展览，临近开幕，却被通知说"取消"了，原因是发现其中有赝品，尤其是其中的"马蒂斯"。原来是马蒂斯的秘书作出了伪作鉴定，那是绝对权威的。

弗克纳犹如遭到一个晴天霹雳。他镇定下来，做了一番调查，基本明白了自己的处境。他还是给艾米尔发了一封信，要求他对卖到芝加哥的"收藏"，给出鉴定证书。他们之间曾经有过的买卖实在不小，艾米尔知道对方绝不会善罢甘休。他回了一封信，作为"缓兵之计"，然后立即撤离了迈阿密。这些进入弗克纳画廊的伪作，当然已经纷纷售出。弗克纳是个认真的商人，他给所有买了伪作的客户去信，退还他们的货款。然后向美国联邦调查局报了案。他个人在这场灾难中损失了一万八千五百美元，这在1956年确实是一笔不小的款子。艾米尔可谓及时出逃，全身而退。联邦调查局的探员来到他的住所，他已经消失无踪。在1953年至1956年的迈阿密时期，艾米尔的总收入将近十六万美元。

他在南美躲了一阵，再转到加拿大，在那里他冒险再次由底特律附近入境美国。在过边境的时候，想到自己的名字大概就在长长的一串通辑犯名单里，艾米尔紧张得出了一身汗。待边防警察问到他的旅行目的，他脱口而出：看美术博物馆。出租车司机在一旁听着，问也不再问，一顺就把他拉到了美术馆。艾米尔木然走进展厅，迎面就看到一张"马蒂斯"，他一眼就看出来，那是"他的马蒂斯"。

艾米尔习惯于高雅上乘的生活。年轻的时候他被父母宠坏了，现在他又随意地让自己的"容易收入"宠坏自己。手里只要一有钱，他就懵懂地回到了年轻时代，钱在他那里，是自然而顺畅地流出去的。因此，不论他收入多少，只要过一段时间，他就会发现自己又回到"贫穷状态"。这一次，在芝加哥的画廊，他是真正做砸了。因为当他再次把钱花完的时候，他已经不能再走进画廊，掏出一张"马蒂斯"、得到"容易钱"了。他是联邦调查局的目标。在此后逃亡的过程中，他总隐隐觉得调查局探员正形影相随。他感觉自己走进了死胡同。

就在这个时候，艾米尔遇到了费尔南多和瑞尔。这是一对同性恋伴侣。费尔南多不仅穷极潦倒，也恶形恶状。他们都和艺术毫不沾边。费尔南多听说了艾米尔的故事，就紧紧地缠着他，要和他"合作"，也就是替他去卖画。艾米尔从一开始就讨厌费尔南多，他们完全是来自两个世界也永远属于两个世界。可是，他一方面性格软弱，经不起缠；另一方面，在联邦调查局挂了号以后，他也别无选择。费尔南多对画一窍不通，连起码的礼貌都不懂。艾米尔只能一字一句、一招一式地教他。费尔南多脾气暴躁，控制欲很强，性格软弱的艾米尔很快就在他的严密掌控之中。艾米尔从来没有与这样的人交往过，被逼得走投无路。当他们提议一起去欧洲闯天下的时候，艾米尔答应了。他唯一的愿望，就是换个环境摆脱这两个人，重返自由。他们设法为他在加拿大买了护照。艾米尔把所有的私人物品，包括一大批还没有出售的伪作，存在美国旅馆的保险箱里，设法再次混过美加边境，在加拿大拿到了一张使用别人姓名的护照。

在美洲，艾米尔生活了将近十三年。现在他又踏上了欧洲的土地。为了躲避费尔南多，他宁可悄悄离开了他喜欢的巴黎。对于艾米尔来说整个欧洲都是他的家乡，他回家了。在熟悉的艺术氛围和老朋友中间，他久已失落的、做一个画家的梦想，再次强烈地在胸中涌动。他想，他多年的梦想失败，是因为美国这个乡下地方没人真正懂得艺术。现在，他再也不能错过机会，他五十三岁，这是他最后的机会了。

两年后的1961年，艾米尔的艺术家梦想再次破灭。他还是重复了在美国的经历，卖自己的作品，渐渐难以为继。他为了寻找机会卖掉一些自己的画作，又回到巴黎。就在到达的当天傍晚，在巴黎的圣谢荷曼教堂面前，艾米尔刚刚跨出出租车，眼前站着的恰好就是费尔南多和瑞尔。这就叫作命运。

艾米尔惊讶地发现，在他失败的两年中，这两个昔日的小混混尽管失去了他的支持，在欧洲画界当经纪人居然干得非常成功。他们衣装整洁，看上去收入良好。费尔南多劝他再度与他们合作。和前一次不同，艾米尔已经知道费尔南多是个什么东西，可是他还是答应了。艾米尔后来回忆，他当时的感觉，就和"浮士德向魔鬼签下出卖自己灵魂的证书"一样。他被蒙在鼓里的是：他们这两年的成功，其实全部是在汲取他的血汗。费尔南多得知艾米尔在美国的旅馆保险箱里存了一批假冒的名画，就悄悄回去，以艾米尔的名义骗出了这批"收藏"，这才是他们这两年来成功的真正秘密。这批收藏即将告罄，偏偏老天就把艾米尔送到眼前，怎不叫他们喜出望外。

此后，费尔南多和瑞尔的销售不惜动用一切违法手段。他们出大价钱印画册，把伪作塞进名家的画集中，对法国政府指定的名画鉴定专家行贿。论活动能量，这是当年的艾米尔所望尘莫及的。他们的销售遍及欧洲、日本和美洲。像挤牛奶一样，艾米尔被他们催迫着拼命地"出产"。费尔南多吃准了艾米尔的软弱，也吃准了五十五岁的艾米尔已经难以自己施展。他开出的条件非常苛刻，艾米尔收入很少，他们却轻易收获。建造拉法雷别墅的时候，艾米尔一直以为是自己挣出了一个养老的居所，可是在最后一刻，费尔南多总有办法让他相信，财产登记最好还是用费尔南多的名字。也许很难想象，艾米尔在本质上仍然有他非常天真的一面，他总是不能对钱财精明，对费尔南多的花招始终陌生。

成功会带来信誉，画商也一样。到后来，他们的信誉几乎成了"真货"的保证。做生意也就越来越容易。费尔南多最后打进了最高级的艺术拍卖行。据说艾米尔伪作的"杜飞"在画市中已经占了主流，甚至法国的杜飞鉴定专家，已经过于熟悉假杜飞的风格，以至于有一天有人送来两张真杜飞，居然因为缺乏艾米尔的某种味道，而被专家鉴定为假货。倒霉的杜飞一定在天上气得背过气去。

费尔南多和瑞尔迅速暴富。可是，他们也几乎必定会被自己根深蒂固的低劣所毁灭。艾米尔的个人习惯是处事认真、在艺术上精益求精、追求完美的，他不勉强做自己做不到的事情，在技术上也从不马虎从事，而这些素质正是这个"行当"必须具备的。所谓艺术大师，意味着他们对艺术的创新作出过超常的贡献，但并不意味着他们的作品张张都好。所以画商很习惯说一张"好的毕加索"，或者一张"坏的马蒂斯"，而精明的画商几乎总是喜欢艾米尔的伪作，称赞那是"好的大师作品"。费尔南多和瑞尔则风格相反。可惜的是，在这三个人的关系中，偏偏素质低劣的处于强势，而性格软弱的艾米尔最终被他们控制，身不由己。质量守不住，原则就守不住了。事情最后从几个方向败露，看起来是一系列的意外和巧合，其实却是必然。

突然成为百万富翁之后，费尔南多开始花天酒地，迅速导致他和瑞尔同性恋的关系破裂，最后他们反目为仇。这个过程中，一些客户看到了他们暴露出来的个人品质阴暗的一面。美国得克萨斯的石油大王梅多斯（Algur Hurtle Meadows），正是据此开始怀疑费尔南多卖给他的收藏是否可靠。他不得不担心，因为他收得太多。从他们手里，梅多斯买了四十四张"名作"，价值上百万美元。他召集了专家鉴定会。一名专家看完问道："我在开口之前必须先知道，您是准备好了接受事实，还是我们以后再给您书面报告？"梅多斯回答说，告诉我事实。事实是，他成了世界上最大的假画收藏者。然而，在场的专家们，仍然没有一个人想到，这么多假冒不同大师、风格迥异的高质量赝品，有可能出自于同一个人之手。

差不多同时，他们在其他场合也被揭穿。一次是在凡尔赛，由法国政府举行的艺术拍卖会上。他们送去一件杜飞弟弟的作品。那是艾米尔在心境非常糟糕的时候，被逼着赶出来的。画画是一件很奇怪的事情，它对人的精神状况要求很高。这并不是说心情愉快才能画，悲哀和痛苦往往能够产生杰作，但是它必须是人处于外部刺激和内心冲动的耦合点，才能激发创作冲动。假如进入长期的沮丧状态，很可能彻底毁了一个艺术家。艾米尔当时十分压抑，他告诉他们，这个时候他画不了杜飞，可是和往常一样，他总是屈服。最后，他拿出的东西果然不行。假如是他做主，这张"杜飞"就该扔进垃圾桶了。可是，费尔南多让他改签了名气较小的杜飞弟弟"让·杜飞"（Jean Dufy）的名字，还是送进了拍卖行。结果被揭穿是伪作。

这样的情况，一般只是退回画作。因为画商也可能看走眼，收藏了赝品，虽声誉大降，却不能据此就认定是画商犯罪。但是不久以后，费尔南多又送交法国著名的蓬图瓦兹（Pontoise）艺术拍卖会一张弗拉芒克的油画风景。油画的仿作不仅在技巧上困难得多，而且它干得很慢，哪怕一年之后，假如用针刺，还是会带出一些新鲜的颜料来。艾米尔以前仿做的油画，往往是仿马蒂斯、莫迪里阿尼这样的画家，他们用颜料用得非常薄，很容易干。这张"弗拉芒克"不同，那是一张颜料堆得相当厚的油画。艾米尔在一年以前画完，他交给瑞尔存在仓库里，照例关照他们，必须等够"年头"。可是，费尔南多"等不及"。他把那张还是"生的"风景画，送了进去。一个星期后的一天，一个政府拍卖行的雇员看到那张画粘上了一粒灰尘，他擦了一下，不由大吃一惊，他擦掉了一块照说应该是弗拉芒克在1906年抹上去的天空！这次，拍卖行立即报警了。

那就是1967年，费尔南多带了两个保镖来到伊维萨小岛，砸锁进入拉法雷赶走艾米尔的原因。他们不再需要这个天才了。不久，费尔南多感觉小岛也不算安全的避风港，就去了他出生的埃及。几经周折，费尔南多和瑞尔还是分别在欧洲落网。历史上最大的一场艺术诈骗案就这样结束了。

艾米尔流亡了一段，在费尔南多离开伊维萨之后回到了小岛，而小岛已经因为他而世界闻名。由于种种原因，他受到的惩罚只是在伊维萨被短暂监禁，在释放后被要求离开小岛一段时间。艾米尔已经是个花甲老人，他手里还是没有钱。他又开始尝试画"艾米

名画伪造者艾米尔·德·霍瑞

尔"，可是在太多地做了"别人"之后，他找不到属于自己的艺术感觉了。时过境迁，听他对朋友评论现代大师，那真是非常精到。毕竟，这些大师一个个地都已经被他"吃"透了。

这个案件，是二十世纪画界最重要的事件之一，留下了不可磨灭的印记。美国艺术品交易的中心——纽约州，在1968年9月1日确立了震动国际艺术交易界的立法，保护艺术品的收购者。该法规定，购买者买下艺术品后，假如在二十一天之内向拍卖行声明是赝品，并且在声明之后的两星期内，能够提供"超越怀疑的证据"，拍卖行必须退款。案件的揭发，也引起一大批假画的发现和法律诉讼。但是据估计，艾米尔总共画了一千件以上的"名作"，被揭示出来的只是其中的一小部分。艾米尔没有画作记录，费尔南多和瑞尔在案发以后销毁了他们保存的销售记录，艾米尔的伪作们，料想都会被再三转卖，通过画廊和画商，最终进入私人收藏和美术博物馆，仍然以大师们的名字，镶着精美的框子，在聚光灯下展现迷人的魅力。

不谈费尔南多和瑞尔，就艾米尔来说，他是违法的，这毫无疑问。可是从道德角度的争论却始终没有停息。艾米尔当然受到道德批评，但也有人认为，他只是"不认作品认签名"的社会的一个牺牲品。可以肯定的是，人是有弱点的，艾米尔的弱点，唯有和社会大众的弱点结合在一起的时候，才会结出如此奇异的果子。当人们收藏艺术品的目的，不仅是观赏也为了增值，甚至不是为了欣赏仅仅为了增值的时候；当商品的意义不仅超越艺术意义甚至二者完全脱节的时候，值钱的就可能不再是那张画，而只是画上的那个签名。这就是达利在堕落的时候，能够大量地卖出空白纸上的签名、主动供别人去造伪的原因；也是如毕加索自己承认的：他能够在晚期以潦草的涂抹戏弄崇拜者的原因。社会只可能用法律把人的弱点规范在一定的范围里，使它不至于酿成导致社会失序的灾难，而不可能期待以社会运动彻底扫除人性的弱点。每一个人的弱点，是他自己必须面对和解决的困境，是唯有他自己和"上帝"才能够讨论的问题。

过年的时候，我们和朋友一起在芝加哥逛画廊，看着名家精品，大家兴高采烈地连连感叹：大师是不能冒充的。但当你读完这个故事，相信以后假如再看到雷诺阿、莫迪里阿尼的画作，假如认为那是一张"好的"大师作品，那么艾米尔的影子，就可能会悄悄走出来，向我们露出他有点害羞的笑容。